MARC SICH

Marc Sich est reporter à *Paris-Match* et vit à Paris. Ayant couvert plusieurs affaires de tueurs en série, il met à profit son expérience dans *Mortels Abîmes,* qui a reçu le prix Polar 1999.

MORTELS ABÎMES

MARC SICH

MORTELS ABÎMES

PLON

© Plon, 1999
ISBN : 2-266-09966-3

Pour Nicolas.

PREMIER JOUR

A la troisième sonnerie du fax, Suzanna Nolde sortit de la douche, saisit un peignoir au vol et courut jusqu'à son bureau, laissant derrière elle les empreintes humides de ses pieds nus. Une feuille glissait lentement entre les rouleaux de l'appareil posé sur un petit meuble à roulettes. Suzanna tourna la tête pour déchiffrer, à l'envers, la ligne d'identification : « 18 / 06 / 98 - JEU - 16 : 46 - FAX 76 - 4 67883271 - 001 ». Manquait le nom de l'expéditeur. Suzanna recula ; l'eau qui imprégnait ses cheveux dégoulinait sur l'appareil. Elle enfila un peignoir à capuche, se frictionna. La feuille tomba dans le bac à papier. Elle eut une seconde d'hésitation avant de se pencher à nouveau pour lire le message, tracé au marqueur, sur trois lignes :

« L'elfe de lumière sur le causse du sacrifice. La prêtresse des Arceaux attend la Lune noire. »

Suzanna frissonna, noua d'un coup sec la ceinture de son peignoir et décrocha son téléphone. Elle composa le « 12 », obtint un répondeur annonçant qu'on allait lui répondre, qu'il lui en coûterait trois francs soixante et onze. Elle pencha la tête, coinça le combiné entre son oreille et son épaule, piocha une Winston ultra-light dans le paquet posé sur son bureau et se redressa pour l'allumer. Elle vit son reflet dans le miroir et détesta l'image qu'il renvoyait de ses trente-sept ans sonnés, de ses mèches de cheveux noirs mouillés plaquées sur son front, de ses traits tirés, de ses rides aux coins des lèvres. Une opératrice des renseignements décrocha, donna son nom.

– Je viens de recevoir un fax, dit Suzanna. Je voudrais savoir qui me l'a envoyé.

– La recherche prendra au maximum quinze minutes, elle vous sera facturée dix-huit francs trente et un... Si le numéro n'est pas sur liste rouge.

Suzanna accepta. C'était le troisième message anonyme qu'elle recevait. Les deux précédents étaient épinglés sur un panneau de liège, sur le mur en face d'elle. Le premier, daté du mercredi 15 avril à 18 heures :

« L'ange de la fontaine aux ailes déchirées repose aux Aubes. »

Le second, expédié le samedi 9 mai à 13 heures :

« La cantatrice des nuages au flanc empoisonné attend à Saint-Gély. »

Elle épingla le troisième message près des deux autres et se leva. Elle prit son téléphone portable dans son sac à main. Le service des renseignements allait la rappeler ; elle ne voulait pas occuper sa ligne. Elle composa le numéro du *Languedoc républicain*, demanda le poste de Daniel Longour, au secrétariat de rédaction. Il décrocha à la troisième sonnerie, reconnut la voix grave, éraillée, de Suzanna, sa pointe d'accent californien.

– C'est Suzanna. Tu veux bien me rendre un petit service ?

– Si c'est dans mes cordes.

– Jette un coup d'œil sur les dépêches et dis-moi s'il y a eu des incendies cette nuit, dans le quartier des Arceaux, ou bien quelque part sur le causse, au nord de Montpellier.

– Encore tes escroqueries à l'assurance ?

– Oui. Tu peux faire ça maintenant ?

– Ne quitte pas.

Suzanna avait inventé cette histoire d'escroquerie pour obtenir l'aide de Longour sans attirer son attention sur des affaires criminelles : le mardi 14 avril, veille de la réception du premier fax, une jeune femme de dix-neuf ans, Catherine Mathas, était morte dans l'incendie d'un entrepôt désaffecté du quartier des Aubes, à Montpellier ; une autre femme, Julia Lezavalats, avait brûlé le 8 mai, chez elle, dans le village de Saint-Gély-du-Fesc. Sa maison avait été ravagée par les flammes, en plein jour.

— Rien du tout, dit Longour après une minute d'absence.

— Tu es sûr ?

— Certain... Mais il paraît que les flics ont trouvé un cadavre, à Fendeille. Il y a un gars de chez nous qui est sur le coup.

— Comment vous l'avez appris ?

— Un flash à la radio voilà une demi-heure. Deux voitures ont quitté le SRPJ il y a moins d'une heure. Gyrophare et sirène... La star était à bord.

— La commissaire Victoire Camin Ferrat en personne ?

— Entourée par sa garde rapprochée.

— Qu'est-ce que c'est, Fendeille ?

— Un site préhistorique.

— Sur le causse ?

— Oui, à vingt-cinq kilomètres au nord de Montpellier : route de Ganges... Tu ne devais pas nous donner un papier sur les supporters américains ?

— Il est sur le bureau de ton rédac chef, je l'ai dicté de Lyon hier soir. Merci, Daniel.

Elle coupa la communication sans lui laisser le temps de l'inviter à dîner. Son statut de free-lance l'obligeait à préserver les amitiés à l'intérieur des journaux qui l'employaient ; ce qui n'allait pas jusqu'à perdre une soirée avec le plus serviable mais aussi le plus chiant des journalistes de l'Hérault, si elle pouvait y échapper. Elle fila à sa

11

bibliothèque, prit la carte IGN « 2742 ET – Ganges, Saint-Martin-de-Londres, pic Saint-Loup » et la déplia sur le monceau de papiers, de magazines et de livres qui encombrait sa table de travail. Elle chaussa ses lunettes et suivit du doigt le tracé orange de la D986, jusqu'au carrefour avec la ligne jaune plus mince de la D113. Dix centimètres sur la droite, elle repéra l'inscription « Fendeille », à moins d'un kilomètre de « Cambous-Château », sur la commune de Viols-en-Laval. Son doigt continua de zigzaguer vers la droite, s'arrêtant sous des noms qui lui semblaient familiers : Les Clapa-rèdes, Roussières, Bois de Mounié, La Sellette...

– En plein chez Max, murmura-t-elle.

Suzanna replia la carte et regagna la salle de bains en attrapant au passage, dans le placard du couloir, un jean et un T-shirt. Elle séchait ses che-veux quand le téléphone sonna. Les renseigne-ments rappelaient.

– Le numéro que vous avez demandé est celui d'un télécopieur du stade de la Mosson.

Suzanna remercia l'opératrice et raccrocha. Elle ramena ses cheveux en une masse sur le sommet de sa tête et les maintint tant bien que mal avec une grosse pince jaune. Puis elle vérifia que ses clés de voiture, son carnet de notes et son appareil photo étaient dans son sac. Elle quitta son apparte-ment. En descendant les deux étages, elle s'inter-rogea sur la direction à prendre : Fendeille ou la Mosson...

Le stade attendrait.

Devant la mort, l'indifférence. Le soleil de juin, les parfums sucrés de la garrigue, le vent léger courbant les herbes sèches du plateau de Viols-le-Fort. Les petits causses de l'Hérault offrant les dos arides de leurs collines à la brûlure matinale. Une vague de beauté, de douceur, d'émotions délicieuses. Aucune compassion, un aveuglement originel, comme un affront, autour d'un corps torturé. Rien ne survivait au chant abrutissant des cigales, pas même l'écho des cris d'horreur, de douleur. Devant la mort, l'obscène indifférence... Victoire se mit à haïr l'été précoce du Languedoc : la commissaire Victoire Camin Ferrat, contrainte de contempler la mort.

Sans quitter des yeux le pli dentelé du pic Saint-Loup, Victoire coupa son téléphone portable. Elle ne parvenait pas à obtenir sa communication. La ligne était occupée depuis vingt minutes. Elle rangea le cellulaire dans la poche de poitrine de sa chemise en jean et laissa son regard glisser sur les vastes plateaux sauvages, sur les monts modestes, couverts d'herbages, d'arbustes et de bois de chênes. L'agriculture avait brossé de jaune et de vert intenses les dépressions et le fond des vallées. Victoire explorait depuis vingt ans les routes, les chemins forestiers de cette région sédimentaire, large de trente kilomètres, qui s'étend au nord de Montpellier, entre la plaine littorale bordée d'étangs et le talus des Cévennes. Depuis qu'elle en était tombée amoureuse, longtemps avant d'exercer ses fonctions au Service régional de police judiciaire, elle randonnait sur ces collines et plateaux qui s'élèvent progressivement jusqu'à neuf cents mètres d'altitude. Elle avait pourtant l'impression qu'elle ne parviendrait jamais à connaître vraiment ces massifs découpés par les torrents descendant vers la Méditerranée et le Rhône. L'amour qu'elle portait au causse ne suffisait pas. Elle n'était pas d'ici...

Victoire prit une inspiration et se tourna vers l'officier de gendarmerie qui, à sa gauche, examinait des parcelles de matière sombres, de la taille d'une pièce de dix centimes, enfermées dans un sac plastique transparent.

– Rendez-moi un service, capitaine : envoyez quelqu'un à Saint-Clément. Le docteur Diaz a dû mal raccrocher son téléphone. Vous savez où il habite ?

– Bien sûr, mais je n'ai pas de voiture disponible. Je n'ai que l'hélico.

– Alors envoyez l'hélico.

– Pour demander au docteur Diaz de raccrocher son téléphone ?

– Oui... Et dites-lui de m'appeler sur mon portable. S'il vous plaît, capitaine.

Le gendarme se renfrogna mais n'eut pas le cran de refuser. Victoire lui sourit.

– Merci... Qu'est-ce que vous avez trouvé ?

Le capitaine leva ses sachets transparents à la hauteur de son visage.

– Je crois que ce sont des morceaux de peau.

Victoire grimaça et tourna les talons pour s'engager sur le sentier qui serpente à travers le site préhistorique de Fendeille, un hectare clos de grillages, en bordure d'un terrain militaire. Cinq mille ans auparavant, les hommes du néolithique, de la civilisation de Fontbouisse, s'étaient établis au centre du plateau et avaient construit un village d'éleveurs et de chasseurs. Il ne restait que les ruines d'une quinzaine de cabanes. Des constructions de forme oblongue, de vingt mètres sur huit pour les plus grandes, avec des fondations de pierre sèche, grise ou blonde, qui s'élevaient à un mètre au-dessus du sol.

En suivant le sentier, bordé de petites barrières en bois, Victoire rejoignit le médecin légiste François Cardos, accroupi près d'une cavité d'où émergeaient deux pieds recroquevillés, deux jambes desséchées. Victoire se força à regarder les morceaux de chair brûlée, comme deux branches noircies au feu. Le reste du corps était invisible, enfoncé entre les lèvres calcaires d'une fissure. Victoire rejeta ses cheveux en arrière, se coiffa d'une casquette qu'elle avait sortie de la poche latérale de son pantalon de randonnée, enfila des gants de latex et s'agenouilla devant le trou.

— Un homme ou une femme, Cardos ? demanda-t-elle.

— A mon avis, c'était une femme. Blanche, assez grande et jeune sans doute.

Cardos avait posé près de lui, sur un étui de toile, la loupe dont il s'était servi pour examiner la partie visible du cadavre, et les petits flacons transparents dans lesquels il conservait ses prélèvements. En pantalon et veste de laine grise et légère sur une chemise de coton blanche mal repassée, il n'incarnait pas les nouvelles tendances de la médecine légale, mais il avait observé dans sa carrière plus de cadavres que tous les toubibs des laboratoires de police scientifique réunis. A soixante-quatre ans, il s'apprêtait à prendre sa retraite dans l'ancien presbytère du Gard qu'il avait restauré.

— Elle est là depuis longtemps ?

Instinctivement, Cardos jeta un coup d'œil à sa montre : 17 h 05.

– La nuit dernière, il est tombé une averse sur le causse, vers 23 heures. (Il désigna une trace noire sur une roche.) Le ruissellement aurait lavé ça. Le cadavre a été déposé après la pluie.

– Elle n'a pas été tuée ici ?

– C'est une certitude.

Victoire se pencha pour tenter d'apercevoir la partie du corps enfoncée dans le sol. Il semblait coincé à la hauteur du bassin.

– Qu'est-ce que vous en pensez ?

– Pas grand-chose... Des lambeaux de peau ont été arrachés. Il est possible que le corps ait été soulevé par les chevilles... Les brûlures m'intriguent. Elles semblent couvrir tout le corps, du moins la partie visible, mais elles restent superficielles. Vous avez vu leur apparence ?

– Lisse, brillante.

– Exact, avec des reflets mordorés qui rappellent une carapace d'insecte. Le corps a certainement été enduit d'un produit quelconque avant d'être brûlé. Pour obtenir une sorte de caramélisation de l'épiderme. Rabiné, comme on dit par ici... Un peu comme si on avait voulu lui donner l'aspect d'un canard laqué.

Victoire se mordit la lèvre, ôta ses gants de latex et les fourra dans sa poche.

– C'est quoi ce trou ? L'entrée d'un gouffre ?

La réponse précéda celle du médecin.

– Un aven... un puits naturel.

C'était une voix féminine. Une voix douce et prenante, avec une pointe d'anxiété. Victoire tourna la tête vers une jeune femme rousse, en jean et T-shirt, qui se tenait en retrait, assise à même le sol, adossée à un arbre, les bras entourant ses jambes repliées.

– Qui êtes-vous ?

– Luce Winfield... Je travaille ici.

– Vous faites quoi ?

– Archéologue.

16

– C'est profond, cet aven ?

– Oui. Sous vos pieds, c'est du calcaire jurassique fissuré. Les géologues appellent ça un lappiaz. Les avens, ce sont les plus larges et les plus profondes de ces fissures. Au néolithique, de l'argile comblait les cavités étroites, mais les grandes étaient déjà béantes. Elles servaient de caves ou d'ateliers de poterie aux Fontbouisse. Les orifices devaient être fermés par des dalles, entourés de murets et de pavages.

Victoire s'accroupit, pivota sur la pointe des pieds et fit face à Luce Winfield.

– A quoi servait celui-ci ?

– C'était un dépotoir. Un éboulement l'a en partie comblé mais, à quatre mètres sous la surface, le puits donne accès à une salle assez vaste, avec un sol d'argile rouge et une terre brune, charbonneuse, riche en matériel archéologique, de la céramique en particulier.

A l'extérieur du site, l'hélicoptère de la gendarmerie décollait ; le sifflement de son rotor était assourdissant. Victoire attendit que l'appareil s'éloigne vers les petits vallons du Sud-Est en observant son interlocutrice, toujours assise, ramassée sur elle-même. Luce Winfield n'avait pas trente ans. Même recroquevillée, elle semblait tout de même grande, longiligne et bien proportionnée, avec des épaules tombantes, une poitrine à peine marquée, une taille fine et des hanches larges. Elle avait des traits anguleux, une physionomie animée, expressive, et le bronzage cuivré des filles au teint très clair. Ses cheveux mi-longs étaient coiffés par un courant d'air. Des mèches bouclées cachaient son front barré de trois rides horizontales. Ses yeux étaient très clairs, une couleur noisette délavée. Des yeux de chat. Un nez assez long, dont le bout arrondi était comme émoussé. Deux centimètres d'une ancienne cicatrice horizontale barraient sa pommette gauche. Elle était jolie et elle avait pleuré.

– C'est vous qui l'avez découverte ?

Luce acquiesça.

– Il y a deux heures, quand je suis arrivée... Je voulais vérifier que le chaume de la cabane n'avait pas trop souffert de l'orage. J'ai coupé à travers le petit bois et je l'ai vue... Après j'ai téléphoné.

– D'où avez-vous appelé les gendarmes ?

L'archéologue désigna une baraque en bois, près de l'entrée du site.

– Là-bas, notre guichet. Huit mètres carrés, c'est branlant, rempli d'araignées, mais on a le téléphone.

Un instant encore, Victoire observa Luce Winfield. La jeune femme venait de voir la mort pour la première fois. Elle n'avait plus de regard. Elle était vidée.

– Cette cavité a d'autres entrées ? demanda Victoire.

– Trois ouvertures en tout, mais deux seulement sont assez larges pour permettre le passage d'un homme : celle-ci et une autre, derrière le bois. C'est celle que nous empruntons pour les fouilles. C'est étroit, il faut ramper sur six ou sept mètres... Quelqu'un peut me donner une cigarette ?

Victoire ne fumait plus depuis quatorze ans, sa première grossesse. Le légiste se redressa à son tour, pêcha un paquet de blondes et un briquet dans la poche de sa veste et les tendit à Luce.

– On pourrait peut-être extraire le corps, dit-il. Il va falloir être prudent.

Victoire se leva et se détourna en marmonnant :

– Un instant, s'il vous plaît.

Elle marcha vers Alexis Sarral, son lieutenant, qui se tenait à l'écart. Un type de trente-cinq ans, brun, moustachu, les cheveux coupés court. Grand et mince, calme et attentif. Il ressemblait davantage à un moniteur de planche à voile qu'à un flic.

– Au boulot, Sarral. Le corps n'a pas été brûlé ici, on l'a transporté. Je veux savoir où et comment la clôture a été franchie. Dites aux gars de faire le tour du site par l'extérieur. Qu'ils cherchent des traces de pneus, des empreintes de pas, des passages dans les grillages. Le cadavre a été déposé pour qu'on le trouve, il y a peut-être autre chose, qu'ils fassent gaffe à tout.

Sarral hocha la tête et s'éloigna. Victoire se tourna vers Luce Winfield.

– Vous voulez bien nous indiquer l'autre entrée ?

Sans un mot, l'archéologue se leva et rejoignit Cardos qui avait réuni son matériel. Avant de leur emboîter le pas, Victoire regarda de nouveau le V obscène des jambes brûlées émergeant de l'aven. Elle était blessée par l'humiliation infligée à cette femme au-delà de la mort. Elle avait hâte que les vivants s'emparent du corps meurtri, le couchent, le couvrent, qu'ils lui témoignent un peu de compassion.

La salle souterraine était un dôme de dix mètres carrés, sec, obscur. Pas plus d'un mètre cinquante du sol au plafond. Victoire et le légiste s'y tenaient voûtés. Sarral, qui les avait rejoints après avoir transmis les ordres aux hommes du SRPJ, devait rester accroupi. Pour accéder à la cavité, tout le monde avait rampé dans un boyau étroit.

Les faisceaux des torches éclairaient les parois de calcaire blond, couvertes de toiles d'araignée. Et le corps nu, cambré, noir, tête en bas, bras tendus, qui pendait, du plafond de la grotte. Les doigts du cadavre effleuraient le sol. La victime était blonde, portait les cheveux longs. Il restait une mèche intacte, accrochée au crâne, derrière l'oreille. Etrangement, son visage, sans cils ni sourcils, avait peu souffert du feu. On l'aurait dit enduit d'un sombre masque de beauté, durci, craquelé. Sous son sein droit, la chair et la peau avaient fondu, dévoilant les côtes. Une longue plaie aux bords rongés par les flammes marquait son flanc gauche.

– Elle a été éventrée avant d'être brûlée, dit Cardos.

Sarral eut un mouvement de recul.

– Fatch de con! C'est le croque-mitaine... Il s'est échappé de chez les dingues...

– Je ne sais pas avec quoi l'entaille à l'abdomen a été pratiquée, coupa le légiste, mais la blessure est assez grave pour avoir causé la mort. C'est une hypothèse...

Il parut hésiter, puis il se mit à genoux, dirigea le faisceau de sa lampe sur tout le corps.

– Elle a été glissée brutalement, les bras en avant. La tête n'a pas souffert, mais les épaules sont éraflées, il a fallu forcer... Les hanches ont bloqué. J'ai l'impression qu'on aurait pu la faire disparaître dans ce trou mais qu'on a préféré qu'elle reste comme ça.

Il se contorsionna pour observer la face postérieure du crâne. Avec prudence, son pouce explora l'occiput.

– On l'a frappée à la tête, par-derrière. Un choc violent. L'os est comme pulvérisé... Je pense qu'on lui a assené un coup, un seul, très fort... Je ne peux pas dire avec quoi, mais, d'après la surface de l'impact, l'instrument devait être long et fin.

Victoire déglutit. Le spectacle du cadavre éclairé par les torches était obscène.

– Il faut la sortir de là, murmura-t-elle.

– Nous aurons plus de facilité à la faire descendre qu'à la remonter, dit Cardos. J'aimerais que la plaie à l'abdomen reste intacte. Il vaut mieux éviter que son torse ne frotte encore contre la roche.

Victoire quitta la grotte et regagna le trou d'où dépassaient les jambes. La lumière et la chaleur lui firent du bien. Elle s'essuya le visage du plat de la main, comme si elle voulait chasser des toiles d'araignée qui se seraient collées à elle. Quand le corps eut été évacué, elle ôta sa casquette, secoua ses cheveux blonds et s'éloigna sur le sentier en direction du bureau du site où Luce Winfield s'était réfugiée. La jeune femme avait relevé le volet de bois qui transformait la baraque en guérite, équipée d'un comptoir. Assise dans un fauteuil de plage en tube et toile, elle buvait au goulot de grandes gorgées d'eau minérale.

– Ça va mieux ? demanda Victoire.

– Oui.

– Après quoi avez-vous téléphoné aux gendarmes ?

Surprise, Luce Winfield posa sa bouteille et fronça les sourcils.

– Je ne comprends pas votre question.

– Vous avez dit tout à l'heure que vous étiez allée vérifier que le chaume n'avait pas souffert de l'orage et que vous aviez téléphoné « après ».

– Ah, c'est ça... Je suis tombée. Je crois que je me suis évanouie. Je ne sais plus très bien.

– Vous êtes arrivée la première ?

L'archéologue hocha la tête.

– Vous avez trouvé la grille d'entrée fermée ? insista Victoire.

– Oui. Et je peux vous assurer que personne n'a ouvert le cadenas avant moi. Hier soir, quand je suis partie, je l'ai entouré d'un sac en plastique. Je fais ça chaque fois que l'on prévoit des orages. Ce matin, la protection était en place.

– Il y a une autre entrée ?

– Non.

– Un passage dans le grillage ?

– Aucun, il a été remplacé au printemps.

Victoire effectua un tour sur elle-même. La clôture délimitant la surface d'un hectare de Fendeille s'élevait à deux mètres de hauteur et suivait un tracé rappelant la forme d'un haricot. Par endroits, le grillage disparaissait derrière les chênes verts, les oliviers, les filaires alaverts, les genévriers cades et les micocouliers.

– Qui conduit les fouilles ? demanda-t-elle.

– L'université et une association archéologique régionale, mais je crois que c'est un terrain privé.

– Vous n'avez pas d'accent. Winfield, c'est un nom anglais.

– Je suis suisse. Mon père dirige une société horlogère.

– Qu'est-ce que vous faites exactement ici ?

– Je guide les touristes, quand il y en a. Ça me permet de gagner un peu d'argent pour finir ma thèse. Sinon, je fouille les tombes.

– Il y en a beaucoup ?

– Nous avons trouvé deux sépultures classiques, mais il y avait aussi quatre corps dont l'ensevelissement reste inexplicable... L'un d'eux était celui d'un nouveau-né. Nous avons découvert son squelette dans une jarre, dissimulée entre les pierres d'un mur d'une des cabanes...

Luce s'interrompit. A quelques mètres des deux femmes, passait le brancard sur lequel reposait la dépouille extraite de l'aven, enveloppée dans un suaire opaque. Victoire attendit que le cortège ait franchi la grille.

– Vous voulez que l'on vous raccompagne ? demanda-t-elle.

– Ça ira, merci. J'ai ma voiture.

Luce désigna une vieille Méhari verte, garée derrière la clôture. Victoire jeta un coup d'œil à sa montre. Il était près de 18 heures. Elle sourit à Luce et lui tendit sa carte.

– Appelez-moi si un détail vous revient en mémoire, ou bien si vous apercevez quelque chose qui ne devrait pas se trouver sur le site... Et ne rentrez pas en Suisse sans me prévenir.

L'archéologue prit la carte et parvint à lui rendre son sourire. Victoire sortit de l'enceinte et s'approcha du fourgon où le cadavre venait d'être déposé. Le capitaine de gendarmerie lui annonça que ses hommes, partis en hélicoptère à Saint-Clément, avaient retrouvé Jean Diaz.

– Ils lui ont raccroché son téléphone, ajouta-t-il avec une pointe d'ironie.

Victoire sortit son portable de sa poche et composa le numéro du psychiatre. Il répondit aussitôt.

– Désolé, commissaire, je taillais mon buis dans le jardin et...

– Ce n'est pas grave, coupa Victoire. Etes-vous disponible ?

– Bien sûr. Voulez-vous que je vous rejoigne ?

– Inutile, monsieur, le corps part à l'Institut, vous le verrez là-bas. Je passe vous prendre. Je suis chez vous dans un quart d'heure.

Elle voulait rentrer au plus vite à Montpellier pour répondre elle-même aux appels téléphoniques. On l'avait prévenue que les gendarmes avaient intercepté un journaliste du *Languedoc républicain*. Avant la tombée de la nuit, tout le monde saurait qu'un cadavre avait été découvert sur le causse et Victoire préférait donner sa propre version des événements. Sur place, elle laissait trois enquêteurs sous la responsabilité de Sarral. Ils se chargeraient de collecter les indices et d'interroger des témoins éventuels. Avant de s'éloigner, Victoire marqua un instant d'hésitation. Elle se tourna vers l'officier de gendarmerie et demanda :

– Savez-vous qui est propriétaire du site, capitaine ?

Il répondit sans hésitation :

– Maxime Linski.

Suzanna était née à Flagstaff, une petite ville d'Arizona, entre Phœnix et le Grand Canyon, mais, au milieu des années 60, son père était mort et sa mère, qui avait obtenu un poste de prof de français à l'université de Berkeley, l'avait emmenée à Sausalito. Sa mère s'était vite remariée avec un type délicieux qui pilotait les navires dans la baie de San Francisco. Suzanna avait grandi au bord de l'océan, appris la navigation dans les brumes du Pacifique et lu Proust et Camus dans le texte sur la plage de Gray Wale. Lorsqu'elle avait décidé de s'installer en France, après six ans de voyage à travers l'Europe, elle s'était instinctivement retournée vers la mer. Son équilibre en dépendait. Suzanna aimait l'air salin, le soleil, les toits de tuile ocre des villages de montagne et les places de village plantées d'oliviers... Mais elle détestait la garrigue ! Des épines dans le moindre buisson, la caillasse coupante, les gros insectes au vol lourdingue...

Elle n'avait fait qu'une courte halte près de Fendeille, sur le parking de Viols-en-Laval. Elle y avait aperçu le reporter du *Languedoc républicain*, assis sur le muret du château, sous un pin d'Alep. Suzanna avait compris qu'il lui serait impossible d'approcher du site préhistorique. Les gendarmes veillaient et elle ne pouvait compter sur les bonnes dispositions de Victoire Camin Ferrat. La patronne du SRPJ n'avait pas la réputation de laisser les journalistes traîner dans ses pattes. Suzanna avait poursuivi sa route vers l'ouest, traversé les villages de Viols-le-Fort et Puéchabon, puis elle avait bifurqué sur la minuscule D222, serpentant entre les vignes jusqu'au pont du Diable. À mi-chemin, elle s'était engagée sur le chemin de Saint-Silvestre-de-Brousses. Elle avait garé l'Austin à l'ombre de l'église isolée, au beau milieu des vignes, et avait commencé l'ascension vers le mas de Montcalmès. Le mas de Maxime.

Après trois quarts d'heure de marche, elle atteignit le sommet d'un petit mamelon et découvrit le mas en contrebas. De cette position surélevée, le bâtiment principal ressemblait à l'épave d'un grand navire, couvrant une surface de plusieurs centaines de mètres carrés. L'Arche pétrifiée au sommet du mont Ararat, après que les eaux du déluge s'étaient retirées. Il était entouré par quatre grands bâtiments, dont trois étaient en ruine, envahis par les ronces, soulevés par les racines des figuiers et des micocouliers. Maxime Linski avait englouti une fortune pour éviter la disparition de ce hameau abandonné depuis les années 30. Il avait remonté des remparts, reconstruit une tour pierre après pierre et fait poser des toits. Mais par endroits, on distinguait des murs éventrés, des éboulis, des escaliers de calcaire qui ne menaient nulle part. Posé sur le plateau, à quatre kilomètres du premier village, Montcalmès avait appartenu à Charlemagne, avant qu'il n'en fasse don à saint Benoît, fondateur du monastère d'Aniane, en 777. Le mas dominait les trois mille hectares du causse de Brousses, limité à l'ouest et au nord par un méandre de l'Hérault.

Max était absent, puisque son camion jaune n'était pas là. D'ordinaire, il laissait en plein milieu de la piste son Unimog 4×4 bâché, racheté aux Domaines. Ainsi, il bloquait les véhicules des chasseurs de sangliers et des pilleurs de vieilles pierres. Suzanna parcourut les cent derniers mètres en pestant. Il ne lui aurait servi à rien de téléphoner avant de monter ; la plupart du temps, Max ne répondait pas. Suzanna voulait se reposer et n'imaginait pas de faire à pied le chemin du retour. Elle s'installa sur un banc de bois et sortit de son sac un carnet de notes. Il contenait les premiers éléments de son enquête ainsi que les photocopies réduites des fax anonymes.

En avril, quelques coups de fil lui avaient suffi pour comprendre que le premier message concernait peut-être la mort de Cathy Mathas dans le quartier des Aubes. La presse avait fait état de l'événement et publié les déclarations des enquêteurs. Selon eux, il s'agissait sans doute d'une bagarre de routards ivres ayant entraîné un incendie accidentel dans lequel la jeune femme aurait trouvé la mort. Suzanna se souvenait d'une affaire semblable, survenue vingt ans auparavant, en Californie, alors qu'elle faisait ses premières armes de journaliste : un crime sexuel, maquillé en querelle de clochards, avait été révélé par une lettre anonyme. Elle avait immédiatement cherché à savoir d'où provenait le fax. Il avait été émis depuis une boutique de photocopies en self-service, à Nîmes, où il suffisait de payer douze francs à la caisse après avoir effectué soi-même l'opération. Le gérant du magasin ne se souvenait pas de ses clients du 15 avril. Le journal du télécopieur indiquait que vingt-trois personnes, ce jour-là, avaient envoyé chacune un feuillet unique, sans page de garde.

Suzanna ignorait ce qui avait pu décider son informateur à la choisir, elle. Bien sûr, elle avait signé assez d'articles sur des faits divers dans les grands quotidiens du Midi pour que sa réputation d'inlassable emmerdeuse l'ait désignée. En outre, ses numéros de téléphone et de télécopie personnels étaient accessibles par Minitel. Enfin, Suzanna avait prouvé qu'elle ne se méfiait pas autant des informations anonymes que ses confrères français. Aux Etats-Unis, quand elle avait commencé à travailler dans la presse, ces pratiques étaient monnaie courante. Après des études en sociologie, Suzanna avait enquêté sur les milieux marginaux de Frisco pour un *news magazine* californien. Elle avait très vite publié un recueil d'interviews d'anciens hippies « reconvertis » : prédicateur, marchand d'armes, taulard... Un coup de maître. A vingt ans, elle avait été sur le point de se marier, mais elle avait tout laissé tomber : l'université, le fiancé, le journalisme, sa famille et la Californie... Elle n'avait repris la plume qu'après avoir posé son sac à Montpellier, en 1989, en commençant par écrire des articles sur les Américains installés dans le sud de la France. Ses papiers avaient été publiés aux Etats-Unis, en Angleterre, en Australie. Et en France. Elle avait alors vingt-huit ans et toujours autant de talent.

Quelques jours après la réception du premier fax, elle s'était débrouillée pour se procurer une copie du rapport d'autopsie de Cathy Mathas. Suzanna voulait savoir si elle avait pu subir des violences sexuelles. Le compte rendu du légiste n'en disait rien, le corps était en trop mauvais état. Les pompiers avaient retrouvé les restes de la jeune femme presque par hasard dans une bouillie de cendres et de débris noyés sous des trombes d'eau. Le crâne présentait des fractures anciennes des deux mâchoires, de la pommette, de l'arcade gauche, et neuf prothèses dentaires qui avaient permis son identification. Les Mathas étaient l'une des plus riches familles de Toulouse. Suzanna les avait contactés. Ils avaient accepté de la recevoir. Au moment de sa mort, Cathy avait dix-neuf ans.

Cinq ans auparavant, elle s'était fracturé le crâne en plongeant dans une piscine vide. Elle avait subi quatre opérations de chirurgie réparatrice. Les parents de Cathy avaient montré à Suzanna des photos de leur fille. Du côté gauche, son visage était entièrement refait. Un travail impeccable, à part un léger enfoncement de la pommette et une cicatrice sur l'aile du nez. Mais avant d'en arriver là, traumatisée par son visage abîmé, Cathy avait refusé de sortir. Pendant vingt et un mois ! Ensuite, elle avait craqué. Elle n'avait pas supporté l'idée d'être encore opérée. Lorsque son corps calciné avait été retrouvé, ses proches étaient sans nouvelles d'elle depuis près de trois ans. Elle courait les routes avec son chien, un gros beauceron. Suzanna avait continué à enquêter à Montpellier, dans le milieu des routards qui se rassemblaient en centre-ville dès le début du printemps. Elle imaginait qu'on avait maquillé le meurtre de Cathy, mais n'avait encore aucune piste quand le deuxième fax était arrivé, le 9 mai.

La veille, Julia Lezavalats, trente-cinq ans, célibataire, sans enfant, gérante d'un petit kiosque à journaux à Montpellier, avait été retrouvée morte brûlée dans sa maison de Saint-Gély-du-Fesc, un village à dix kilomètres au nord de Montpellier.

Ce décès semblait moins mystérieux que le précédent. Les pompiers pensaient qu'elle avait jeté un mégot dans sa corbeille à papier, et il n'y avait pas eu d'autopsie. Le fax qui semblait évoquer sa mort avait été expédié depuis un club équestre de Villeneuve-lès-Maguelonne, en bord de mer, près de Palavas-les-Flots. Suzanna s'était déplacée, avait constaté que l'on pouvait se servir du télécopieur sans attirer l'attention.

Suzanna avait fouillé la vie des deux victimes, cherchant des traces du passage en ville de Cathy, interrogeant les proches et les voisins de Julia. Personne ne lui connaissait de relation trouble, d'amant ni d'ennemi. Elle menait une vie rangée et solitaire.

Suzanna avait utilisé son réseau d'informateurs avec la plus grande prudence en s'efforçant de découvrir si les deux femmes avaient été assassinées... Trois, désormais, si le cadavre retrouvé à Fendeille était bien celui dont parlait le troisième fax.

Ce qui l'intriguait le plus, dans ces messages, c'était leur caractère énigmatique, presque ésotérique : « Ange de la fontaine » pour Cathy Mathas, « cantatrice des nuages » pour Julia Lezavalats, « elfe de lumière » et « prêtresse des Arceaux » sans doute pour deux autres femmes. En revanche, elle avait quelques idées pour expliquer des termes tels que « ailes déchirées », « flanc empoisonné » et « Lune noire »... Mais il ne s'agissait que de suppositions. Elle avait besoin d'un signe, un simple indice, pour publier un article qui obligerait les enquêteurs à demander de nouvelles autopsies des victimes. Suzanna espérait que Maxime l'aiderait à découvrir l'élément qui lui manquait, mais elle savait aussi qu'elle n'obtiendrait rien de lui si elle ne montrait pas son jeu, en partie du moins.

Elle posa son carnet de notes sur le banc, près de sa cuisse, s'étira et sursauta. Son regard venait d'accrocher un flash aveuglant, comme un éclair. Elle pensa aussitôt au soleil se réfléchissant dans un miroir ou sur un objet métallique, là-bas, sur l'autre rive du fleuve. La montagne de Saint-Guilhem-le-Désert, d'où provenait le reflet, était peu fréquentée à cette période de l'année, mais c'était aussi un des endroits préférés de Maxime Linski. Il était constamment à la recherche de constructions en ruine dont il rachetait les pierres. Suzanna regarda sa montre. Il était 19 h 15. Trop tard pour se rendre au stade de la Mosson et trop tôt pour espérer que Victoire Camin Ferrat donne des informations à la presse. Si Max revenait des monts de Guilhem, il lui faudrait tout au plus une vingtaine de minutes pour gagner le parking, au bord de l'Hérault, où il avait dû garer son camion, et encore une petite demi-heure pour rejoindre Montcalmès. Elle attendrait.

Suzanna se leva et se dirigea vers le bois de chênes verts qui bordait les bâtiments en ruine. Si elle ramassait un bon fagot, Max accepterait peut-être qu'elle allume un feu dans la cheminée...

– La victime avait une trentaine d'années. Elle mesurait un mètre soixante-huit et pesait soixante-deux kilos, elle était très musclée. Elle devait exercer un métier physique ou faire beaucoup de sport. Le corps vitré de l'œil a été préservé et j'ai pu, en l'examinant, déterminer l'heure du décès avec une certaine précision : entre 21 h 30 et 22 heures. Quant à la cause de la mort : *commotio cerebri*. Un choc à la tête. Un vrai court-circuit. La fracture est en coquille d'œuf sur la face postérieure de la boîte crânienne. Le genre de fracture que l'on se fait en tombant du deuxième étage. Elle est morte instantanément. On a pu la frapper avec n'importe quoi : une pierre, un marteau, une souche... Ou bien on lui a cogné la tête contre un mur, mais avec une violence extrême. Toutes les autres blessures et mutilations, y compris la crémation, sont *post mortem*.

François Cardos s'interrompit, jeta un regard à l'horloge, il était 21 heures. Il tourna la tête vers Victoire. Elle l'écoutait debout, immobile, les traits figés, avec sur le visage une expression de dégoût qu'il lui connaissait bien. Le légiste avait pratiqué l'autopsie dès que le corps avait été déposé à l'Institut. Lorsque Victoire et Jean Diaz étaient arrivés, ils s'étaient installés dans le bureau du médecin, une minuscule pièce aveugle éclairée par deux lampes au néon, et avaient attendu que le légiste en ait terminé et qu'il leur fasse la lecture de son rapport, sur un ton neutre, effrayant...

– Je vous assure qu'elle n'a pas eu le temps de souffrir, reprit Cardos avec plus de douceur, comme pour apaiser Victoire. Les victimes d'incendie présentent souvent des os éclatés ou des traces d'hémorragies épidurales, ce qui peut donner l'impression que quelqu'un les a torturés avant de mettre le feu, mais ce n'est pas le cas. Il s'est peut-être écoulé une heure avant que le corps ne soit brûlé, à l'aide d'un chalumeau, comme je le pensais. Mais auparavant, il a bien été badigeonné, avec des substances que j'ai pu prélever. J'ai aussi trouvé de nombreux débris, en particulier dans la mèche de cheveux qui n'a pas brûlé : de la terre, des petits morceaux de feuilles, une matière sèche, épaisse, des cadavres d'insectes, des fibres de coton et d'acrylique. Tout est parti au labo, il faudra la nuit pour que l'analyse microscopique soit achevée, ainsi que le décryptage des photographies aux infra-rouges et aux ultraviolets. Nous en saurons plus demain matin.

– Le produit avec lequel elle a été enduite était-il supposé favoriser la combustion du cadavre ? demanda Victoire.

– Non. Si l'agresseur s'était contenté d'utiliser son chalumeau, ou un autre engin produisant une chaleur intense, le résultat aurait été le même. D'ailleurs les brûlures n'ont pas été infligées dans le but de faire disparaître le cadavre. Je crois qu'il souhaitait davantage présenter le corps de cette façon. Il n'a omis aucune partie du corps, il a donc fallu qu'il se livre à une opération minutieuse, en retournant le cadavre à plusieurs reprises ou en le pendant par les pieds.

– Comment savez-vous cela ?

– A certains endroits, j'ai pu observer des livi-dités cadavériques ; le sang s'accumule dans des zones précises en fonction de la disposition du corps. L'épiderme d'une partie du torse et des épaules était encore en assez bon état pour que je puisse en conclure que le corps a été pendu tête en bas, ou bien qu'il a reposé longtemps ventre contre terre, sur un sol présentant une forte pente... C'est aussi dans cette position que la victime a été éventrée. L'entaille mesure trente-deux centimètres, elle a été pratiquée pour prélever une partie des viscères : les organes sexuels et les reins...

Victoire eut un mouvement de recul.

– Attendez, coupa-t-elle la gorge serrée. Vous voulez dire qu'il lui a ouvert le ventre pour lui prendre cela ?

– Absolument. Il a choisi ce qu'il a prélevé. Sa technique est assez efficace, même si la réalisation est un vrai carnage. Nous n'avons pas affaire à quelqu'un qui a des notions d'anatomie ou une quelconque expérience, mais il savait théoriquement ou empiriquement comment s'y prendre. S'il est maladroit, sa main ne tremble pas. L'incision est nette, et le coup porté à la tête précis.

Il y eut un silence, puis Victoire demanda :

– Avec quoi l'a-t-on éventrée ?

– Une lame courte, courbe et peu tranchante. On distingue clairement le premier point de pénétration sur les clichés... Mais je vous avoue que j'ai du mal à être précis sur l'arme utilisée. Elle doit ressembler à une griffe... J'ai même pensé à un objet imitant une serre de rapace, mais de grande taille : plus de quinze centimètres.

L'assistant du légiste avait apporté les premiers tirages des photos prises au début de l'autopsie. Victoire les sortit d'une enveloppe brune, les étala sur le bureau de Cardos et se força à les regarder attentivement. Elle s'arrêta sur une vue du flanc gauche.

– Une arme telle que vous la décrivez, dit-elle, devrait avoir causé une déchirure épouvantable.

– Pas si elle est maniée avec force, répliqua Cardos.

Victoire rassembla les photos et les fit disparaître sous l'enveloppe. Elle s'appuya des deux mains sur le rebord du bureau, prit une inspiration.

– Résumons-nous, dit-elle. Il est 21 h 30 ou 22 heures. Il fait nuit. Il frappe sa victime à la tête avec une violence extrême, ou bien il la propulse contre un mur. Ensuite, l'assassin s'acharne sur le cadavre durant une heure environ. Pour l'instant, il est impossible de dire s'il le viole. Il se peut qu'il le pende par les pieds. Il l'éventre, arrache les reins et les organes sexuels. Ensuite, il enduit le corps et le soumet à la flamme d'un chalumeau jusqu'à ce que l'épiderme ait pris cette apparence de carapace. A ce moment-là, l'orage éclate, la pluie tombe pendant vingt-cinq minutes. Lorsqu'elle cesse, il emporte le cadavre hors du lieu où il l'a mutilé, franchit la clôture de Fendeille on ne sait trop comment, le dépose dans l'aven au plus tôt à minuit et disparaît... C'est ça, docteur ?

– Je le pense, oui, répondit Cardos.

Victoire se redressa et fit face à Jean Diaz.

– La question vous était aussi adressée, monsieur, lâcha-t-elle sans parvenir à dissimuler son agacement.

Elle avait dépêché un hélicoptère de la gendarmerie pour parvenir à le joindre ; elle était passée le chercher en voiture ; elle avait envoyé la secrétaire de Cardos lui acheter une bouteille d'eau minérale... Et Diaz n'avait pas entrouvert les lèvres, sinon pour chasser d'un geste de la main la fumée de la cigarette du légiste quand elle flottait dans sa direction. Le psychiatre était un quinquagénaire de petite taille, au corps volumineux. Un tronc ample, adipeux, boudiné dans une chemisette rayée bleu et blanc, et d'épaisses cuisses courtes, serrées dans un pantalon noir. Des touffes de cheveux brillants dessinaient une demi-lune poivre et sel autour de sa calotte crânienne, très large à l'aplomb des oreilles. Son appendice nasal rouge et proéminent, d'apparence spongieuse, lui avait valu autrefois le surnom de « Pinard » parmi ses étudiants. Mais Diaz n'avait jamais bu une goutte d'alcool ; il souffrait de déficience rénale. Il fit mine d'être étonné par le ton de Victoire et s'éclaircit la voix avant de parler.

– J'écoutais, commissaire. C'est intéressant... Et dégoûtant, comme toujours. Mais ce n'est pas ce que vous attendez de moi, n'est-ce pas ?

– Non.

– Ça vous aiderait si je vous disais de chercher un schizophrène ?

– Non.

– Et un fou furieux qui entend des voix ?

– Je souhaiterais que vous me fassiez gagner du temps, rétorqua-t-elle, de plus en plus irritée. Même si vous ne me dites rien que je n'imagine déjà, vous m'aiderez à ordonner mes pensées.

Diaz eut un petit sourire.

– Je sais très bien ce que vous souhaitez, commissaire : une description de l'individu qui a massacré cette femme, ses origines ethniques, son sexe, son âge, sa personnalité, le type d'emploi qu'il peut occuper, sa vie de famille s'il en a une, sa situation militaire, son éducation, son passé criminel, le genre de véhicule qu'il peut conduire, ses passe-temps... Je me trompe ?

Victoire ne répondit pas et se détourna. L'ironie de Diaz l'exaspérait. Elle le considérait à la fois comme un génie et comme le pire con qu'elle ait jamais rencontré. Quand elle avait été nommée au SRPJ, Diaz n'exerçait plus, il avait pris sa retraite, à Saint-Clément, mais publiait encore des articles dans des revues de psychiatrie. Elle avait fait le siège de sa villa et lui avait proposé de l'aider dans le cadre d'enquêtes criminelles délicates : Diaz n'intervenait que s'il le souhaitait. Après six ans de collaboration, leurs relations étaient inchangées. Ils se connaissaient mal, ne se fréquentaient pas, s'appréciaient peu. Elle lui donnait du « monsieur »; il l'appelait « commissaire ». Malgré le respect qu'elle avait pour ses analyses – cet homme-là, laid et solitaire, observait l'humanité avec la froideur et l'inquiétant détachement d'un entomologiste –, Victoire voyait en lui un vieux célibataire, malade et amer, triste et pitoyable. Il n'avait jamais été marié, personne ne lui connaissait d'aventure. Parfois, sa mère, très âgée, venait passer un mois chez lui, puis elle retournait au Portugal. Et Diaz, quant à lui, réprouvait l'idée qu'une femme puisse exercer des responsabilités de flic. Il avait aussi le sentiment d'être dépendant de Victoire. Il pensait parfois qu'il serait déjà mort si elle n'était pas venue le chercher.

– Il a pris du plaisir et s'est donné du temps, reprit-il de sa voix nasillarde. Ce n'est pas l'acte de quelqu'un qui satisfait ses besoins sexuels en infligeant de la douleur. Ce comportement compulsif, au milieu de tant de fureur et d'actes désorganisés, indique un désordre psychologique, mais les mutilations ne collent pas avec une personnalité de violeur. Il doit être blanc, puisque la victime l'est aussi. Les frontières ethniques sont rarement franchies dans ce genre de crime... Les fantasmes qui émergent de la scène de crime que vous avez décrite sont très élaborés; ils se sont développés dans l'esprit du tueur durant des années. Un agresseur aussi précis dans ses actes doit être narcissique, égocentrique.

Il marqua une pause et se leva. Jean Diaz savait que ni Cardos ni Victoire ne piperaient mot tant qu'ils imagineraient que le psychiatre avait encore quelque chose à dire, car personne d'autre que lui, en France, ne s'était aventuré aussi loin dans les replis d'âmes humaines dévorées par des pulsions meurtrières. Longtemps, il avait été expert près la cour d'appel de Bordeaux, chargé de cours en psychiatrie et psychologie légales, et avait dirigé une UMD, une unité pour malades difficiles, une prison psychiatrique. Il avait compté parmi ses patients des auteurs de crimes sexuels, récidivistes, parmi les plus terrifiants du pays. Il avait partagé leur vie, jour et nuit, pendant quatorze ans, avant que ses reins malades ne l'épuisent.

– D'ordinaire, reprit-il, le comportement de la victime est aussi important dans l'analyse d'un crime que celui de l'auteur du crime, mais cette fois l'identification du cadavre ne vous permettra sans doute pas de remonter jusqu'à son assassin. Si c'est une prostituée, vous saurez qu'il s'attaque à des cibles faciles. Si c'est une jeune femme rangée, alors vous saurez qu'il est prêt à prendre tous les risques pour satisfaire son fantasme, qu'il a choisi sa victime en fonction de critères que lui seul connaît. Qu'il a appris à la différencier au milieu du troupeau, à voir immédiatement ce qui fait d'elle une proie. Il a su se comporter face à elle en une fraction de seconde. Il s'est entraîné à sentir les faiblesses de sa victime, sa vulnérabilité.

– Vous dites " Il ", coupa Victoire. Vous êtes sûr que c'est un homme ?

Diaz fit la moue.

– C'est un métier d'homme, mais de nos jours... Qui sait ?

De nouveau, il s'interrompit, mais juste le temps de reprendre son souffle.

– Cherchez quelqu'un qui dispose de bonnes facultés physiques et qui a peut-être eu affaire à la justice ou à la police pour des affaires de mœurs. Il ne serait pas étonnant qu'il ait séjourné dans un hôpital psychiatrique.

Il fourra les mains dans ses poches et eut un étrange mouvement d'épaules, comme s'il voulait en faire tomber une chose désagréable qui s'y serait posée. Victoire comprit qu'il avait terminé.

Elle avait tout de même une dernière question à lui poser.

– Vous pensez qu'il peut recommencer ? Ou qu'elle peut recommencer ?

– Le processus même du passage à l'acte appelle la récidive.

– Il va tuer de nouveau ? De la même façon ?

Diaz se voûta, et, l'espace d'un instant, l'arrogance qui semblait gravée en permanence dans les traits de son visage disparut.

– Il l'a déjà fait, dit-il. Son mode opératoire est trop précis pour qu'il en soit à son coup d'essai. Il ne pense plus qu'à ça, il ne peut plus rien faire d'autre. Son esprit est totalement occupé par ses meurtres. Il a déjà tué d'autres femmes et il va recommencer.

Victoire se sentit brusquement très mal. La sonnerie de son téléphone portable lui sauva la mise. Elle l'empoigna, établit la communication. C'était Sarral. Il était encore à Fendeille.

– Je sais comment le corps a été introduit dans le site, madame. Nous avons trouvé des traces de pas, des fibres textiles et des lambeaux de peau brûlés au même endroit, des deux côtés de la clôture nord. Le tueur devait porter la victime sur son dos et... c'est difficile à admettre, mais il est passé par les arbres.

Suzanna s'apprêtait à allumer sa dernière Winston lorsqu'elle entendit le ronflement d'un moteur. Il était 21 heures. Elle glissa la cigarette dans le paquet qu'elle allait froisser et monta d'un degré. Elle s'était postée, à cinq mètres au-dessus du sol, sur l'escalier extérieur en partie effondré d'une dépendance en ruine. Depuis que Maxime lui avait dit que les sangliers venaient fouiner dans les parages, elle n'aimait pas traîner au ras des pistachiers à la tombée du jour. Ce n'était pas la première fois qu'elle attendait Linski sur cet escalier. Elle était venue régulièrement à Montcalmès au cours des deux dernières années, mais depuis quelques mois ses visites s'espaçaient. La fréquentation du propriétaire n'était pas de tout repos, même si le type de relations qu'elle entretenait avec Maxime correspondait assez bien au mode de vie auquel elle aspirait. Depuis son départ de Californie, Suzanna avait eu des amants. Seulement des amants, et un véritable coup de foudre pour celui qui lui avait fait découvrir l'Hérault. Il y avait dix ans de cela ; il s'appelait Régis Escande, il avait quarante ans. Il était peintre. Elle l'avait rencontré à Barcelone où il exposait son travail sur la Camargue. Il lui avait fait aimer les étangs, les taureaux, les ciels roses du couchant, les tourbillons de sable que le vent soulevait au sommet des dunes. Le peintre était marié. Suzanna avait cru qu'il quitterait sa femme pour elle. Un jour, Escande lui avait annoncé, piteux, qu'il ne divorcerait pas, qu'ils pouvaient tout de même rester amants. Suzanna l'avait flanqué à la porte séance tenante. Mais elle était tombée amoureuse de Montpellier. Et puis, elle en avait assez de changer de ville, de pays, de langue. Elle s'était remise à écrire, s'était fait des amis, avait acheté un appartement.

Perchée sur son escalier, elle distingua bientôt sur la piste le camion Unimog à gueule de monstre, haut perché sur ses roues crantées, avec ses quatre phares et son treuil fixé à l'avant du châssis. Lorsque le véhicule eut franchi le dernier virage, son pilote l'immobilisa au beau milieu de la piste, entre deux arbres.

Maxime Linski coupa le moteur, éteignit les phares, ouvrit la portière et sauta de son camion. Suzanna reconnut sa chevelure poivre et sel, nouée en queue-de-cheval, et l'accoutrement favori du maître de Montcalmès : chemisette hawaïenne rouge et jaune, bermuda large couleur sable et brodequins en toile noire.

Il ramassa sur son siège un paquet de la taille d'un pot de chambre, ferma la portière du camion d'un coup de coude et s'approcha du mas. Suzanna l'observa tandis qu'il zigzaguait entre les bosquets et sourit. Six ans après avoir fait sa connaissance, elle le trouvait toujours aussi séduisant. Leur première rencontre, lors du cocktail d'inauguration d'une nouvelle boîte de la Côte, avait pourtant été mouvementée. Max lui avait jeté à la tête le journal dans lequel elle lui avait consacré un article, après qu'il avait acheté Montcalmès. Le papier était titré : « Le roi du porno dans les murs de Charlemagne. » Max lui avait promis une fessée en public si elle persistait à l'emmerder. Elle lui avait dit « Chiche ». Il avait fallu que des invités le ceinturent pour l'empêcher de mettre sa menace à exécution. Quinze jours plus tard, Suzanna Nolde et Maxime Linski étaient amants.

Mince, sec, large d'épaules, Maxime Linski était en angles vifs, en saillies. En le regardant bouger, Suzanna se disait souvent que les femmes de Max qui s'étaient plaintes de son insouciance, de ses attitudes présomptueuses, de son inconstance ne l'avaient jamais regardé marcher. Ses déhanchements avaient quelque chose d'animal, qui trahissait ses appétits sexuels et sa tendance à la débauche. Suzanna le trouvait troublant, mystérieux, sournois et terriblement excitant. Mais certainement pas dangereux comme l'avait prétendu son ex-épouse en demandant le divorce.

Elle le laissa approcher avant de se manifester. Elle espérait lui flanquer la frousse en l'interpellant. Il ne sursauta même pas quand elle prononça son nom. Il leva la tête, regarda Suzanna avec une apparente indifférence et continua d'avancer vers la porte du mas.

– Je suis un homme comblé : Miss Pulitzer me rend visite.

Il avait une voix chaude, rauque, qui se transformait en une espèce de grondement quand il marmonnait. Suzanna descendit de son perchoir. Il l'attendit, posa son paquet et l'enlaça.

– Comment tu fais pour être plus belle chaque été, Suzy ?

Elle n'aimait pas ce diminutif de son prénom. Il l'appelait Suzy pour l'agacer. Chez lui, c'était une marque d'intérêt : il ne tracassait que ceux qu'il aimait. Maxime l'embrassa, puis il se recula pour la dévisager, les sourcils froncés.

– Qu'est-ce que tu es venue me demander ?

– Tu es passé à Fendeille ?

Il ramassa son paquet.

– Non, mais je me suis arrêté pour boire un verre au bar de l'Avenir, à Viols-le-Fort, et j'ai entendu dire qu'on avait trouvé un cadavre là-bas.

– Tu possèdes des oliveraies dans ce coin.

– C'est possible.

– Et tu n'y es pas allé ?

Maxime s'approcha de l'entrée du mas. Elle lui emboîta le pas. Il déposa son paquet sur l'un des bancs de pierre qui flanquaient la porte.

– Qu'est-ce que tu as dans ton précieux paquet ? demanda-t-elle. Tu portes ça comme le saint suaire.

– Une culasse, pour la moto de Thomas.

Il pêcha son trousseau de clés dans la poche de son bermuda. Elle l'observa tandis qu'il ouvrait la porte. Le visage de Maxime Linski dessinait un ovale allongé, ses traits étaient réguliers mais nettement marqués, comme dans une esquisse au fusain. Des oreilles longues et pointues en haut, des sourcils élevés. Sur la tempe droite, près de l'arcade, une petite cicatrice noire, dessinant un C incliné, comme un tatouage, souvenir ancien de l'explosion prématurée d'une fusée de feu d'artifice. Des yeux bien ouverts, des pupilles vertes, lumineuses et vivantes. Son nez était court et droit, sa bouche aux lèvres fortes, rouges, boudeuses, bien dessinée. Un menton saillant et fendu et une mâchoire inférieure large et puissante...

– Dis-moi ce que tu veux, Suzy. Je préfère que nous nous engueulions tout de suite plutôt qu'après la bouffe.

– C'est une invitation à dîner ?

– Ou à foutre le camp, ça dépend de toi...

La clé tourna dans la serrure. Maxime poussa les deux vantaux et franchit le seuil, laissant derrière lui la porte ouverte.

– Emmène-moi à Fendeille, Max, lança très vite Suzanna. Les flics te laisseront passer et...

– Pas question. Allume la lumière, s'il te plaît.

Suzanna fit ce qu'il demandait. Des spots éclairèrent une grande salle voûtée de cinquante mètres carrés. Elle était vide, à l'exception de six

42

coffres posés le long des murs. La roche grise sur laquelle Montcalmès était bâti avait été taillée, aplanie, et servait de dallage. Maxime avait bifurqué à gauche, dans l'ancien logis des bergers qu'il avait transformé en cuisine. Suzanna l'y suivit. Elle n'espérait pas qu'il cède immédiatement, mais elle ne s'attendait pas que son refus fût aussi ferme. D'ordinaire, Max préférait s'amuser avec les quémandeurs, les laisser s'essouffler avant de céder ou de les envoyer sur les roses. Suzanna savait qu'il était aussi têtu que curieux.

Maxime avait fait aménager sa cuisine avec le plus grand soin. L'ancienne cheminée avait été tracée contre le mur ouest, sur un plan circulaire du XIIe siècle, avec une hotte conique portée sur deux consoles de pierre. De chaque côté de la cheminée s'ouvraient deux fenêtres basses, surmontées de tablettes d'ardoise. Maxime brancha le petit transistor réglé en permanence sur la fréquence de « France Info » et ouvrit les portes coulissantes qui dissimulaient le réfrigérateur. Suzanna retourna une chaise, s'assit à califourchon et se décida à révéler ce qu'elle savait des deux autres morts suspectes, mais sans mentionner les fax qu'elle avait reçus. Maxime semblait se désintéresser du monologue de Suzanna. Il aligna devant lui six tomates, un concombre, du basilic, une bouteille de sauce vinaigrette toute prête et un saladier en plastique. Suzanna insista, parla de l'accident de Cathy Mathas, de sa fugue avec son chien, de l'autopsie... Maxime avait sorti une planche à découper et un Opinel n° 6. Il se tourna vers Suzanna.

– Salade, saucisson, fromage, faugères rosé et cerises en dessert : ça te convient ?

Suzanna se leva brusquement et se campa près de lui.

– Pourquoi tu ne veux pas m'aider, Max ? Il te suffit de me faire entrer à Fendeille, c'est tout !

– Je ne m'approche plus des flics. Une fois seulement, j'ai voulu jouer les fiers-à-bras et je me suis retrouvé accusé du meurtre d'une gosse de huit ans. J'ai compris.

– Justement, Victoire Camin Ferrat te doit bien un service, non ?

– Basta, Suzy, n'insiste pas... Débrouille-toi sans moi. Je vais prendre une douche... Mets la table ou déguerpis.

Il voulut la contourner pour quitter la cuisine, mais elle lui saisit le poignet et l'arrêta.

– Ecoute-moi encore.

Maxime ne répondit pas mais n'essaya pas de se libérer. Il regardait la main de Suzanna emprisonnant son poignet.

– Six jours après la mort de Cathy, reprit-elle très vite, les pompiers ont été appelés pour s'occuper d'un chien que les viticulteurs de Saint-Jean-de-Fos entendaient hurler à la mort depuis des heures. Les pompiers l'ont trouvé dans l'aven des contrebandiers, sur la piste de la maison forestière des Plots. Le chien était comme fou et quand ils ont essayé de le sortir du trou, il a mordu un gars. Alors, on l'a abattu. Ensuite, quand ils l'ont examiné, ils se sont rendu compte qu'il avait été torturé. Il avait le ventre à vif et la peau du dos lacérée... Ce chien, Max, c'était un beauceron... J'ai envoyé la photo publiée dans le journal à Toulouse. Les parents de Cathy ont été formels : c'était le chien de leur fille.

Suzanna prit une inspiration. Il lui en coûtait de révéler les maigres informations qu'elle avait pu collecter au cours de son enquête, même à Max. Mais lui seul avait peut-être la possibilité de lui faire rencontrer celui ou celle qui avait découvert le corps de Fendeille. Comme Maxime restait sans réaction, elle ajouta plus posément :

– Lorsqu'ils ont autopsié Cathy Mathas, les légistes ont constaté qu'il manquait les avant-bras de la victime... Pour Julia, j'ai réussi à avoir une photocopie des clichés du cadavre : son flanc droit avait été entaillé sur vingt centimètres et ce n'était pas le feu qui pouvait avoir fait ça... Max, je crois qu'on a tué ces deux femmes pour leur voler leurs organes. Je veux savoir si c'est la même chose à Fendeille...

Elle se tut. Maxime releva la tête et regarda Suzanna droit dans les yeux.

– Pourquoi tu me sers cette histoire de Grand-Guignol ?

– Tout ce que je t'ai dit est vrai.

– Suffisant pour me manipuler.

– Pas du tout !

Maxime sourit, leva son poignet que Suzanna tenait toujours et déposa un baiser sur les doigts de la journaliste.

– Ça me fait plaisir de te voir, Miss Pulitzer, mais tu n'obtiendras rien de moi... tant que tu ne m'auras pas dit ce que tu as dans le crâne.

Suzanna retira sa main. Il était hors de question qu'elle lui parle des fax.

– Mais je t'ai tout dit.

Maxime mit un genou à terre et entreprit de délacer ses brodequins.

– Si tu penses à des meurtres, je suis sûr que tu as déjà ta petite idée sur l'assassin.

Suzanna sursauta. Il y eut un silence. Il avait raison : elle avait bien une idée. Une vague idée, une drôle d'idée...

– Si je te le dis, tu m'emmèneras à Fendeille ?

– Non, mais j'irai seul et je te raconterai.

– Tout ?

– Presque tout... comme toi.

Maxime s'assit sur les dalles de la cuisine et ôta ses chaussures.

– Alors, Suzy, qui c'est ton assassin ?

Elle hésita. Puis elle croisa les bras et répondit tout doucement :

– C'est peut-être le diable, Max.

Il se laissa tomber dans la salle. Une chute de trois mètres. Sa réception fut parfaite : pas un bruit. Il était pieds nus. Il s'accroupit et s'immobilisa, inclinant la tête. Durant quelques secondes, il écouta. Il entendait un mince filet d'eau ruisselant sur le sol, des feuilles mortes au-dessus de sa tête soulevées par un souffle de vent, la course d'un insecte sur sa droite. Plus lointain, un frôlement de tissu et de peau sur la roche humide. Il se redressa, pivota sur lui-même et s'engagea dans un étroit couloir, bas de plafond. Il se voûta pour ne pas se cogner la tête. La petite salle où il s'était laissé tomber était faiblement éclairée par la lune mais, au-delà du coude que faisait la galerie, il s'enfonça dans les ténèbres. Il continua de marcher du même pas, sans trébucher ni hésiter. L'obscurité, presque totale, ne le gênait plus... Toutes les sensations du passé, fragiles, médiocres, s'effaçaient petit à petit. Sa perception des choses avait changé. Il n'avait ni froid ni chaud ; il n'avait plus peur.

A l'extrémité du couloir, neuf marches donnaient accès à une salle en contrebas, une sorte de puits, d'une quinzaine de mètres de diamètre. Il descendit lentement, toujours sans bruit. Il voulait dormir. Il entendit encore le frôlement, reconnut le bruit léger du tissu sur la pierre, de la peau sur la pierre : elle devait déplier ou replier ses jambes... Il entra dans la salle.

Au centre, près de l'autel, la jeune femme brune, couchée sur le flanc, ramenait lentement ses genoux vers sa poitrine. Elle avait les mains et les chevilles liées. La manche de son tailleur bleu était déchirée. Sa jupe boueuse tire-bouchonnait sur ses hanches, dévoilant ses cuisses minces et pâles. Son chemisier blanc s'était ouvert, les boutons avaient sauté. Elle ne portait pas de soutien-gorge. Un crucifix en or pendait à son cou. Elle tremblait et dans le parfum qui émanait de son corps se mêlaient l'odeur acide de l'argile, celle de la sueur et celle de la peur.

Il ne s'attendait pas à la trouver là. Il l'avait déposée sur le banc de pierre taillée qui courait le long de la paroi. Depuis qu'il l'avait transportée ici, il ne l'avait plus touchée. Elle avait dû se contorsionner, tomber et ramper, aveugle dans l'obscurité totale. Elle n'était allée nulle part. Il n'y avait nulle part où aller. Il s'approcha d'elle, s'agenouilla et l'observa. Lui était silencieux, n'avait plus d'odeur, plus d'aura. Etre, sans apparaître, c'était sa toute-puissance. Elle ne pouvait même pas avoir le sentiment d'une présence près d'elle. A bout de forces, la jeune femme respirait difficilement ; elle était dans le puits depuis trois jours, sans eau, sans nourriture. Il jugea qu'elle survivrait encore quelques heures et aussitôt se coucha en chien de fusil, derrière elle, à même le sol humide. Avant de fermer les yeux, il tendit la main vers les cheveux bruns souillés d'argile. L'extrémité de ses doigts à quelques millimètres de sa peau : elle ne sentait rien. Sa main dessina dans la nuit une sorte de caresse au-dessus de la tête de la jeune femme, épousant la forme du crâne. Elle s'arrêta au-dessus du cou, resta immobile. Sa main pouvait s'abattre et lui briser la nuque. Il se contenta d'effleurer la carotide... Elle eut un sursaut, sur place, avant même de comprendre que c'était une main qui venait de caresser son cou. Elle fit un bond, comme un poisson asphyxié jeté sur une berge. Il était là. Elle ne savait pas qui il était, elle ne se souvenait de rien, sinon d'une sensation d'asphyxie. Terrifiée, elle poussa un cri aigu, voulut s'éloigner de lui, se relever et fuir. Fuir... Elle ne parvint qu'à basculer sur le dos, à se tordre sur le sol, à écorcher ses talons et son crâne. Elle roula sur elle-même, heurta violemment de la hanche le socle de l'autel et hurla de toutes ses forces. Un cri sans fin, qui s'arrachait de sa poitrine, de son ventre. Elle en perdit le souffle, se laissa retomber sur le ventre, la gorge en feu. Elle toussa et se mit à pleurer...

Il n'avait pas bougé. Tout juste s'il l'entendait. Les hurlements d'une femme ligotée n'avaient plus aucun sens pour lui. Ils ne lui étaient même pas désagréables, pas plus que ses gémissements et ses pleurs.

Avant de sombrer dans le sommeil, il se souvint qu'il devrait lui arracher les lèvres et les yeux.

— Je veux la liste des femmes disparues au cours des soixante-douze dernières heures dont le signalement peut coller, d'une façon ou d'une autre, avec celui de la victime. Trouvez-moi le type d'arme avec laquelle elle a été éventrée, servez-vous du rapport d'autopsie. Etablissez une autre liste, de suspects éventuels cette fois, au regard de leur passé criminel ou psychiatrique... Sexe mâle et sexe féminin. Et puis réunissez les dossiers de toutes les morts violentes, accidentelles ou non, survenues depuis le début de l'année et sélectionnez ceux qui concernent des femmes de moins de quarante ans et des incendies. Quand vous les aurez, vous me donnez les originaux et vous faites porter des copies à Jean Diaz, au plus vite... C'est tout.

Victoire avait donné ses ordres à 23 heures et, depuis, elle attendait l'appel du psychiatre. Il avait promis de lui téléphoner dès qu'il aurait consulté les dossiers. Il était déjà 3 heures du matin...

Victoire but une gorgée de thé « goût russe » qui refroidissait dans son gobelet en plastique et s'assit à l'extrémité de la table de conférence. Elle ramassa ses cheveux et les noua en queue-de-cheval, puis elle se passa la main sur le visage et regarda de nouveau le tableau accroché au fond de la salle. Sur le Vénilia blanc, elle avait tracé au marqueur deux colonnes. Une pour la victime, l'autre pour l'assassin. Dans la première, elle avait écrit : « Sexe féminin, la trentaine, sportive, coup mortel à la tête, éventration (lame en forme de serre ou de griffe), prélèvement des organes sexuels, débris dans les cheveux (terre, insectes, fibres). » Dans la deuxième : « Auteur inconnu, sexe indéterminé, blanc, âge indéterminé, force physique exceptionnelle, marginalité, séduction, manipulation, narcissisme, ego+, immaturité, passé criminel et/ou psychiatrique, récidiviste. » Et tout en bas du tableau, elle avait tracé en capitales les mobiles plausibles : « colère, convoitise, jalousie, appât du gain, revanche ?... ». Cinq mots étaient soulignés d'un trait rouge, ceux à partir desquels elle avait lancé ses investigations : « sportive », « lame », « criminel », « psychiatrique », « récidiviste »... Victoire avait beau réfléchir depuis quatre heures, elle ne trouvait rien à ajouter à la liste de ces indices. Maigres.

A l'exception des dossiers des seize femmes mortes dans des conditions plus ou moins dramatiques, au cours des six derniers mois, dans un rayon de soixante kilomètres autour de Montpellier, le butin des premières heures de recherche se résumait à une fiche de disparition : Laure Roussayrolles, vingt-sept ans, célibataire, domiciliée rue Rigaud dans le quartier Gambetta, hôtesse dans un laboratoire photographique. Elle avait quitté son travail lundi soir à 17 heures et n'y était revenue ni le lendemain ni le surlendemain. Mercredi vers 20 heures, sa mère, inquiète de ne pouvoir la joindre, s'était rendue au commissariat.

Victoire était fatiguée. Elle avait envie de filer chez elle, d'embrasser ses filles endormies et de se coucher sur le divan du salon, avec, en sourdine, *King Arthur* de Purcell. Ici, elle ne servait plus à rien. Il faudrait peut-être des jours pour identifier l'arme avec laquelle la victime avait été mutilée. La liste des suspects et les résultats du labo ne seraient pas prêts avant une dizaine d'heures. Seul Diaz pouvait, dans l'immédiat, lui offrir une nouvelle piste.

Pour tromper l'attente, Victoire fut tentée d'étaler de nouveau devant elle les photos de la femme brûlée de Fendeille, mais elle renonça. Elle les avait observées si longtemps... Diaz disait qu'une scène de crime raconte tout de son créateur. Qu'il faut, pour la comprendre, apprendre la langue dans laquelle la scène est racontée. Regarder la mort comme une œuvre d'art et se foutre de la morale. Qu'est-ce que je vois ? Pourquoi ce que je vois est-il arrivé ? Qui a subi ce que je vois ? Qui peut avoir fait ce que je vois ?... Le téléphone sonna. Victoire tressaillit et arracha le combiné de son support.

– Camin Ferrat !

– Diaz... J'ai lu.

Elle se redressa, approcha machinalement un bloc et un stylo.

– Je vous écoute, monsieur.

– Je retiens trois cas. Catherine Mathas, dix-neuf ans, brûlée le 14 avril ; Julia Lezavalats, trente-cinq ans, morte dans des conditions similaires le 8 mai. Les circonstances de leur décès ont peut-être été trop vite considérées comme accidentelles. Les corps n'ont pas été examinés avec le soin nécessaire et les photos prises sur les lieux encore moins. Je ne suis pas catégorique, mais il est possible que la position des cadavres ne relève pas du hasard. On peut les avoir disposés.

Il s'interrompit.

– Et le troisième ? demanda Victoire.

– Valentine Mouchez... huit ans, si ma mémoire est bonne.

Victoire posa son stylo. Elle n'avait pas transmis le dossier de cette affaire au psychiatre.

– Je ne comprends pas, monsieur. Valentine Mouchez a été assassinée il y a trois ans. Le cas est élucidé et je ne vois aucun lien avec celui de Fendeille.

Elle crut surprendre un soupir d'exaspération. Quand Diaz consentit à répondre, ce fut avec ce ton professoral qui agaçait tant Victoire.

– C'est pourtant l'évidence : Maxime Linski. Les deux corps ont été trouvés sur des terrains qui lui appartiennent. Et dans les deux cas, les victimes ont reçu un choc violent à la tête.

Il y eut un silence avant qu'il n'ajoute :

– Je ne prononce pas le nom de monsieur Linski parce que l'individu m'écœure au plus haut point. Il n'y a dans mon propos ni animosité ni volonté de nuire... Cette idée ne vous a même pas effleurée, n'est-ce pas ?

– Bien sûr que non, monsieur. Merci encore de m'avoir accordé votre aide.

– Je vous en prie, commissaire.

Victoire raccrocha le combiné plus sèchement encore qu'elle ne l'avait décroché et se prit la tête à deux mains. Linski... Diaz détestait Linski. Linski semblait être fait pour que des hommes comme Diaz les haïssent. Jamais le psychiatre n'aurait mis quelqu'un en cause sans raison, mais il lui arrivait, bien qu'il s'en défende, d'être ravi de prononcer certains noms dans le cadre d'affaires criminelles. Des noms comme celui de Maxime Linski...

L'affaire Valentine Mouchez était la plus sordide dont Victoire avait eu la charge. La gamine avait disparu dans un village, au bord de l'Hérault. Parce qu'elle n'avait pas la moindre piste, Victoire avait accepté l'intervention d'un voyant, André Grisola. Il affirmait que la fillette était morte et que son corps se trouvait sur une falaise du Thaurac, sur la paroi ouest : un à-pic de quatre-vingts mètres surplombant le fleuve. Un survol en hélicoptère n'avait rien donné et les alpinistes du club local avaient refusé de se risquer sur cette paroi instable. L'impasse... Linski était sur les lieux, parce que le terrain situé au sommet de la falaise lui appartenait. Les hommes du SRPJ l'avaient convoqué pour que Victoire l'interroge. Finalement, il avait proposé qu'on l'autorise à descendre le long de la paroi. Il prétendait avoir grimpé des voies classées « 7a », de très haut niveau. Victoire avait pris un risque énorme en le laissant faire, mais Linski avait réussi. Il avait trouvé le cadavre de Valentine à l'endroit précis décrit par le médium : une corniche minuscule où s'accrochait un bosquet de genévriers. Mais quand il avait voulu remonter le corps, sa corde d'assurance s'était coincée dans une fissure et avait commencé à céder. Finalement, contre l'avis de ses camarades, un alpiniste de vingt-huit ans, José Chavaud, était descendu à son secours. Il avait récupéré Linski et l'enfant morte. On avait pu les hisser... Victoire sentait encore son estomac se nouer en se remémorant leur apparition au sommet de la falaise. Les deux hommes, d'une pâleur extrême, liés l'un à l'autre par leurs baudriers, enlaçant le cadavre de Valentine, rigide, les bras en croix. Le visage de l'enfant était couvert de sang séché. On lui avait brisé le crâne à coups de pierre.

L'épisode était atroce, mais on n'aurait retenu que l'effarante divination de Grisola et les actes d'héroïsme de José Chavaud et de Linski si un vent de folie n'avait soufflé sur le groupe d'hommes et de femmes rassemblés sur le Thaurac. D'abord, Chavaud qui avait sauvé Linski s'était évanoui, choqué sans doute. On l'avait aussitôt évacué en hélicoptère. Puis, le voyant qui s'était approché du corps de l'enfant s'était brusquement tourné vers la mère de Valentine en l'accusant d'avoir tué sa fille. Le père s'était jeté sur lui et l'avait pris à la gorge. Il l'aurait étranglé si un lieutenant de Victoire ne l'avait maîtrisé. Pas assez vite pourtant : un photographe avait réussi à prendre des clichés de la scène. Ensuite, l'orage avait éclaté, Victoire avait viré tout le monde... Le lendemain, des journaux publiaient des photos de Grisola et Linski, non pour les encenser, mais pour faire d'eux, à mots couverts, les principaux suspects. La rumeur était née, sans fondement, comme toujours. Les deux hommes étaient des proies faciles : Linski avait produit des films pornographiques pendant quinze ans avant de se retirer dans la région et Grisola animait un réseau de voyance sur Minitel dans lequel se seraient dissimulés des pédophiles. Deux types peu convenables, avec des profils de coupables parfaits. Une sale rumeur. Rien n'avait pu l'arrêter, ni les dénégations de Victoire ni celles de la justice. La panique soudaine de Grisola devant la presse et la brutalité de Linski envers ceux qui l'interrogeaient avaient apporté de l'eau au moulin des accusateurs. Les deux hommes avaient été salement harcelés. Dans les journaux, seule Suzanna Nolde avait pris la défense de Linski et Grisola, bien qu'elle n'ait pas assisté à la scène sur le Thaurac. Mais tout le monde savait qu'elle était la maîtresse de Maxime. Victoire était consciente que ça aurait pu très mal finir... Six mois plus tard, la mère de Valentine avait tenté de tuer son mari à coups de pelle. Il s'en était tiré de justesse. Elle avait été arrêtée, internée, et avait fini par avouer le meurtre de sa fille... Linski et Grisola avaient été blanchis. Mais c'était trop tard. Grisola avait perdu sa clientèle. Linski avait été traîné dans la boue et contraint au divorce. Sa femme avait pris prétexte des soupçons qui pesaient sur lui pour le quitter et obtenir la garde de leur fils, Thomas, alors âgé de douze ans.

Victoire se sentait encore en partie responsable des déboires de Linski. Elle lui avait rendu visite à plusieurs reprises, quand la rumeur l'accusait. Linski l'avait toujours reçue poliment mais froidement. Entre eux, le courant ne passait pas. Il vomissait la terre entière, surtout les journalistes, les juges. Victoire ne l'aimait pas. Son passé de maquereau cinématographique la dégoûtait et le solitaire cynique qu'il était devenu ne lui était pas plus sympathique. Pour elle, Linski appartenait à l'espèce des misanthropes et des sceptiques, des arrogants présomptueux, des orgueilleux indécrottables, des tyrans coléreux. Elle ne l'imaginait pas pour autant en kidnappeur, en assassin mutilateur, mais Diaz ne désignait jamais personne au hasard, pas même des types qui lui donnaient la nausée.

Victoire recula son siège, mit les pieds sur la table et décrocha son téléphone. Elle prit une inspiration, s'éclaircit la voix et enfonça la touche qui la mettait en communication avec ses lieutenants. Sarral décrocha.

– Mettez des gars sur deux affaires : Catherine Mathas, Julia Lezavalats. Les dossiers sont devant moi, qu'ils viennent les chercher. Qu'ils refassent les enquêtes de A à Z. Faites des copies pour le légiste. Je veux qu'il les rapproche du cas de Fendeille et qu'il me dise ce qu'il en pense. Envoyez aussi quelqu'un au domicile de cette fille qui a disparu...

– Laure Roussayrolles ?

– C'est ça. Qu'il fouille partout. Je veux tout savoir de cette fille demain matin. Il me faut des photos d'elle. Et son dossier médical, pour Cardos. Il faut qu'on sache avant demain midi si c'est notre cadavre.

– Et moi, madame, je fais quoi ?

Victoire aurait préféré s'occuper elle-même de ce qu'elle allait confier à son adjoint, mais elle savait qu'elle n'en aurait ni le temps ni les moyens.

– Vous, Sarral, je vous file le sale boulot : vous allez vous mettre sur Maxime Linski. Discrètement, bien entendu. Il est hors de question qu'il apprenne que vous lui collez aux fesses... Reconstituez son emploi du temps autour du 14 avril et du 8 mai. Et, bien sûr, faites en sorte d'apprendre ce qu'il a fait de son temps au cours de ces derniers jours. Essayez de savoir s'il connaissait Catherine Mathas et Julia Lezavalats.

Elle se tut. Sarral respirait bruyamment. Il avait du mal à avaler la pilule.

– ... Vous pensez vraiment que Linski puisse être impliqué dans la mort de ces femmes ?

– Oui. Et sortez le dossier Mouchez et posez-le sur mon bureau, je veux le trouver demain matin.

Elle raccrocha, se leva, attrapa sa veste sur le dossier d'une chaise et quitta la salle. Dans sa tête, elle entendait déjà chanter le hautbois de Martin Sandcliffe et la trompette de David Pugsley... *King Arthur*.

Sur les poches arrière de sa salopette, Maxime essuya ses mains noircies par le cambouis, recula d'un pas et contempla son travail. En moins d'une heure, il avait descendu et remonté le moteur de la petite Kawasaki, après avoir changé piston et culasse. La 125 d'occasion qu'il destinait à son fils serait bientôt comme neuve. « Mieux que neuve. » Maxime avait les moyens d'acheter tous les modèles sortis d'usine si l'envie lui en prenait, mais il avait toujours rêvé de bichonner lui-même la première machine sur laquelle Thomas poserait ses fesses. Celle sur laquelle il prendrait sa première gamelle. Bientôt, Thomas l'aurait rejoint. Pour longtemps. Tout était prêt : la chambre repeinte et meublée, la planche à voile, les BD, les grandes assiettes à pizza, le magnétoscope. Il avait même fait transcoder en vidéo les vieux films 8 mm tournés quand Thomas était bébé, pour qu'ils les regardent ensemble... Depuis son divorce, qui l'avait privé de Thomas, Maxime avait tout fait pour que son fils vienne vivre avec lui. Trois ans... Sans son gosse, il mourait à petit feu. Il éteignit la lumière, ouvrit la porte de la grange et sortit dans la nuit. Il n'avait pas sommeil.

Quand Suzanna s'était endormie sur le canapé du grand salon, il était déjà 1 heure du matin.

Maxime avait déposé sur elle une couverture, puis il avait troqué ses fringues d'Hawaïen pour une vieille salopette et s'était attaqué à la Kawa. D'ordinaire, l'activité manuelle au clair de lune l'aidait à tromper l'angoisse. Pas cette nuit... Il n'avait pu chasser le malaise provoqué par les histoires de Suzanna. Le diable !... Elle était persuadée que ces morts n'étaient pas accidentelles. Et que ces femmes avaient été massacrées par un sataniste illuminé ou par un groupe rendant un culte au démon. Elle prétendait que ces malades se livraient à la nécrophilie parce qu'elle leur permettait d'entretenir un commerce privilégié avec les créatures de l'enfer. Ils conservaient des organes de cadavres pour s'approprier un pouvoir maléfique. Elle avait réuni des textes, diffusés dans la région, qui glorifiaient Aleister Crowley et Karl Haushofer, « père spirituel » de Hitler, ou bien encore le Grec Makis Katsoulas, kidnappeur et assassin d'adolescentes dont il brûlait les corps. Les illuminés qui diffusaient cela adoraient DeGrimston, émule de Goebbels, et des *serial killers* comme David Berkowitz ou Richard Ramirez. Suzanna avait cité à Maxime les chiffres qu'elle avait collectés : cent trente-cinq mille groupuscules satanistes recensés aux Etats-Unis, cinquante mille disparitions de femmes et d'enfants dans le monde entier dont on imaginait qu'ils étaient promis à des sacrifices humains... Pour Maxime, tout cela relevait du délire. Mais il restait un mot, qui l'avait bouleversé pour une autre raison. Le diable...

Il fuma une Craven, assis sur le banc de pierre, sous le micocoulier, avant de regagner la maison. Il s'arrêta sur le seuil du grand salon, regarda Suzanna et sourit. La couverture avait glissé sur le tapis. Couchée sur le dos, un bras derrière la tête, l'autre sur le ventre, elle gémissait doucement en dormant. Suzanna avait dû se réveiller pendant qu'il bricolait dans la grange. Elle avait ôté son jean et son T-shirt et les avait pliés sur une chaise avant de se recoucher. Elle n'avait gardé que son slip, minuscule, et ses chaussettes. Toujours froid aux pieds. Maxime contempla ce corps qu'il aimait bien : grand, menu, avec des muscles délicats et flexibles. Elle avait la taille placée haut, des hanches peu développées, un ventre rentré. Maxime était persuadé que Suzanna était plus belle à l'approche de la quarantaine qu'elle n'avait dû l'être à vingt ans. Plongée dans le sommeil, elle conservait un air mécontent, ronchon. Deux sillons descendaient de l'aile de son long nez osseux et s'arrêtaient au coin de sa bouche. Elle avait des lèvres minces et serrées, un menton saillant, un cou fin et musclé. Suzanna ressemblait davantage à une danseuse de flamenco andalouse, prête à couper la gorge d'un hidalgo infi- dèle, qu'à une Californienne pur jus, nourrie aux *barbecue ribs* et à la marijuana. Maxime la regarda dormir encore un moment. Elle était belle et chaude sans doute, il aurait pu la rejoindre sur le canapé, caresser son corps. Elle l'aurait enlacé... Maxime tourna les talons et traversa le hall. Il était 4 heures du matin et il n'était pas d'humeur à faire l'amour.

Au pied de l'escalier, il se déshabilla, jeta la salopette dans un coin et alla prendre une douche. Une serviette autour des reins, il gagna la cuisine, attrapa une bouteille de chablis entamée et un verre. Puis il monta à l'étage, traversa son bureau, grimpa sur le toit terrasse par l'escalier extérieur, ôta la serviette et s'installa nu dans un vieux fau- teuil club. Sûr de ne pouvoir trouver le sommeil avant le lever du jour, il se servit du vin et essaya de se détendre.

Il avait joué l'indifférence devant Suzanna, mais cette histoire le rendait malade. Déjà, au village, en apprenant que le cadavre d'une femme brûlée avait été trouvé à Fendeille, il avait reçu un choc... Le souvenir de l'enfant assassinée, retrouvée sur un autre de ses terrains, l'avait submergé. Il avait quitté le bistrot au plus vite et, sur le chemin du mas, au volant de l'Unimog, il avait marmonné cent fois le mot « hasard ». Maxime possédait une vingtaine de parcelles, acquises en même temps que Montcalmès. Au total, soixante hectares, rogatons d'un ancien domaine ecclésiastique beaucoup plus vaste. Il ignorait l'emplacement exact de la plupart de ses terrains et ne voulait pas imaginer qu'il pût y avoir un lien entre ces deux morts, à trois ans d'intervalle... Dès qu'il avait aperçu Suzanna perchée sur la ruine, il avait compris que personne à part lui n'aurait envie de croire au hasard. Ni les flics ni la presse n'avaient oublié le massacre de Valentine Mouchez et le rôle que Maxime avait joué dans la découverte du corps... Maxime Linski, suspect facile, excellent sujet de magazine. Il n'avait pas le bon profil pour la province : le cinglé de Montcalmès qui bottait le cul des chasseurs de sangliers, l'ex-pape du porno, le Parigot oisif et plein aux as, le divorcé, le cavaleur invétéré...

Il but une gorgée de vin et se rendit compte qu'il fixait depuis de longues minutes les monts de Saint-Guilhem sous la lune et que ces sommets et ces vallons lui faisaient l'effet d'un mirage cyclopéen, sorti d'une nouvelle de Lovecraft. Il voyait se dessiner d'improbables perspectives, d'interminables avenues de statues érodées, des allées symétriques de colonnes brisées dominées par l'épaisse masse noire d'un temple mort. Au sud-est, avant la plaine, le chaos de roches entouré de chênes rabougris se transformait en un port détruit, avec des appontements de bois pourris, des magasins de fournitures effondrés. Sur les pentes qui dégringolaient vers l'Hérault, des ruelles sordides en labyrinthe bordaient d'énormes perrons de pierre usés, des porches affaissés et des coupoles percées, des clochers croulants... Maxime ferma les yeux et se passa la main sur le visage pour se débarrasser de ces images étranges. Des hallucinations dont il était souvent la proie et qui lui donnaient l'impression d'une présence qui l'observait avec attention, qui le suivait de ses yeux invisibles. Il lui arrivait d'être pris de visions qui lui causaient une terreur panique... Depuis Valentine.

Maxime avait vécu la plus sale expérience de sa vie sur la falaise du Thaurac, lorsqu'il avait pris le cadavre à bras-le-corps pour l'arracher au bosquet de genévriers qui le retenait. Il avait croisé le regard éteint de Valentine. Il avait vu s'ouvrir devant lui le gouffre noir de la mort. Un choc formidable, comme si son cœur explosait. Il avait été au bord de l'évanouissement. Il se demandait encore comment il avait réussi à ne pas lâcher le cadavre. Il se souvenait d'une secousse brutale, alors qu'il était suspendu dans le vide, étreignant le corps glacé de l'enfant assassinée. Il s'était vu mort, et puis José Chavaud était apparu. Maxime n'oublierait jamais ses longs cheveux blonds et bouclés que les bourrasques rabattaient sur son visage. Il se souvenait surtout de l'instant où l'alpiniste l'avait saisi par la ceinture. Comme s'il l'avait arraché à un cauchemar. Ensuite, tout était allé très vite. Chavaud n'avait pas prononcé un mot, mais il s'était lié à Maxime et à Valentine par deux solides dégaines. Il avait tranché au couteau la corde coincée et les hommes sur le sommet de la falaise avaient pu les hisser. Là-haut, Maxime avait eu tout juste le temps de remercier l'alpiniste avant qu'il ne tombe dans les pommes. Lui-même arrivait à peine à tenir sur ses jambes. Mais les véritables angoisses l'avaient assailli quelques heures plus tard. Maxime aussi avait été hospitalisé. Pendant des jours, il avait répété aux médecins comme aux flics qu'il avait vu l'enfer. Que tout cela était l'œuvre du diable. Et puis, il avait cessé de parler de l'enfer pour éviter qu'on ne le prenne pour un fou. Finalement, les toubibs avaient été rassurés. Serrer contre soi une enfant morte depuis cinq jours, il y avait de quoi provoquer des hallucinations. Ils pensaient que ses visions se dissiperaient avec le temps. Maxime aussi avait voulu le croire. Mais non. Elles le poursuivaient. Depuis le Thaurac, il n'était plus le même, mais il se persuadait que cette transformation serait sans conséquence dans l'avenir. Ça s'était produit une fois, rien qu'une fois, ça n'arriverait plus... Même si Suzanna venait lui parler du diable et qu'un autre cadavre avait été découvert chez lui...

Maxime bloqua sa respiration. Quand il rouvrit les yeux, les monts de Saint-Guilhem avaient retrouvé leur apparence de mamelons paisibles, déserts sous la lune. Pourtant, l'impression d'une présence qui l'observait persistait...

– Max ?...

Il se leva d'un bond, lâcha son verre qui explosa sur le sol en ciment. Suzanna se tenait sur la dernière marche de l'escalier extérieur. En slip et en chaussettes. Maxime émit un grognement d'animal en expulsant sa trouille.

– *Sorry*, marmonna Suzanna.

Quand il entendait un mot d'anglais, il était sûr qu'elle était sincère. Maxime ramassa sa serviette de bain, essuya le vin qui avait éclaboussé sa hanche et ses cuisses.

– C'est rien, je rêvais...

Il jeta la serviette sur le muret et se rassit. Suzanna grimpa sur la terrasse.

– Je peux m'asseoir ?

Il lui désigna le second fauteuil, à deux mètres du sien. Elle y prit place, croisa les jambes. Maxime s'empara de la bouteille de chablis par le col et la tendit à Suzanna sans la regarder.

– Tiens. J'ai la flemme de descendre chercher des verres.

Elle prit la bouteille, but une gorgée au goulot et grimaça.

– C'est tiède... Il y a longtemps que tu es là ?

– Sais pas.

– Vraiment, je suis désolée. Si j'avais pensé que...

– Ça va, je t'ai dit. Qu'est-ce qui t'a réveillée ?

– J'étais gelée. Il fait dix degrés de moins que dehors, dans ta satanée baraque.

Maxime fit la moue. A part Thomas et lui, personne n'aimait Montcalmès.

– Je peux te poser une question, Max ?

– Vas-y.

– Quand tu faisais tes films, tu baisais tes actrices ?

– Toutes. Et même les mecs quand c'était des tournages homos.

– Réponds-moi sérieusement, pour une fois.

– Je me suis laissé faire par quelques-unes.

– Et elles sont douées comme dans les films ?

– Certaines, oui... Qu'est-ce que ça peut te foutre ?

Il tourna la tête vers elle. Elle décroisa les jambes, les croisa de nouveau.

– Parce que j'aime bien me dire que tu es un vrai salaud avant de coucher avec toi.

Maxime se rendit compte qu'elle était presque nue et lui, tout à fait. Suzanna assumait une sexualité dominatrice et parfois égoïste. Maxime en avait fait les frais quand il l'avait draguée. Elle avait cédé quand elle avait senti qu'il renonçait. Et ne s'était donnée que lorsqu'elle l'avait décidé. C'était comme ça, Suzanna : astuce, brutalité, sincérité, fragilité, générosité. A vingt ans, en Californie, alors qu'elle allait se marier, les médecins lui avaient annoncé qu'elle n'aurait jamais d'enfant. Ce n'était pas elle qui avait annulé le mariage, comme elle le prétendait toujours. C'était son fiancé. Cela, elle ne l'avait confié qu'à Maxime. A personne d'autre. Suzanna avait fait sa valise et, pendant près de dix ans, ne l'avait plus débouclée que dans des lieux de passage, auprès d'hommes de transit, jusqu'à ce qu'elle rencontre Régis Escande, qui finalement lui avait préféré son épouse féconde. Suzanna disait « sa pondeuse »... Maxime laissa son regard glisser sur les épaules carrées de la journaliste, sur ses membres frêles, sa poitrine à peine marquée. Il s'arrêta sur ses mains, posées sur son ventre. Des mains étroites, minces, aux doigts déliés, aux ongles longs et blancs. Il aimait ses mains ; il lui semblait qu'elles révélaient les zones cachées de sa personnalité : un esprit trop émotif et une nature d'amoureuse contrariée.

Maxime se leva et contourna le fauteuil de Suzanna. Posté derrière elle, il se pencha et murmura à son oreille qu'il avait envie d'elle. Suzanna ferma les yeux, leva le bras, chercha à tâtons la tête de Maxime. Sa main se posa sur sa nuque et il sentit un frisson courir sous sa peau. Il ne savait plus si c'étaient les forces et les courages de Suzanna ou ses blessures qui l'excitaient le plus. Peut-être le mélange des deux. Ou bien sa résistance à l'asservissement, son obstination à vivre vite une vie foutue en l'air à vingt ans.

– Je peux encore te poser une question, Max ?
Il hocha la tête.
– Est-ce que tu as une arme ?
– Dans ma cave, dans une boîte à chaussures : Beretta, 9 mm, deux chargeurs de quinze cartouches. Il y a même un silencieux. Je l'ai acheté il y a trois ans quand tes petits copains journalistes m'avaient fait le portrait d'un tueur de fillette. Pourquoi tu me demandes ça ?
– Parce que j'ai peur, Max... Cette histoire de femmes brûlées commence à me flanquer la pétoche.
– Et tu veux que je te prête mon flingue, c'est ça ? Ne compte pas sur moi. Tu es déjà assez dangereuse comme ça.

Suzanna ôta sa main de sa nuque, puis elle se leva et se colla à lui. Elle le prit par la taille, appuya sa joue contre sa poitrine.

– Moi, je ne risque rien, Max... Je ne sais pas pourquoi, mais c'est pour toi que j'ai peur.

Deuxième jour

Luc Lobry serra les dents, se hissa sur la pointe du pied droit – l'extrémité de caoutchouc de sa ballerine de grimpeur reposait sur une réglette cal-caire d'un centimètre de large. Il engagea son avant-bras gauche tout entier dans une profonde fissure. Il ferma le poing, le coinça comme un ver-rou au fond de la faille. Il grimaça. Lobry sentit la roche mordre dans sa chair : faire vite. Il lâcha la prise tendue, à droite, passa la main dans son dos, décrocha un coinceur automatique accroché à sa ceinture et l'introduisit dans un trou de la taille d'une pièce de cinq francs, à hauteur de sa poitrine. Il tira un coup sec sur le câble d'acier pour vérifier que les mâchoires métalliques s'étaient ouvertes au creux de la roche. Il fixa le premier mousqueton à l'extrémité du câble du coinceur et l'autre à la sangle de son baudrier. Enfin relié à la paroi, il s'accorda une pause, se laissa aller en arrière, souf-fla très fort, ouvrit lentement sa main gauche et sortit son bras de la fissure. Le poignet était en sang ; une excroissance de calcaire avait entaillé la peau et écrasé le muscle abducteur du pouce. Rien de grave. Lobry tourna la tête et regarda en contrebas : trente mètres de gaz jusqu'au sol. Il avait franchi le « crux », la partie critique de l'ascension. Les sept derniers mètres lui avaient donné du mal; à cet endroit, la paroi était marbrée, glissante, presque aussi lisse qu'une vitre, et Lobry avait dû réaliser un jeté acrobatique pour se saisir d'une prise qu'il lui était impossible d'atteindre même en s'étirant au maximum. A cette hauteur, exécuter un jeté, c'est tenter un coup de dés. Ça passe ou ça casse. Lobry avait réussi. Il la voulait, cette voie nouvelle sur le Thaurac. « Sa » voie, la plus dure, celle que personne n'avait jamais tentée...

Au lever du jour, il avait engagé sa 4L rose sur la draille, au pied du Thaurac. Il l'avait garée derrière un gros rocher. Parce que la roche s'effritait et que des éboulis se déclenchaient plusieurs fois par an, la face ouest de la falaise était interdite à l'escalade. Lobry n'avait pas envie qu'on le repère. Dans la région, tout le monde connaissait sa voiture ; il avait déjà eu des ennuis avec les gendarmes et les alpinistes de Montpellier qui tentaient de repousser les timbrés de son espèce. Il avait le profil parfait des « plus légers que l'air », ces phénomènes qui semblent capables d'adhérer au plafond comme des araignées : vingt et un ans, célibataire, un mètre soixante-seize pour cinquante-huit kilos, plus souple qu'un petit rat de l'Opéra, cheveux longs, tête de pioche, sans domicile fixe, sans diplôme, tatoué à la hanche, buveur de thé, fumeur de pétards. Un sac de couchage dans le coffre de la 4L, le *Traité du zen et de l'entretien des motocyclettes* en guise de livre de chevet, deux ou trois sponsors pour assurer la nourriture et l'équipement. Lobry vivait pour la grimpe, les mains dans la magnésie six heures par jour, et parcourait chaque année des milliers de kilomètres pour gravir les blocs de calcaire ou de granit les plus vertigineux d'Europe. Qui ouvre une voie lui donne le nom qu'il a choisi, un nom qui reste jusqu'à la fin du monde. Lobry était né ici, en bordure des Cévennes et il voulait son empreinte sur « sa » montagne, « son » Thaurac. Il l'appellerait « La Voie de l'ombre ». L'idée lui était venue au pied de la voie, alors qu'il concevait mentalement son escalade. Lobry avait remarqué qu'un creux dans la falaise, à une quinzaine de mètres du sommet, ne recevait jamais le soleil. Une ombre en triangle, pointe en bas, se dessinait en permanence sur la paroi. Il devait y avoir un repli de roche qu'on distinguait mal depuis le sol. « La Voie de l'ombre », ça sonnait bien...

Lobry laissa pendre ses bras et les secoua pour que les muscles se détendent. Au-dessus de lui, encore vingt-cinq mètres d'ascension, mais moins pénibles. Il pouvait compter les prises : à droite un arqué, à gauche un bac solide, deux ou trois pinces, puis un bidoigt. Ensuite, il atteindrait la zone d'ombre, avec sur la droite un peu de végétation, des genévriers, sans doute accrochés à une terrasse étroite où la terre portée par le vent s'était accumulée. Il pourrait se reposer de nouveau avant d'attaquer la dernière difficulté : un surplomb d'une dizaine de mètres.

Il devait être un peu plus de 7 h 30 quand Lobry reprit son ascension. Quelques minutes plus tard, il saisit une prise à la pointe de la zone d'ombre et sentit un courant d'air froid sur les phalanges de sa main droite. Il s'en étonna mais n'eut pas le temps de réfléchir. Il poursuivit son mouvement, pied droit, main gauche, pied gauche, main droite. Et pénétra jusqu'aux pectoraux dans la zone d'ombre. Cette fois le filet d'air le frappa en plein visage. Il était vif, et même très frais. Glacé sur son visage en sueur. Il pensa à une cavité dont l'ouverture était dissimulée dans un pli de calcaire.

Lorsqu'il fut tout entier dans la zone d'ombre, il aperçut sur la droite la petite terrasse. Il oublia le courant d'air froid, se déporta sur la droite par un placement de côté, un pied en carre externe. C'est dans cette position, lorsqu'il tira sur son bras droit, qu'il aperçut l'entrée de la cavité, en partie cachée par la végétation. L'ouverture devait mesurer quatre-vingts centimètres de diamètre et donner accès à un boyau qui s'enfonçait dans la falaise, du haut vers le bas, selon un angle de 45°. Un trou noir d'où filtrait de l'air glacé et d'où jaillit soudain une masse plus noire encore que les ténèbres de la grotte. Ce fut la dernière chose que vit le grimpeur. Il cria, se ramassa sur lui-même. Ses ongles égratignèrent le calcaire et il appuya de toutes ses forces sur ses pieds, comme pour tenter d'enfoncer dans la roche la pointe en caoutchouc de ses ballerines. Quelque chose le frappa en plein visage, avec une telle violence qu'il fut arraché à la paroi. Et son corps vola dans le vide.

Il s'écrasa sur la draille, à onze mètres du pied de la falaise, à 7 h 38.

L'Unimog passait partout, mais c'était un épouvantable tape-cul. Les pieds calés contre la tôle, la main droite accrochée à la poignée rivée au toit, au-dessus de la portière du passager, Suzanna crut qu'elle allait s'évanouir, ou vomir. Ou mourir. Jusqu'au bas du causse, elle s'efforça de rester assise sur ce siège défoncé qui lui claquait le postérieur comme une raquette de Jokari. Quand Maxime immobilisa son camion près de l'église Saint-Silvestre-de-Brousses, elle réprima l'envie de se jeter sur lui et de lui arracher les yeux. Maxime ne conduisait jamais prudemment, mais lorsqu'il n'était pas dans son assiette, c'était une vraie brute.

Il tenta un sourire.

– Ça remet les idées en place, non ?

Elle fit mine de n'avoir rien entendu, se baissa pour remettre dans son sac ce qui en avait été expulsé durant la descente, quand la cabine de l'Unimog s'était transformée en shaker. Maxime serra le frein à main avant d'ajouter, désignant l'Austin de la journaliste, garée entre deux arbres, près de l'église :

– Tu devrais faire gaffe où tu mets tes roues. Ta bagnole est sur l'ancienne tombe du décapité.

– Et alors ? Je ne vais pas le réveiller, grommela-t-elle en constatant que son porte-monnaie s'était ouvert et qu'une poignée de pièces jonchait le plancher du véhicule.

– Qui sait ? répliqua Maxime. Il paraît que ce type a le sommeil léger. Tu connais l'histoire ?... Il s'appelait Pierre Contrestin, il avait vingt-deux ans et il s'est fait trucider sur le pont du Diable, on ne sait trop par qui. Son corps a été balancé dans l'Hérault. On l'a retrouvé bloqué par un rocher. Il avait la tête tranchée, mais elle tenait encore par la peau de la nuque. On l'a enterré ici, quand il y avait autour de l'église un cimetière pour les gens des hameaux de Brousses. Ça s'est passé autour de 1730, mais il paraît que son fantôme continue à se promener la nuit sur le causse pour retrouver son assassin. Il est facile à reconnaître : il a la tête qui lui pend entre les omoplates... Je ne sais pas s'il va apprécier que ta voiture pisse de l'huile sur sa tombe.

Suzanna haussa les épaules. Il y eut un court silence, puis Maxime toussa avant de reprendre, plus gravement :

– Je peux te poser une question, Suzy ?

Sans interrompre le remplissage de son porte-monnaie, elle marmonna quelque chose qui pouvait passer pour un assentiment.

– Tu y crois vraiment, à ton histoire de diable ?

Toujours penchée, elle tourna la tête pour le regarder. Il avait les traits tirés, les yeux cernés, trois jours de barbe. Comme elle, il manquait de sommeil. Ils avaient fait l'amour sur la terrasse, puis dans la chambre de Maxime. Ils avaient sifflé une deuxième bouteille de chablis, beaucoup fumé. Quand Maxime lui avait apporté une tasse de café, Suzanna pensait n'avoir fermé les yeux que quelques secondes. Elle avait dormi deux heures.

– Bien sûr, j'y crois. Je te l'ai dit : les crimes satanistes, ce n'est pas de la blague.

– Ça, je suis d'accord : il y a des dingues... Mais moi, je te demande si tu crois au vrai diable, à un esprit du mal, une chose surnaturelle qui se matérialise... Tu comprends ce que je veux dire ?

Suzanna se redressa.

– Tu te fous de moi ?

– Non.

– Alors, c'est les relents de chablis ou les secousses de ta saloperie de camion.

– Si tu n'y crois pas, pourquoi cette nuit as-tu dit que tu avais peur pour moi ?

– Parce que je suis sûre qu'il y a des salopards dans le coin qui ont perdu la boule, et qui tuent des gens, et que tu es tout seul dans ta baraque glaciale d'ermite à la con !

– C'est tout ?

– Oui.

– Alors tu ne crois pas au diable ?

– Max, je t'en prie, je ne suis pas idiote à ce point et...

– OK, laisse tomber...

Il coupa le contact, ouvrit sa portière et sauta de l'Unimog. Suzanna avait perçu une pointe d'inquiétude dans les questions de Maxime, mais elle n'essaya pas de le retenir ; Max était une tête de mule, elle n'obtiendrait plus rien de lui. Le diable... Elle avait dit ça pour attirer son attention, frapper son imagination. Pas plus. Et lui... Elle avait eu l'impression qu'il était effrayé. Suzanna referma son sac, se redressa et descendit à son tour du 4×4. Elle rejoignit Maxime qui s'étirait sur le bord de la piste. Il avait enfilé un pantalon de treillis, un sweat-shirt blanc, chaussé une paire de Dockside avachie. Il avait l'air d'un adolescent attardé. Suzanna se hissa sur la pointe des pieds et l'embrassa.

– Merci, Max.

– Merci pour quoi ?

Elle sourit.

– Pour le chablis, bien sûr.

– C'était tiède...

– Carrément chaud... Mais c'était très bon. (Elle lui passa la main dans les cheveux.) Je te téléphone ce soir, tu me raconteras.

Puis elle fila vers Saint-Silvestre-de-Brousses, une petite nef romane bâtie au XIIᵉ siècle, sur un tertre naturel, un drôle de bâtiment planté au milieu de nulle part, à mi-chemin entre l'Hérault et Puéchabon, pour ranimer la foi des populations des causses qui ne descendaient pas jusqu'à l'église du village. Il y avait eu une chênaie ici, autrefois ; il ne restait qu'une vingtaine d'arbres, étouffés par des buissons, des fourrés volumineux impénétrables où dominaient les genêts épineux et le petit houx, séparés par des zones de roches couvertes de lichens. Dans les anfractuosités poussaient des alaternes et des térébinthes. Là où les charrettes puis les tracteurs étaient passés, la roche avait été débitée en un cailloutis aride. Quand ce genre de clairières lugubres se multipliait, les arbres finissaient par crever et la garrigue gagnait la partie... Suzanna s'installa au volant de l'Austin, démarra, effectua un demi-tour et adressa par la vitre ouverte un salut de la main.

Quand l'Austin disparut de sa vue, Maxime remonta dans son camion. A la montre du tableau de bord, il était 9 heures passées de deux minutes. Avec un peu de chance, le pronostic de Suzanna serait le bon : on le laisserait pénétrer sur le site de Fendeille.

Maxime la voyait pour la première fois. Elle était accroupie, en short gris, et lui tournait le dos. Il pensa à une jarre, une amphore. Elle avait déplié une bâche devant la guérite et rassemblait en piles des brochures, des cartes, des livres, des accordéons de photographies. Elle portait un petit haut, très petit, en coton vert, de la matière dont on fait les T-shirts. Vraiment très petit, qui s'arrêtait au milieu du dos et tenait par deux fines bretelles. Elle avait dans les cheveux un élastique gainé de velours noir qui faisait retomber en fontaine ses boucles rousses. Elle se penchait, posait un livre, se redressait, cambrait les reins, sortait un autre ouvrage d'un grand sac en plastique, le consultait et recommençait : penchée, cambrée... Penchée, cambrée...

Maxime ne bougeait pas. Le spectacle de cette taille féminine oscillante le comblait. Ces muscles fins qui s'arrondissaient, se tendaient, s'effaçaient ; ces vertèbres qui se dessinaient et disparaissaient : il adorait. Il interrompit sa contemplation pour jeter un coup d'œil derrière lui et s'assurer que le gendarme en faction près de la grille ne l'observait pas... Luce Winfield sentit une présence, pivota sur elle-même et faillit tomber sur ses fesses quand elle aperçut la silhouette de Maxime à contre-jour.

– Qu'est-ce que vous faites ici ?

– Visite de propriétaire. Je m'appelle Linski. Ça vous dit quelque chose ?

Il sortit un étui en cuir de la poche de son treillis, prit une carte de visite qu'il tendit à l'archéologue. La seule habitude qu'il avait conservée du temps de ses affaires, c'étaient ses cartes de visite. Luce Winfield se releva, s'empara de la carte et, sans la consulter, recula d'un pas.

– J'ai entendu parler de vous quand on a changé la clôture. Le site est à vous, c'est ça ?

– Exact.

– Je croyais qu'ils ne devaient laisser entrer personne à part les flics.

– Ils ont fait une exception...

Luce glissa la carte dans son short. Maxime regarda la main de la jeune femme s'introduire dans l'ouverture de la poche, glisser sur l'aine. Il imagina la protubérance de la hanche, un creux, une veine sous la peau plus claire, le ventre à peine bombé... Luce retira vivement sa main.

– Il paraît que vous avez trouvé le corps ? dit Maxime.

Luce hocha la tête. Devant le soleil, son interlocuteur n'était qu'une ombre. Elle fit un pas sur le côté pour voir son visage.

– Il était enfoncé dans un trou quand vous l'avez trouvé, reprit-il.

Gênée par le regard de Maxime, elle croisa les bras sur son ventre nu. Elle avait l'impression de sentir son regard courir sur sa peau.

– Je n'ai pas l'intention de parler de ça, monsieur Linski.

Il détourna la tête et s'approcha de la bâche. Il s'inclina vers les publications empilées, fit semblant de s'y intéresser.

– J'ai lu un de ces trucs quand je suis venu avec mon fils, il y a quelques années... C'est quoi, votre prénom ?

– Luce.

Il se pencha, s'empara d'un dépliant de photos, l'ouvrit, s'arrêta sur une image du village en pierre sèche, prise à la verticale.

– Ça vous en a fichu un coup de trouver un cadavre, Luce, dit-il.

– Qu'est-ce que vous en savez ?

Il reposa les photos et la regarda de nouveau. Maxime avait toujours aimé les filles au physique étrange, celles dont on se dit qu'on voudrait les voir nues pour comprendre comment elles sont faites. Pour lui, Suzanna était l'incarnation de cette espèce, touchée par la grâce, mystérieuse. Luce en était une autre, il en était convaincu.

– Ça m'est arrivé, il y a trois ans, reprit-il avec le même calme. C'était une gamine de huit ans, morte depuis cinq jours... On avait jeté son cadavre sur un autre de mes terrains.

Luce eut un mouvement du menton, comme si elle accusait le coup. Elle imaginait ce qu'il avait pu ressentir. Si un homme avec un regard pareil

76

éprouvait les mêmes émotions que les êtres humains normaux, avec des regards normaux...

– Luce, je veux être sûr qu'il n'y a pas de rapport entre ces deux morts, renchérit Maxime. Parce que j'ai du mal à croire au hasard. Et si les deux corps ont été déposés volontairement chez moi, j'ai un gros problème. La première fois, on m'a soupçonné d'avoir tué cette fillette. Il a fallu des mois pour me disculper. Je n'ai pas envie que ça recommence.

Il marqua une pause et tourna son regard vers la guérite avant d'ajouter :

– Je veux juste que vous me disiez ce que vous avez vu.

Elle répondit dans un souffle.

– Des jambes brûlées qui sortaient de terre. C'est tout.

– Des jambes de femme ?

– Oui.

– Quoi d'autre ?

– Rien.

Luce avait décroisé ses bras, mais ne savait que faire de ses mains : elles descendaient et remontaient le long de ses cuisses. Maxime avait de nouveau les yeux fixés sur ces mains et ce qu'elles caressaient.

– Au village, ils disent qu'elle a été mutilée, insista-t-il.

– Je crois que les flics ont dit qu'on lui avait ouvert le ventre.

– Est-ce qu'il manquait des organes ?

– Je n'en sais rien. Ça suffit maintenant.

– Est-ce que la police sait pourquoi le cadavre a été déposé ici ?

– Je suis pas flic...

– Et vous, vous avez une idée ?

Luce secoua la tête et s'accroupit de nouveau près de la bâche.

– Excusez-moi, j'ai du travail.

Maxime la laissa retrouver un peu de calme et s'assit sur ses talons. Il eut le temps de capter le mouvement d'un muscle de l'épaule de la jeune femme quand elle ramassa un prospectus. Puis, la courbe de l'aisselle, la sueur qui faisait briller sa peau sur son triceps. Le grain de cette peau, un très léger duvet, comme un voile, une brume autour d'elle...

– Vous voulez me montrer le trou dans lequel vous l'avez trouvée ?

– C'est pas un trou mais un aven, une grotte. Et il n'est plus possible de s'en approcher, la police a tout caché avec des toiles tendues. Ils doivent revenir pour prélever des échantillons de sol... Essayez si vous voulez, c'est à trente mètres d'ici, sous les arbres, près de la cabane reconstituée.

– Sans vos lumières, ça ne me servira à rien.

– Demandez aux flics de vous expliquer, je leur ai déjà tout raconté.

– Je vous préfère aux flics.

Elle maugréa quelque chose qui pouvait être « Cause toujours ». Elle tendit la main pour prendre un livre, Maxime fut plus prompt et s'en empara.

– J'ai lu un de ces trucs...

– Vous l'avez déjà dit. Vous allez rester dans mes pattes longtemps ?

Il déposa le livre sur la bonne pile.

– Pardon...

Maxime se releva et regarda autour de lui. Quand il avait visité le site de Fendeille, cinq ou six ans auparavant, il lui avait paru sublime, aujourd'hui il le trouvait répugnant. Des ruines, des fantômes, un cimetière. Un endroit assez sinistre pour qu'un assassin décide d'y balancer une victime embarrassante. Mais son geste macabre avait un sens. Une raison qui l'impliquait, lui, Maxime, il en avait l'intuition.

– Les types qui vivaient ici, il y a cinq mille ans, c'était quoi ? demanda-t-il. Des nomades ?

– Des sédentaires. Leurs maisons sont des habitats permanents, sans fossés ni remparts, remaniés par plusieurs générations.

– Ils vivaient de quoi ?

– Elevage d'ovins. Ils conduisaient leurs troupeaux dans les Cévennes pendant la saison sèche. C'étaient des transhumances saisonnières. Sinon, ils avaient mis au point une agriculture à base de céréales.

– Et vous, Luce, vous faites quoi, ici ? A part classer la paperasse.

– Je m'occupe de la datation des objets trouvés dans les tombes.

– Il y en a beaucoup ?

– Quoi ?

– Des tombes.

– Quatre, avec neuf défunts.

– Ça se visite ?

– Non.

– C'est secret ?

– C'est sans intérêt : elles ont été vidées il y a plus de quinze ans pour éviter le pillage.

– A quoi ça ressemble ? A des caveaux ?

– Parfois. La civilisation des Fontbouisse a utilisé des sépultures collectives, comme des dolmens, mais aussi des cavités naturelles, des grottes, des avens. Dans tous les cas, les corps des défunts étaient déposés sur le sol, probablement serrés dans des linceuls ou même ligotés en position contractée. Ils étaient accompagnés d'offrandes, outils, armes, céramiques.

– Vous allez encore vous mettre en pétard si je vous demande de me montrer ces tombes ?... Il faut vraiment que j'essaie de comprendre ce qui pu décider celui qui a tué cette femme à déposer son cadavre ici... Et vous aviez raison tout à l'heure : on n'aurait pas dû me permettre d'entrer. Si les flics m'ont laissé faire, c'est qu'ils savent que j'ai un lien avec ce site et que ça les intéresse de voir ce que j'y fabrique. Ils ne vont pas me ficher la paix longtemps.

Normalement, elle aurait dû l'envoyer sur les roses. Les séducteurs sur le retour de son espèce, elle en croisait sans arrêt. A force, elle finissait par croire qu'elle les attirait. L'un de ses derniers amants – un fiasco qui remontait déjà à six ou sept mois – avait quelques heures de vol de plus que Maxime Linski. Il lui avait attiré des emmerdes à n'en plus finir et ne l'avait pas fait jouir. Mais il n'avait ni la voix de Linski, ni sa façon de bouger, ni son regard. Surtout pas ce regard, comme un frôlement. A ça, elle n'avait jamais été soumise. C'était déconcertant. Luce soupira...

– OK, on y va. Je vous montre, vous regardez et vous me laissez bosser en paix, d'accord ?

– Promis.

Ils sortirent de l'enceinte, passèrent près du gendarme qui s'empara de son talkie-walkie dès que le couple fut assez loin pour qu'il pût parler sans être entendu d'eux. Luce marchait vite, en balançant les bras, mains ouvertes. Maxime restait à sa hauteur pour ne pas se retrouver derrière elle. Il n'aurait pu s'empêcher de fixer ses hanches, ses fesses, leur balancement.

– Les sépultures sont toutes hors du site, dit-elle en l'entraînant parmi les arbres. Elles sont espacées d'une centaine de mètres... Une au nord, avec quatre corps d'hommes, l'autre à l'est, avec deux corps d'hommes. Ce sont les seules tombes qui présentent un intérêt. Les autres cadavres semblent avoir été enterrés sommairement. Les lieux où ils reposaient n'ont même pas été pillés alors que les tombes des hommes l'ont été...

– Attendez. Vous voulez dire que les hommes ont bénéficié des rites que vous m'avez décrits mais pas les trois femmes ?

– Exactement. Mais elles ne sont que deux.

– Je n'y comprends plus rien : vous m'avez bien dit que vous aviez retrouvé neuf défunts.

– Six hommes dans deux tombes, deux femmes dans leurs propres sépultures. Le neuvième était un enfant. Nous avons trouvé son squelette dans une jarre, dissimulée dans le mur d'une maison...

– Ils faisaient ça pour tous les enfants ?

– Non. On ignore pourquoi il était dans ce mur. En tout cas, personne n'y avait touché depuis cinq mille ans. Les restes étaient intacts quand les archéologues les ont découverts.

– Pourquoi n'ont-ils pas enterré les femmes comme les hommes ?

– Nous n'avons que des hypothèses. Dans la région, sur les autres sites du même type, les sépultures abritent des défunts hommes et femmes qui ont été préparés selon les mêmes rites, sans distinction de sexe.

Maxime l'arrêta.

– C'est ça que je veux voir, Luce : une tombe de femme.

Elle leva les yeux au ciel.

– Nous n'en prenions pas le chemin et elles n'ont aucun intérêt archéologique.

– Je n'ai pas grand-chose à foutre de l'archéologie.

Sans un mot, Luce tourna les talons. Il revinrent sur leurs pas et bifurquèrent près d'une petite lavogne abandonnée. Aucun troupeau de moutons ne venait plus s'abreuver ici depuis que les militaires avaient pris possession des deux tiers du plateau.

– Vous m'avez demandé si j'allais me mettre en pétard, tout à l'heure, dit soudain Luce, sans ralentir le pas. Qu'est-ce que ça veut dire, « en pétard » ?

Maxime sourit.

– Vous avez un visage fait pour la gravité, peut-être pour les larmes, les grandes souffrances, le désespoir, mais pas pour des petites colères de chatte. Ça chamboule tout dans vos traits quand vous êtes furieuse, ça vous fait des rides à contre-courant. C'est pas très joli à voir, d'ailleurs.

– Charmant... Qu'est-ce que vous faites dans la vie ? Physionomiste ?

– En ce moment, je répare une moto.

– Vous vivez de ça ?

– Non. En fait, je dépense mon fric et ça me prend déjà beaucoup de temps.

– Exaltant.

– Parfois, oui.

Ils avaient atteint une petite clairière. Luce sauta sur une grosse roche plate qui se trouvait en son centre.

– On a trouvé un des deux squelettes de femme là-dessous, à moins d'un mètre sous terre. La roche n'a pas été déposée là pour couvrir la sépulture : on a creusé sous elle un espace dans lequel on a introduit le cadavre, le bassin en premier. Ensuite le tronc, la tête, puis les bras et les jambes ont été repliés. Les chevilles présentaient des fractures nettes. A la fin, on a bouché l'orifice avec des pierres... La deuxième sépulture se trouve de l'autre côté du site. Elle est assez semblable à celle-ci, mais l'aven est plus vaste. Elle contenait les reste d'une jeune femme, sans doute victime d'un accident : plusieurs vertèbres brisées. Elle était sur le flanc gauche, la jambe gauche étendue, la jambe droite repliée, le genou à hauteur du sternum. Elle avait un bras sous sa tête. Il y avait des morceaux de poterie autour d'elle, une quinzaine...

– Vous êtes sûre qu'aucune femme n'a été inhumée selon un procédé analogue sur un autre site ? coupa-t-il.

– Certaine.

– Où est le trou ?

– A vos pieds.

Maxime s'agenouilla pour écarter puis arracher la végétation qui dissimulait la base de la roche et dégagea l'orifice de la tombe que des éboulis avaient en partie obstrué. Il eut un mouvement de recul. Il souffrait d'une aversion profonde pour les failles, les gouffres, les puits et tout ce qui ressemblait à un trou dans la terre. Il en avait la chair de poule. Depuis Valentine... Il se força pourtant à se mettre à quatre pattes et à scruter la cavité en tentant d'imaginer comment et pourquoi on avait enfoui un cadavre de femme sous cette pierre, à près de cent mètres du village.

– Vous m'avez dit qu'il y avait plusieurs hypothèses concernant ces enterrements sommaires, dit-il sans se relever. Quelle est la plus plausible ?

– L'urgence. Une situation exceptionnelle de disette ou même de famine, d'épidémie. Il aurait alors fallu enterrer ces cadavres au plus vite sans se soucier du respect des rites funéraires.

Il se redressa, resta à genoux. A moins d'un mètre de son visage, Luce s'était assise sur la roche plate, les jambes repliées, légèrement écartées, les coudes appuyés sur ses genoux et ses mains en coupe soutenant son menton. Un instant, Maxime resta silencieux. Instinctivement, Luce serra les cuisses.

– Vous avez parlé de ces tombes de femmes aux policiers ? demanda-t-il.

– Ils sont comme vous : ils n'en ont rien à foutre, de l'archéologie. D'ailleurs, personne n'en a rien à foutre...

Le visage de Maxime se durcit. Il s'essuya les mains sur son pantalon et se remit sur ses pieds.

– J'ai du mal à croire que vous n'ayez pas pensé à ces mortes du néolithique hier en découvrant le cadavre enfoncé dans un trou de roche.

– Mais ça n'a aucun rapport !

Il dévisagea froidement la jeune femme.

– Personne n'a imaginé une explication moins vague que celle que vous m'avez donnée concernant l'inhumation étrange de ces femmes et celle de l'enfant caché dans un mur ?

Luce parut réfléchir. Maxime ne parvenait pas à savoir si elle trichait ou si elle n'y comprenait rien.

– Un historien de la région a publié une étude là-dessus, dit-elle d'une voix moins assurée. Il s'appelle Roland La Borio del Biau. Mais son travail n'a pas de réel fondement scientifique. Sa brochure est parmi celles que je classais tout à l'heure. Il prétend qu'une même cause a pu pousser les Fontbouisse à dissimuler les cadavres de personnes mortes dans des circonstances similaires. C'est une théorie assez proche de celle de l'épidémie sauf que...

– Sauf qu'il pense que ces femmes et cet enfant n'ont pas été paisiblement mis en terre par leur village, coupa-t-il. Il ne parle ni d'accident ni de famine, n'est-ce pas ?

L'archéologue sursauta, rentra la tête dans les épaules. Elle n'avait pas joué la comédie. Maxime la vit blêmir quand elle répondit, la gorge serrée :

– Il dit que ce sont des meurtres.

Victoire avait eu l'impression d'entamer la journée dos à un ressort compressé. Il allait la propulser loin de chez elle. Loin de la douceur, de la lenteur, loin d'Hector, son mari, et de ses filles qui, ce matin, exceptionnellement, n'avaient classe ni l'une ni l'autre. De toute façon, elle ne profitait pas d'eux. Sur ses gardes, aux aguets, prête à être catapultée dans son monde de violence. Elle disposait, dans sa propriété de Pérols, entre Montpellier et la Méditerranée, de tous les moyens de communication supposés lui permettre de garder le lien avec ses hommes tout en conservant une vie de famille. Mais ça ne marchait jamais, sa présence était indispensable. Ce n'était qu'une question de temps : quelqu'un finissait par libérer le ressort. Il suffisait d'un coup de fil.

Elle remonta la fermeture à glissière de son coupe-vent, se pencha pour caresser la chevelure blonde de son aînée, Anne-Laure, assise dans l'herbe. La fillette ne la regarda pas. Elle continua de feuilleter seule la bande dessinée qu'elles lisaient ensemble, avant que le portable de sa mère ne sonne. Treize ans déjà, Anne-Laure, elle ne se faisait plus d'illusions. Les matinées gâchées, elle en avait l'habitude... Pauline, la petite, jouait dans sa chambre. Elle aurait bientôt huit ans et croyait encore sa mère quand elle lui disait : « Maman revient le plus vite possible. A tout à l'heure. » Ça ne durerait pas.

Victoire entendit un bruit de moteur, au loin, et se redressa. La moto accélérait, elle devait avoir dépassé le rond-point. Elle serait devant sa porte dans trois minutes. Victoire jeta un dernier regard à Anne-Laure et entra dans la maison par la baie vitrée de la cuisine, après avoir enjambé la chienne, endormie sur le paillasson. Hector, son géant barbu, était au fourneau. Au menu, gratin dauphinois et tarte aux pommes sur pâte sablée. Hector : un mètre quatre-vingt-seize pour cent dix kilos, relieur de profession, graveur sur bois, doreur, éditeur de poésie, traducteur de langues slaves compliquées. Hector, avec ses filles, joueur de badminton infatigable. Il lui sourit. Ils se connaissaient depuis vingt-trois ans, la fac de droit, à Paris, ils avaient alors tous les deux vingt ans. Elle avait parfois l'impression qu'ils s'étaient croisés sur une autre planète. Autour d'eux, l'univers avait explosé à plusieurs reprises. Des regrets, des déboires, trois déménagements, des dettes remboursées péniblement, des amis disparus, des parents morts, des couples déchirés... Eux, ils s'aimaient toujours. Il lui achetait des fleurs, lui chantait des chansons pour la réveiller, lui disait qu'elle avait les plus beaux lobes d'oreille de la création et qu'il l'aimerait toujours à cause de cela. Elle jouissait en pleurant dans ses bras. Victoire se demandait parfois s'ils étaient normaux, s'ils ne bluffaient pas, s'ils ne se persuadaient pas qu'ils devaient rester heureux. Mais les matins où elle voyait sourire Hector, avec dans les yeux ce désir d'elle inébranlable, alors qu'elle partait comme une folle pour jouer à la chasseresse, Victoire se disait simplement qu'elle avait de la chance.

Elle entendit la moto ralentir devant la maison. Un coup de klaxon. Elle regarda sa montre :

11 heures. Attrapa ses clés sur la table, les fourra dans sa poche, sentit la crosse de son revolver sous son coupe-vent.

– On te garde de la tarte, dit Hector.

Elle hocha la tête, fit mine de sortir mais, sur le seuil, elle s'arrêta et se tourna vers son mari.

– Dis-moi, Hector, où as-tu trouvé le livre que je bouquinais ce matin ?

– Et cette nuit aussi...

– Oui, cette nuit aussi.

– Il était dans un lot, répondit-il. Une caisse entière de vieux ouvrages que j'ai achetée dans une brocante, il y a des années de ça.

– Tu l'as lu ?

– Des passages.

– Qu'est-ce que tu en as pensé ?

– Très érudit, très argumenté, bien construit. Au premier abord, ça ressemble à l'excellent *Esotérisme d'ailleurs* de Pierre Riffard. Mais quand on y regarde de plus près, c'est ridicule, du point de vue de l'histoire des idées et des religions. C'est un fourre-tout délirant. Si je me souviens bien, l'auteur établit des correspondances entre des rituels asiatiques, amérindiens, africains et européens, tous plus inquiétants les uns que les autres, qui n'ont rien à voir les uns avec les autres, et tout ça pour démontrer qu'il existe un fonds commun des croyances : je ne sais quels grands anciens qui auraient fondé l'univers et créé les hommes.

Elle ne s'attendait pas à une réponse aussi précise.

– Tu es sûr de n'avoir lu que quelques passages ?

Hector essuya ses énormes mains sur son tablier et dévisagea sa femme.

– Je suis un individu assez vif d'esprit, tu sais.

Elle sentit le rouge lui venir aux joues.

– Pardon, c'était une question de flic. Je crois que je suis nerveuse. A plus...

Elle quitta la cuisine. Dans l'entrée, alors qu'elle allait ouvrir la porte, elle se ravisa, prit la direction du salon et marcha jusqu'à la table basse, entre les deux grands canapés de cuir. Elle exhuma le livre de sous les magazines littéraires de son mari et les jouets des gamines, déchira le coin d'une page de journal et nota les références de l'ouvrage avec un Crayola de Pauline : *Les Immortels – Analyse des rituels des civilisations anciennes et modernes, fondements universels des croyances*, de Frédéric Baluthan, éditions du Tchö. Elle fourra le papier dans sa poche et fila.

Dehors, Sarral attendait au guidon de sa BMW. Dès qu'il vit sortir Victoire, il lui tendit un casque intégral gris métallisé, pareil au sien.

– Où est-il ? demanda-t-elle.

– A une terrasse de café, en centre-ville, à deux pas de la place de la Comédie. Quand Lavolpière est venu prendre ma relève, ça faisait une demi-heure que Linski était plongé dans le bouquin que lui a donné l'archéologue... Son café doit être froid.

– Vous avez bien dit à Lavolpière qu'il valait mieux le perdre que de se faire repérer ?

– Lavolpière, ça veut dire renard en occitan. Il est discret. Dans une rue vide, même les chiens le prennent pour un réverbère.

Victoire prit le casque, hésita un instant, demanda :

– Qu'est-ce que c'est que cette tour de Vias ?

– Une ruine, un ancien poste de guet du Moyen Age si je me souviens bien.

– Où se trouve-t-elle ?

– Sur une hauteur, à la sortie du village des Matelles, mais isolée. Dix kilomètres de Fendeille, au maximum.

– Ah, ça y est, je vois... Ils sont tous déjà sur place ?

– L'identité et le légiste, c'est sûr. Ils ne veulent toucher à rien avant que vous ne soyez arrivée. Quant à Diaz, les gendarmes passent le prendre.

– Vous savez ce qu'ils ont trouvé exactement ?

– Ils m'ont juste dit que c'était pas très beau à voir : du sang, des morceaux dégueulasses, des traces de feu... Un abattoir.

Victoire mit le casque. Sarral inclina la moto pour qu'elle monte en selle sans être obligée de sauter. Elle ferma sa visière, agrippa la veste de cuir de son lieutenant et cria pour qu'il l'entende.

– Ne me foutez pas par terre, je veux manger de la tarte ce soir !

Suzanna l'avait trouvé en arrivant chez elle : le quatrième fax avait été envoyé dans la nuit, depuis le même télécopieur, celui du stade de la Mosson : « 19 / 06 / 98 - VEN - 02:34 - FAX 01 - 4 67883271 - 001 ».

« L'enfant de Saint-Roman. Dans la nuit noire de l'âme. »

Dès qu'elle l'avait lu, Suzanna avait appelé Longour, chez lui, pour qu'il déniche des renseignements sur Saint-Roman. Le journaliste prenait son service à 11 heures ; il lui avait promis de la joindre dès qu'il aurait consulté la documentation. En attendant, Suzanna avait interrogé les moteurs de recherche sur le Net. D'abord en se connectant sur des sites consacrés aux religions, à l'ésotérisme et à la démonologie. Pendant près de deux heures, les pages du Web avaient défilé sans rien lui révéler d'intéressant. Finalement, elle avait tapé « soul psychology » et avait été aiguillée sur le département de sciences sociales d'une université américaine. Un certain M. C. Clarke mentionnait, en français dans le texte, un phénomène nommé « nuit noire de l'âme ». Quelques lignes seulement, extraites d'une intervention lors d'un obscur colloque de psychiatrie consacré aux « passages à l'acte ». Quatre phrases dans lesquelles Suzanna avait vu un début de confirmation de ses soupçons concernant l'implication de satanistes : « Le recours au diable symbolise un besoin de revanche sociale d'individus contraints à paraître ce qu'ils ne sont pas. Ce recours est libérateur pour ceux qui souffrent de devoir rogner leurs griffes et rengainer leurs instincts. De ne pouvoir être des hommes vrais, sordides dans leur animalité et dans les besoins de leur espèce. Plongés dans la " nuit noire de l'âme ", ils sont en conséquence exposés à la folie et à la mort. »

Elle avait imprimé le texte, l'avait affiché à côté des fax et, les pieds posés sur son bureau, elle relisait les messages en s'efforçant de leur trouver une cohérence. Alors que les trois premiers fax l'orientaient sur des crimes, le dernier avait la tournure d'une énigme. La définition de M. C. Clarke, avec des mots comme « revanche », « souffrance », « instincts », « animalité », « folie » et « mort », collait *a priori* avec la psychologie de déséquilibrés. Mais qui était Saint-Roman ? Et son enfant, dans la nuit noire de l'âme, dans la folie et la mort ? Il manquait encore trop d'éléments à Suzanna, et surtout elle ne parvenait pas à comprendre pourquoi quelqu'un souhaitait l'impliquer dans cette affaire. Celui ou celle qui envoyait ces fax savait qui tuait et dans quel but. Dans ce cas, pourquoi alerter une journaliste plutôt que la police ? Qui l'informait ? Qu'attendait-on d'elle ? Pourquoi ne nommait-on pas les assassins ? Etait-ce un ou une repenti(e) ?... Et si son hypothèse de crimes satanistes était farfelue ?...

Suzanna ôta ses pieds du bureau et dans un même mouvement fit un tour complet sur son siège pivotant. Dans un quart d'heure, il serait midi. Longour n'avait pas téléphoné et Maxime non plus. Elle sourit en se remémorant la nuit qu'elle avait passée. Drôle de type, Max... Il était encore marié quand Suzanna était devenue sa maîtresse. Elle avait du mal à définir ses sentiments pour lui, parce que le personnage qu'il avait dû être la répugnait. L'idée qu'elle s'en faisait du moins, puisqu'il avait abandonné le porno à la naissance de Thomas. Suzanna n'avait pas plus d'affection pour le mari cavaleur, même s'il était devenu son amant. L'ermite de Montcalmès seul l'émouvait. Drôle de type... Pas facile, avec cette estime de soi démesurée, qui lui enlevait toute noblesse, et même toute dignité, quand il le submergeait. Suzanna le détestait lorsqu'il se répandait en mépris sur le genre humain. Des tirades d'arrogant, de présomptueux, de petit con borné, sans générosité. Englué dans son marais misanthropique, Maxime se mettait à boire, devenait coléreux et n'était alors plus maître de lui. Par bonheur, Suzanna ne l'avait jamais vu vraiment violent. Et puis, dans ces cas-là, Maxime préférait la solitude du causse à la compagnie des hommes. Ou à celle de ses maîtresses... Suzanna n'était pas dupe : d'autres femmes qu'elle étaient réveillées au petit matin par l'odeur du café chaud dans une chambre de Montcalmès. Qu'il s'agisse de nourriture, d'alcool ou de féminité, Maxime, à quarante-cinq ans, manifestait toujours par impulsion des appétits incontrôlables. C'était invivable, mais ça pouvait aussi être délicieux. Suzanna aimait faire l'amour avec lui. Elle aimait ce corps grand, ces jambes et ces bras longs, ce ventre rentré, ces articulations épaisses, cette résistance, cette lenteur, cette souplesse. Et puis cette peau douce, lisse... Elle aimait la sexualité instinctive de Maxime. Il était gourmand, voluptueux mais ne consommait pas, n'utilisait pas. Maxime donnait. C'était peut-être le seul domaine dans lequel il savait donner sans réserve. Il pouvait tout oser. De lui, Suzanna acceptait. Il était grivois, parfois obscène et ça n'était jamais blessant... Tant pis pour les manières brusques de Maxime, sa mauvaise humeur, ses terrifiants coups de blues, puisqu'il y avait ses mains, ses mains osseuses, ses longs doigts souples. Tant pis : elle continuait à le sentir vivre en elle des heures après l'avoir quitté.

Suzanna rentra la tête dans les épaules, donna une nouvelle impulsion à son siège pour qu'il tourne plus vite. Est-ce qu'elle lui avait flanqué la frousse en lui parlant du diable ? Maxime Linski n'était pas du genre impressionnable. Il devait y avoir une autre raison... Peut-être craignait-il simplement que les flics ne reviennent à la charge contre lui. C'était plausible : Maxime jouait gros. La seule personne qui ait jamais vraiment compté dans sa vie, c'était Thomas. Quand sa femme avait obtenu le divorce, elle était retournée vivre à Paris avec leur fils. Maxime n'avait plus vu Thomas qu'un week-end sur deux. Tous les quinze jours, pendant trois ans, il avait pris l'avion pour la capitale où il avait gardé un appartement, pour être avec Thomas. Il partait le vendredi midi et rentrait le lundi matin. Mais aujourd'hui, tout avait changé. Thomas avait eu quinze ans en mai. En septembre, il entrerait en terminale, avec près de deux ans d'avance, ici, à Montpellier. Il avait décidé de vivre près de son père. Au moins d'essayer. Pour Max, c'était inespéré. Une sorte de miracle. Il avait déjà loué un duplex en ville pour que Thomas n'ait pas à faire la route tous les jours jusqu'à Montcalmès. Si Maxime était de nouveau compromis, son ex-femme pourrait intervenir pour empêcher leur fils de venir à Montpellier...

Suzanna freina son siège d'un coup de talon quand le téléphone sonna : Longour.

– Je t'ai trouvé des saints Romain, mais pas des saints Roman. Le premier était un religieux du Jura, l'autre fut évêque de Rouen, tous les deux au Ve siècle.

– Pourtant, je suis sûre que c'est bien Saint-Roman.

– Attends, j'ai tout de même continué à chercher... Un village des Cévennes qui s'appelle Saint-Roman, ça t'intéresse ?

– Dis toujours.

– Si le tuyau est bon, tu me dois un dîner. Ça marche ?

Suzanna savait qu'elle ne pourrait y échapper. Elle jeta un coup d'œil au calendrier d'un traiteur asiatique qui lui servait à noter les rendez-vous qu'elle oubliait systématiquement après les avoir pris.

– D'accord... Demain soir, ça te convient ?

– Parfait. Je passerai te prendre en sortant du canard.

– Où se trouve Saint-Roman ?

– Saint-Roman-de-Liouzière, pour être précis. C'est dans la montagne, à une trentaine de kilomètres au nord-est de Ganges.

– Qu'est-ce que tu as trouvé sur ce bled ? coupat-elle.

– Pas grand-chose. Des querelles de clocher, des toitures envolées pendant des tempêtes, des accidents de la route... Et une histoire qui va te plaire si tu es toujours sur tes feux bizarres.

Suzanna sursauta.

– Il y a eu trois incendies inexpliqués à Saint-Roman-de-Liouzière et dans des hameaux proches, ajouta Longour.

– Quand ?

– Une bonne vingtaine d'années.

Son enthousiasme chuta brutalement.

– Il y a eu des victimes, des enfants ?

– Toute une famille, je crois, dans le même incendie, mais j'ai lu ça en diagonale.

– Tu peux me faxer les coupures de presse de l'époque ?

– Dans l'après-midi, parce que j'ai trop de boulot pour l'instant, avec l'histoire de la morte de Fendeille... Au fait, qu'est-ce que tu fichais là-bas ?

Le photographe du canard m'a dit qu'il t'avait vue passer dans ta voiture.

– J'avais à faire dans la région.

– Maxime Linski ?

– On ne peut rien te cacher... Ils en sont où dans l'enquête ?

– D'après nos sources, Camin Ferrat n'a rien, sinon une nana, Laure Roussayrolles, dont la mère a déclaré la disparition... Je te laisse, j'ai du travail. A demain, 19 h 30 pétantes !

Longour raccrocha le premier pour ne pas laisser à Suzanna le temps de se décommander. Elle sourit. Il était chiant, il mangeait tôt, mais elle devait reconnaître qu'il était aussi le plus efficace de ses informateurs. Elle écrivit « Longour-19 h 30 », à la date du 20 juin, sur le calendrier chinois. Elle hésita à appeler Maxime. Elle regarda sa montre ; elle n'avait plus le temps... Elle brancha son répondeur, fourra dans son sac son carnet de notes, son portable et quitta son bureau. Elle voulait être au stade avant 14 heures, fin de la pause du personnel. Elle connaissait du monde à la Mosson, pour y avoir réalisé trois reportages durant la préparation du Mondial. Elle était certaine de trouver quelqu'un susceptible de l'aider.

C'était une ruine, dominant le hameau médiéval des Matelles. Une tour de pierres instables, vestige d'un château aux remparts arasés depuis très long-temps. Un quadrilatère pillé par les hommes, usé par les vents, caché par les pins : six mètres de hau-teur, quinze mètres carrés. Au XIIe siècle, sur sa crête, Vias comptait parmi les fortins stratégiques entre Montpellier et les Cévennes. Postés à dis-tance égale de la redoute de Mont Redon, au sud, et de la forteresse de Montferrier, au nord, les veil-leurs de Vias relayaient à vue les signaux d'alerte. Huit cents ans plus tard, les randonneurs du prin-temps avaient fait de la ruine un point de rendez-vous, parce qu'elle était d'un accès facile. Victoire chassa les mouches devant son visage et leva les yeux sur la bâche orange tendue en guise de toit au sommet de la tour. Les gendarmes l'avaient posée à la hâte pour éviter que les rayons du soleil ne conti-nuent à détériorer les restes humains abandonnés dans la ruine. Un abattoir, avait dit Sarral. C'était ça. Une large traînée de sang tachait le mur nord ; des débris de feuilles et de brindilles brûlées jon-chaient le sol. Dans un angle, une recharge de gaz, elle aussi maculée de traces brunes. Et un amas sombre, infect, d'où le légiste, à l'aide d'une pince, prélevait des organes.

– C'est ce que nous cherchions ? demanda Victoire.

Cardos hocha la tête.

– Il faudra s'en assurer, mais je ne pense pas me tromper en affirmant que la victime de Fendeille a été brûlée et mutilée ici... A moins qu'une autre femme n'ait subi le même sort.

Il marqua une courte pause, désigna le mur ensanglanté, puis une branche épaisse qui y était appuyée.

– Elle a bien été suspendue et...

Diaz ne lui laissa pas le temps d'achever sa phrase.

– Elle a été tuée ici, dit-il sur un ton monocorde.

Le psychiatre s'était tenu près de l'entrée. Il s'approcha du mur, leva la tête vers la bâche, puis fit glisser son regard vers le tas d'organes que manipulait Cardos.

– Il l'a attirée ici, en pleine nuit, reprit-il. Elle avait confiance en lui mais je ne crois pas qu'ils se connaissaient, même si la plupart des crimes où s'exprime cette violence mettent en scène des protagonistes qui se sont côtoyés. Rien n'indique une proximité entre la victime et son bourreau, il ne s'est pas particulièrement acharné sur le visage pour le faire disparaître à sa vue. Il a agi vite, sans hésitation, pourtant... pourtant, je pense m'être trompé en affirmant qu'il avait pris du plaisir.

C'était la première fois que Victoire l'entendait revenir sur un détail de ses profils psychologiques.

– C'est à cette branche qu'il l'a pendue, n'est-ce pas ? demanda-t-elle à Cardos en désignant le morceau de bois.

– Exact. Je pense qu'il a coincé ce truc entre les pierres disjointes, à environ deux mètres de hauteur. L'écorce porte la trace d'un lien, une cordelette fine ou un câble. Le microscope nous le dira.

– Il agit sans précipitation mais il n'est pas minutieux, reprit Diaz. Il a pendu sa victime parce que c'était plus commode pour la transformer et lui donner l'apparence qu'il souhaitait. Ensuite, il s'est débarrassé de ce qu'il ne voulait pas conserver d'elle. Il n'y a ni abus ni appropriation... Malgré ce carnage, les mutilations, la dégradation, l'exposition du corps, il n'y a pas d'humiliation dans cette scène. Il ne joue pas avec sa victime, il n'en jouit pas... Elle est assurément ravalée au rang d'objet assimilable... Je veux dire qu'elle a en elle ce qui fait d'elle une victime. Quand il la voit, il n'a pas le choix : elle est sa victime...

– Vous pensez aux autres femmes dont vous avez consulté les dossiers ? lança Victoire.

Diaz eut une espèce de sourire, entre la grimace et le rictus de douleur.

– Depuis hier, je pense surtout à l'un de mes anciens patients de Bordeaux. Il n'a accepté de me parler qu'une fois, après il n'a plus jamais rien confié sur ses crimes. Il m'a dit : « Tout à coup, je n'éprouve plus rien, je ne fais plus partie de l'espèce humaine. C'est comme si ces femmes avaient une pancarte dans le dos qui me disait de les tuer... Quelques instants plus tard, elles mouraient. » Il a tué sept femmes en deux ans, des autostoppeuses. La banquette arrière de sa voiture était toujours encombrée ; ses victimes étaient obligées de s'asseoir près de lui. Le siège du passager était protégé par une toile plastifiée. Dès qu'elles avaient fermé leur portière, elles étaient coincées : il avait trafiqué le verrouillage automatique. Il les menaçait avec un poignard dissimulé dans la housse de son siège et gardait un second couteau scotché sous le tableau de bord. Il ligotait ses proies, les bâillonnait avec un adhésif découpé à l'avance. Ensuite, il les égorgeait, les enveloppait dans la toile plastifiée pour que leur sang ne tache pas sa voiture et se débarrassait des corps dans des étangs ou des décharges... Pendant deux ans, il n'a fait que cela, préparer des meurtres, sophistiquer son kit de tueur, traquer des femmes, leur trancher la gorge, jeter les cadavres, dissimuler les traces de ses forfaits, se fabriquer des alibis. Il n'a jamais commis la moindre erreur, n'a jamais été inquiété... Il a fini par se livrer à la police.

Il s'interrompit, le temps de chasser du revers de la main une poussière invisible sur le pli parfait de son pantalon, et ajouta :

– Après quatre mois d'internement, la seule chose qu'il a réussi à dire, c'est : « Quelque chose me dit de les tuer et elles meurent »... Vous vous rendez compte ? Comme s'il n'y était pour rien ! Qu'y a-t-il de plus horrible que d'être la proie d'un tueur qui sait seulement ce qu'il doit faire mais nie ce qu'il fait en décrivant les conséquences de ses actes comme s'il y était étranger ?... Des femmes meurent parce qu'elles sont blondes, ou rousses, parce qu'elles sont un peu plus rondes que la moyenne ou parce qu'elles ont un rire de gorge, qu'elles aiment les robes bleues... Parfois, je me dis que mon patient de Bordeaux avait raison : il ne faisait pas partie de l'espèce humaine... La femme qui a été tuée ici est morte pour rien, ou alors pour une raison si obscure que sa mort n'aura jamais aucun sens, sinon pour son assassin.

– Il doit avoir une raison quelconque pour l'avoir mutilée comme ça, interrompit Victoire.

– En tout cas, ce sont bien des organes sexuels et des reins, dit le légiste. Précisément ce qui manque à la victime de Fendeille. Nous allons les examiner cet après-midi, nous vous dirons dans la soirée si tout correspond... D'ailleurs, à ce sujet, j'ai les résultats des premières analyses du labo. Ça m'arrangerait de vous les commenter maintenant.

– Finissez ça d'abord, répondit Victoire. Je vous attends dehors.

Elle abandonna les deux médecins et sortit pour rejoindre Sarral et le propriétaire du vignoble voisin qui avait découvert les restes humains dans la tour : un homme d'une soixantaine d'années, en chemise et salopette. Il était petit, ventru, le visage sanguin, le crâne dégarni. Assis sur le tronc d'un chêne abattu, il regardait droit devant lui, vers l'ouest, en direction des collines du pli de Montpellier, dominé par le pic Saint-Loup.

Sarral attendit Victoire et dit aussitôt, en consultant ses notes :

– Monsieur Victor Lesourtigues. Il a appelé les gendarmes à 10 heures.

L'homme réagit en entendant son nom. Il leva les yeux sur Victoire.

– C'est les oiseaux qui m'ont attiré, marmonna-t-il. Il y avait plein d'oiseaux. Ils venaient bouffer, ces saloperies d'oiseaux... Alors, j'ai traversé le ballast et...

– Où habitez-vous ? coupa-t-elle.

– La ferme, à la sortie du village, sur la route de Prades-le-Lez.

– Le terrain sur lequel se trouve la tour vous appartient ?

– Ceux qui sont autour seulement. Vias, c'est à la commune.

– Vous étiez dans vos vignes avant-hier soir ?

– Oui.

– Avez-vous remarqué quelque chose d'anormal ?

Il secoua la tête.

– Quand j'ai vu qu'il allait pleuvoir pendant la nuit, je suis rentré pour m'occuper du matériel qui traînait dans la cour.

– Pas de véhicule inconnu ? Pas de va-et-vient ?

Il fit la moue.

– Des voitures, il y en a beaucoup qui se garent en bas, près du pont. Des gens qui se promènent... Je fais attention qu'ils viennent pas chez moi, je me quissoune juste pour mes vignes, le reste, je m'en occupe pas.

– Vous m'avez parlé d'un camion tout à l'heure, intervint Sarral.

100

– Le camion jaune, vous voulez dire ? Le tout-terrain du gars à la queue-de-cheval ?

Victoire resta impassible. Elle avait senti son estomac se serrer.

– C'est un bonhomme qui cherche des pierres, reprit Lesourtigues. Un Parisien qui rachète des ruines pour reconstruire je sais pas quoi.

– Monsieur pense l'avoir vu il y a moins d'une semaine, renchérit Sarral.

– Quand exactement ?

L'homme haussa les épaules.

– Je sais plus bien... Peut-être dimanche dernier.

– Il voulait acheter la tour ?

– Pas Vias, non. C'est pas à vendre ces vieilleries-là. Mais le pézoul, il a tourné autour, ça c'est sûr.

– Si on vous montre une photo, vous pourrez le reconnaître ?

– Je crois que oui. Il a une tête qu'on oublie pas.

Victoire aperçut Diaz et Cardos qui sortaient de la tour. Elle remercia le viticulteur et, avant de rejoindre les médecins, elle plongea la main dans sa poche, récupéra le morceau de papier sur lequel elle avait griffonné avant de partir de chez elle et le tendit à Sarral.

– Ce sont les références d'un bouquin. Quand vous aurez cinq minutes, renseignez-vous sur l'auteur et l'éditeur.

Sarral acquiesça et elle s'éloigna. Le légiste échangea quelques mots avec son assistant qui emportait les prélèvements dans une caissette en plastique, puis il ôta ses gants, ramassa sa veste posée sur une souche. Il sortit d'une poche des feuillets dactylographiés, réunis par un trombone. Tout en marchant, Victoire à sa droite et Diaz à sa gauche, il entreprit de résumer son rapport.

– Comme je le pensais, c'est la mèche de cheveux intacte qui nous a fourni les seules informations exploitables. Nous avons trouvé des débris en deux points différents, l'un très près du cuir chevelu, il se présentait comme un conglomérat de matières décomposées : verveine, buis, sureau, et des résidus organiques encore indéterminés. Un laboratoire spécialisé va les identifier. Le deuxième dépôt se trouvait plus près des pointes des cheveux, sans doute traînaient-ils sur le sol. Cette fois, les résidus organiques sont ceux de cancrelats et de criquets. Parmi les végétaux : petite coronille, sarriette, chèvrefeuille, laurier-tin, chêne kermès.

– Attendez, coupa Victoire. Je ne comprends pas la différence entre ces deux dépôts.

– Eh bien, les derniers que je vous ai décrits sont récents, mais ceux que l'on a trouvés agglomérés près du cuir chevelu sont très anciens... Trente ans au minimum, peut-être plus.

– Je croyais qu'il était impossible que des matières animales et végétales se conservent si longtemps.

– Pas à l'air libre, mais si elles sont restées confinées, ça peut se concevoir.

– D'où peuvent-elles provenir ?

– Aucune idée.

Il y eut un court silence. Victoire lui fit signe de poursuivre.

– Quant aux fibres trouvées sur le corps, le coton est celui qu'on utilise communément pour les T-shirts. Les fibres acryliques sont plus rares. Elles proviennent d'une toile de parachute ou, plus vraisemblablement, d'une voile de bateau, un spinnaker. Je dis que c'est plus probable parce que nous avons aussi décelé des traces d'une peinture antifouling de couleur noire. Elle est utilisée pour peindre les parties immergées des coques de bateaux. Elle contient des agents chimiques qui empêchent les algues et les mollusques d'y adhérer. La victime avait aussi une écharde en bois de teck, profondément enfoncée dans la paume de la main gauche.

Il replia les trois premières pages de son mémo et reprit sa lecture au quatrième feuillet.

– Voilà le plus étrange : le badigeon utilisé avant que les brûlures ne soient infligées se compose de miel, de cire, de beurre et d'un amas granulaire de couleur carmin qui doit être du cinabre : sulfure naturel de mercure...

– Du mercure pur, c'est ça ?

– Formule : Hgs. Le mercure, tel que nous le connaissons, est obtenu par grillage du cinabre au-dessus duquel on fait passer un courant d'air. Les vapeurs de mercure sont entraînées par le courant d'air et ensuite condensées et purifiées.

– J'imagine qu'on n'achète pas le cinabre dans une grande surface.

– On en produit en Espagne, en Italie, dans l'ex-Union soviétique et aux États-Unis. Ce sont essentiellement les fabricants de mercure qui l'importent. Mais il existe aussi des circuits parallèles très anciens. Je suis sûr que l'on pourrait évaluer la quantité de cinabre échappant à tout contrôle à plusieurs tonnes.

– Il y a tant de gens qui s'en servent ?

– Dans les milieux ésotériques, oui : des mages, des apprentis sorciers.

– Qu'est-ce qu'ils en font ?

– *Visita interiorem terrae rectificando invenies operae lapidem*, répondit aussitôt Diaz. V.I.T.R.I.O.L. : « Descends au plus profond de toi-même et trouve le noyau insécable, sur lequel tu pourras bâtir un homme nouveau. » Le mercure sert aux alchimistes à découvrir en eux la présence de Dieu, immanente et transformante...

– Notre tueur n'a rien d'un illuminé influencé par un ésotérisme de bazar, dit Victoire.

– Son comportement est plus complexe et son imagination exaltée. Mais il n'emploie pas sans raison des produits rituels comme le mercure, ou même le miel et le beurre, utilisés dans d'autres pratiques magiques.

– Il cherche peut-être à nous égarer, suggéra Cardos.

– Il n'y a pas de dissimulation, répliqua Diaz sur un ton cinglant. Je préférerais qu'il veuille dissimuler ses actes... Plus il en ferait pour que l'on ne suive pas sa piste, plus il nous donnerait de clés pour comprendre son comportement. Ce n'est pas le cas.

– Il nous reste les victimes pour tenter de comprendre, coupa Victoire.

Elle savait en disant cela qu'elle contredisait les premières conclusions de Diaz, puisque, la veille, il avait laissé entendre que l'identification du cadavre ne donnerait rien et qu'elle ne permettrait certainement pas de remonter jusqu'à son assassin. Mais, après tout, il avait admis lui-même s'être trompé sur les motivations du tueur. Elle avait besoin de solliciter toute l'attention du légiste.

– Les analyses nous donnent des premières indications sur l'activité éventuelle de la femme de Fendeille, poursuivit-elle. Il est probable qu'elle fréquente un milieu maritime. Nous allons chercher dans cette direction, mais j'ai aussi besoin d'une étude détaillée des dossiers des autres victimes d'incendie.

– Je les ai reçus, dit Cardos. Je les étudierai dans la soirée et je vous donnerai mon point de vue. S'il existe un point commun entre ces femmes, nous finirons par le trouver. (Il se tourna vers Diaz.) Mais peut-être mon confrère est-il déjà en mesure de nous mettre sur une voie ?

– Le feu, répondit sans hésiter le psychiatre. Le feu infernal ou purificateur, à cause du mercure. Il peut y avoir un point commun entre les organes manquants sur les cadavres... Et après ce que je viens de voir ici, je dirais qu'il faut aussi s'intéresser aux lieux, commissaire. D'abord un entrepôt désaffecté entièrement brûlé, puis une villa en partie détruite et enfin cette tour où il n'a rien détérioré autour de sa victime... Si c'est le même individu, il apprend, il se concentre de plus en plus sur le sens de ses actes, sur sa mission, s'il en a une. Il se perfectionne.

Cardos les quitta. Victoire proposa à Diaz de le raccompagner. Ils attendirent ensemble la voiture du SRPJ qui les conduirait à Montpellier. Ils marchèrent en silence jusqu'au sommet de la crête. Ils avaient à leurs pieds l'ancienne cité fortifiée des Matelles, les plateaux tabulaires et les plaines où, depuis leur origine, les hommes s'étaient établis. Quelle que soit la direction vers laquelle elle se serait tournée, Victoire aurait pu nommer tous les tertres, tous les tumulus, toutes les implantations de dolmens : Grand Juyan, Déridière, Bois de Martin, croix de Valène... Elle pensait à la « perfection » du meurtre dont avait parlé le psychiatre ; elle pensait à la « logique ». Des mots qui d'ordinaire ne valent que pour qui ne brûle ni ne tue...

— Vous semblez préoccupée, commissaire ? dit doucement le psychiatre.

— Je réfléchis à ce que vous avez dit.

— A propos des lieux ?

— A cela aussi, oui.

Diaz désigna les deux vallées du Lirou et de la Déridière qui ouvraient les coteaux au nord-ouest du village.

— C'est étrange, cette paix, n'est-ce pas ?... Après ce que nous venons de voir.

Victoire tourna brusquement la tête vers lui, le regarda. Elle avait cru qu'il se moquait d'elle. Mais non, il était sérieux... Elle sentit une espèce de colère monter en elle. Sa colère. Pas seulement contre Diaz. Une colère qui couvait, née avec la conscience de son humanité, il y a longtemps.

— De quelle paix parlez-vous, monsieur ? C'est du décor. C'est une peau fragile. Si vous la déchirez, en dessous, ça grouille. Les vallées que vous me montrez, ce sont des cimetières ! A un quart d'heure de route, au bout de la Déridière, envahie par les salsepareilles, quand les premiers archéologues sont remontés de l'aven du Suquet dans les années 50, ils ont dit qu'ils revenaient de l'Enfer. A la fin de l'âge du fer, trois mille cinq cents hommes, femmes et enfants ont été brûlés dans ce trou... (Elle tendit le bras vers les montagnes, plein nord.) Vous voyez l'Hortus ?... Belle montagne, non ?... Avec une grotte, une grotte immense. C'est un charnier, cette grotte, des fosses les unes derrière les autres, remplies d'un mélange de pierres brûlées et d'ossements calcinés. On marche sur des âmes quand on se promène là-dedans. A quatre-vingts mètres de l'entrée, il y a la salle des Morts : vingt mètres de longueur sur dix de largeur. Son orifice laisse difficilement passer le corps d'un homme, et pourtant le sol est couvert de restes d'êtres humains mêlés aux débris culinaires... Des hommes dévorés, monsieur. Pendant vingt mille ans, des Neandertaliens sont descendus dans la grande grotte de l'Hortus. Ils étaient anthropophages. Lisez Henry de Lumley à vos moments perdus, vous verrez combien cette région était paisible.

Elle marqua une pause, le temps de pivoter sur sa gauche et de désigner un piton rocheux aux abords du pic Saint-Loup.

– Le château de Montferrand. Superbe ! De belles caves, avec des noms charmants : « la Marquise », « la Comtesse », « la Diablesse ». Même les cachots de l'Inquisition étaient préférables à ces geôles où l'on torturait à l'étrivière des sacrilèges ou des sorciers, ou le chanoine de la cathédrale de Montpellier, ou les délégués du Parlement de Toulouse. Les passants n'osaient pas lever les yeux sur Montferrand. Pour un regard indiscret, on était condamné au fouet sous les murailles. Ceux qui sortaient vivants du château finissaient aux galères, bannis du royaume, pendus... Et un peu plus loin, je suis sûre que vous connaissez le lieu-dit du Buisson de la Baraque, au pied du col de la Cardonille, le point de convergence des troupeaux partant en transhumance. Il y avait une auberge autrefois là-bas, le Logis du Bois. C'était en 1703. Les Cévennes en insurrection ; mille cinq cents Camisards qui prennent Ganges. Par petites troupes, ils descendent l'Hérault, tiennent le pont d'Issensac, assiègent Saint-Jean-de-Buèges. Un soir, un groupe entre au Logis du Bois et égorge trois voyageurs, Fulcrand Rouveyrollis, François Alary et Antoine Pélisson. Sans raison. On en parle encore... Juste une anecdote des guerres de Religion. Il y en a des centaines. Un massacre par hameau de montagne, un cadavre dans chaque fissure calcaire des plateaux... Et dans les plaines, c'est pas mieux.

Elle tourna sur elle-même, montra le sud-est, le sud-ouest :

– D'ici, on voit les toits du couvent Notre-Dame-des-Champs, une maison de retraite avec la sépulture de galets d'Albertine Sarrazin. Un peu plus loin, le domaine de Montlobre... C'étaient des bagnes d'enfants au siècle dernier, tenus par deux curés, le père Soulas et l'abbé Redon. Des centaines de gosses de dix à dix-huit ans sont morts en défrichant et en épierrant la garrigue, du lever du jour au coucher du soleil. De la mauvaise graine, des voleurs de saucisson à trois sous, des « loups », comme ils disaient, habillés en blanc pour qu'on les voie de loin et que les militaires en retraite qui les surveillaient les abattent sans peine quand ils tentaient de fuir. Les braves gens des Matelles, les armes à la main, ont mis le siège devant le bagne de Notre-Dame-des-Champs pour chasser les gamins qui crevaient de faim et leur chipaient du pain... Maintenant, il y a des vignes, on fait du vin de pays. Ce sont les petits bagnards des bons curés qui ont rendu ces coteaux prospères, en crevant du choléra ou sous les coups de trique. Je vous assure qu'il ne faut pas creuser trop profond... Il y a plus de sang que d'eau dans cette terre-là...

Elle enfouit les mains dans ses poches, rentra la tête dans les épaules. Elle voulait se calmer, elle avait la chair de poule.

– Vous avez raison pour le feu, reprit-elle d'une voix plus grave. Vous avez raison pour les lieux, comme pour les autres crimes. Vous voyez, monsieur, je sais à quoi j'ai affaire. Même si cette fois ce n'est ni un Camisard ivre de sang, ni un curé avide et pervers, ni un chaman du néolithique, ni un capitaine de forteresse paranoïaque. Mais nous sommes néanmoins confrontés à ce qui s'est toujours produit sur ces causses : la folie, la violence et la mort. Je me fous de savoir à quoi ressemble à présent l'horreur qui balaie régulièrement cette région depuis la nuit des temps. Je veux qu'on me dise ce que le malade qui sévit aujourd'hui imagine qu'il doit faire, pour anticiper sur ses actes et le coincer. Je veux qu'on me donne les clés pour entrer dans son esprit pourri... Sinon, il ne me reste plus qu'à implorer le hasard. Est-ce que je me fais bien comprendre ?

En tournant la tête pour faire face à Diaz, Victoire découvrit Sarral à côté d'elle. Prise par sa propre tirade, sa rage, son dégoût, elle ne l'avait pas vu approcher et son lieutenant, planté à trois pas d'elle comme un élève au piquet, n'avait pas osé l'interrompre. Inquiète d'avoir lâché d'un trait ce qui tournait dans sa tête depuis la veille, elle jeta un coup d'œil au psychiatre. Il était pâle. Et muet. C'était la première fois qu'elle lui clouait le bec, et elle n'en fut pas mécontente. Elle en avait plus qu'assez du rôle de bonne élève qu'elle s'imposait en sa présence.

– Qu'est-ce que vous voulez ? demanda-t-elle à Sarral.

– Mauvaise nouvelle : je viens d'avoir Lavolpière au téléphone. Maxime Linski l'a semé dans Montpellier.

Ils étaient six, descendus de deux puissants cabriolets blancs, garés sous les saules, en contre-bas de l'ancienne église de Saint-Etienne. Six jeunes gens bruyants. Les culs des voitures étaient frappés du « A » autocollant des nouveaux conducteurs. Trois filles en jeans et micro-T-shirts stretch, trois garçons en bermudas sable et chemises amples sans col. Des filles jolies, minces, rieuses, tatouées autour des nombrils découverts. Des garçons musclés, déjà bronzés, cheveux courts. Des premières années d'université, sans soucis.

Ils se précipitèrent vers le pont de Saint-Etienne-d'Issensac.

Pour eux, la fête avait commencé la veille après 23 heures. Les garçons avaient attrapé les filles devant la gare routière de Montpellier ; ils avaient filé sur la route de Carnon, passé la nuit en boîte. Le jour était levé quand ils avaient gagné le bord de mer, encore étourdis d'alcool et de musique Trip Hop. Ils avaient bu des cafés, beaucoup, des jus d'orange sucrés, vidé deux paniers de croissants au chocolat à la terrasse d'un bistrot de la Grande Motte, face à la Méditerranée. C'étaient des reje-tons gâtés par la vie comme on en croise partout, en bandes, sur les plages du Midi, avec des voitures d'avant le bac, des fringues chères, des dents au fluor, un cabinet de kiné en guise d'ambition. Pas méchants, pas généreux. Qui n'avaient jamais appréhendé la face pourrie du monde qu'à travers un écran de télé. Ils avaient payé leur petit déjeuner avec une carte Visa Gold, laissé un pourboire en billets sur la table ronde couverte de miettes de viennoiseries, de cendres de cigarettes. Quelqu'un avait lancé alors qu'il faisait assez beau pour une virée sur un pont de l'Hérault. On s'était dit qu'il y aurait des familles en balade au pont du Diable et sans doute des gendarmes. Mais qu'il n'y aurait pas un chat à Issensac. Ils s'étaient mis en route après avoir préparé deux sticks d'herbe ; un par voiture. Un quart d'heure après midi, ils avaient descendu la route d'Issensac à petite vitesse. Debout sur les banquettes arrière, les filles chantaient « Karma-koma » de Massive Attack...

Le plus grand des trois garçons devança ses compagnons avec aisance : grand, brun, taillé comme un surfeur de magazine. Il atteignit le centre du pont, se débarrassa de ses Reebock et grimpa sur le parapet. Il se pencha pour contempler, quinze mètres plus bas, les flots verts du fleuve, brisés par les éperons des piles à bec, qui s'écoulaient sous les trois arches calcaires en dos d'âne. Jeté d'un roc à l'autre pour les pèlerins de Saint-Jacques-de-Compostelle, Issensac avait résisté aux roues de charrettes pendant cinq siècles. En trois décennies, les passages répétés des voitures l'avaient ébranlé. Depuis qu'il avait été fermé à la circulation, trois ans auparavant, le pont des Cami-sards ne prenait plus sur son dos que les candidats au suicide et les enfants gâtés des notables mont-pelliérains avides de sensations fortes.

Debout sur le parapet, le grand brun aux larges épaules hésita, jeta un coup d'œil à gauche, en direction des tourelles du château de Villaret, dis-simulé dans sa pinède. Des sauts dans l'Hérault, le grand brun en avait déjà réalisé une dizaine, mais jamais un lendemain de fête. Il se pencha de nouveau. Il fallait bien viser : quatre mètres vers l'amont, trois mètres minimum sur la droite du pilier nord. Un trou d'eau, profond, huit mètres minimum, même quand le fleuve s'asséchait. Derrière le grand brun, un premier quolibet, parce qu'il tardait... Tant pis. Il prit une inspiration et sauta. Son vol parfait dura moins de deux secondes. Il avait visé juste. Ses cinq compagnons le regardèrent toucher la surface et s'enfoncer comme un obus dans l'eau verte. Ils poussèrent en chœur un hourra quand le grand brun émergea. Mais ils se turent aussitôt en voyant leur héros brasser vers la rive comme un damné. Dès qu'il l'eut atteinte, il saisit la branche d'un saule et se hissa d'une traction sur la berge. Il leva la tête vers ses admirateurs médusés et cria :

— Putain de merde ! Y'a un macchab là-dessous ! L'ai touché... Un putain de type sans tête... Je lui suis tombé en plein dessus...

Et tandis que le grand brun dégoulinant tremblait et hurlait sur la berge, le cadavre remontait lentement à la surface. Le cadavre d'un homme jeune, torse nu, portant un baudrier d'alpiniste autour des reins et des ballerines de grimpeur aux pieds. Un cadavre pâle qui apparut ventre en l'air et que le courant retourna en lui écartant les bras. Le grand brun constata alors qu'il s'était trompé. Le type avait encore sa tête, mais elle ne tenait plus que par un lambeau de peau.

La gorge de Luc Lobry avait été tranchée jusqu'aux os. Les vertèbres avaient cédé quand son corps avait touché le sol sur la draille, au pied du Thaurac, cinq heures auparavant. Le courant l'emporta.

Tout ce que Maxime détestait était rassemblé autour de lui. Une verrière immense, bordée de deux épais rideaux marron, éclairait une pièce de quarante mètres carrés, très haute de plafond. On pouvait estimer qu'il y avait facilement sept mètres du sol, tapissé de kilims, au plafond, orné de moulures jaunies par la fumée. La bibliothèque couvrait trois murs : des milliers d'ouvrages reliés, des encyclopédies en quatre langues, des livres anciens, des traités modernes, de rares romans classiques, beaucoup de poésie, de théâtre. Un bureau en chêne patiné et son fauteuil en cuir anglais faisaient un angle de 45° avec la verrière. Encore trois autres sièges, des voltaires, dont un bancal : celui sur lequel était assis Maxime. Des vases anciens montés en lampes, avec des abat-jour dans le ton des rideaux. Un buste de Wagner, un autre de Cocteau. Des coupe-papier en argent, en ivoire, en bois d'ébène. Un ordinateur portable haut de gamme. Un tableau d'un petit peintre flamand, une belle reproduction d'un Canaletto... Et puis le maître des lieux, qui le toisait, les mains dans les poches. La soixantaine, grand, gras, mou, avec un visage de Jouvet empâté et chevelu : du poil épais, ondulé, mal coupé. Il portait un gilet écossais avachi, un pantalon de flanelle déformé aux genoux, des mocassins Mephisto hors d'âge. Et il fumait du tabac aux senteurs de miel dans une pipe à très gros fourneau... Tout ce que Maxime haïssait. Si seulement il avait pu noter un détail qui rappelât qu'un corps vivait ici, pas seulement un esprit au travail. N'importe quoi : un vélo d'appartement, une raquette de tennis, une revue de pêche. Si seulement on avait décoré cette pièce pour épater les visiteurs, Maxime aurait vu quelque chose d'humain dans cette médiocrité. Mais non ! Le propriétaire lui avait ouvert la plus intime des dix-sept pièces de son hôtel particulier, avec cour pavée, puits central, platane centenaire et deux garages. Le tout au cœur du vieux Montpellier. Une splendeur. Quand il avait sollicité un rendez-vous de Roland La Borio del Biau, il avait la conviction de suivre une piste cohérente. Maintenant, face au vieux prof, il n'en était plus si sûr.

– C'est gentil d'avoir accepté de me recevoir aussi vite, monsieur La Borio del Biau. (Il exhiba la brochure que lui avait donnée Luce Winfield.) Votre temps doit être précieux si j'en crois la note biographique. Vous êtes docteur en histoire, spécialiste de l'Antiquité classique, maître de conférences à l'université de Montpellier, docteur *honoris causa* à Chicago, Rome, Madrid, et vous avez publié plus de vingt bouquins.

La Borio souffla un épais nuage de fumée bleue.

– Ne vous fiez pas aux apparences, monsieur Linski, je n'ai rien d'une star de l'Université française. Je n'enseigne plus depuis deux ans, je sors rarement de chez moi, et c'est toujours avec plaisir que je reçois les amateurs d'archéologie régionale.

Lorsqu'il avait téléphoné à l'auteur de la brochure récupérée sur le site préhistorique, en fin de matinée, Maxime avait prétendu se passionner pour l'histoire du Languedoc. Il venait juste de lire le texte dans lequel, en trente pages, La Borio traitait des rites funéraires au néolithique. Trois paragraphes seulement concernaient l'hypothèse du meurtre des femmes et de l'enfant de Fendeille. Pour étayer son argumentation, l'historien s'appuyait sur la persistance, à travers les siècles, de morts violentes en chaîne et sur le même schéma, ayant toujours pour cadre le causse au nord de Montpellier. Sa lecture achevée, Maxime s'était rendu dans un bureau de poste, avait trouvé le numéro du prof dans l'annuaire et avait tenté sa chance. La Borio lui avait accordé un rendez-vous sans hésiter. A 14 heures, Maxime avait sonné à la porte de l'hôtel particulier...

– Je trouve votre hypothèse criminclle passionnante, dit-il, même si je suis sceptique.

– Vous n'êtes pas le seul ! On a fait courir le bruit que j'étais gâteux quand ce texte a paru... Ça ne m'a pas étonné, je m'attendais à cette réaction d'hostilité.

– Pourquoi ?

– La sacro-sainte objectivité historique, monsieur Linski. Une hypocrisie générale. Il faut une explication logique à chaque problème et quand on ne sait pas on se contente de dire que l'on saura un jour. Ce qui n'empêche personne de formuler des réponses bien carrées, bien construites, ingénieuses et parfaitement idiotes. Pour mes confrères, un squelette du néolithique ne se trouve que dans une tombe, où il a été enterré par ses contemporains selon des rites précis. Si on les écoute, il n'aurait existé, il y a cinq mille ans, que des chasseurs, des pasteurs, des agriculteurs, tous sains d'esprit, à l'abri des pulsions, de l'amour, de la monstruosité et de la sainteté. Pas d'assassins parmi eux, bien sûr ! Cette déviance nous serait réservée à nous, hommes modernes... L'étrange, le passionnel, l'irrationnel épouvantent l'Université. Pourtant la vie est irrationnelle, passionnelle, toujours étrange, truffée d'accidents et de malentendus, d'inattendus, de rencontres fortuites, agréables parfois mais

114

aussi mortelles. Alors, plutôt que de marcher sur ces terrains instables, souvent, monsieur Linski, l'Université préfère prendre la vie en horreur.

La Borio secoua la tête, l'air accablé, contourna son bureau et s'assit, à contre-jour. Maxime avait du mal à distinguer ses traits et encore plus son regard.

– Mais vous, vous êtes sûr qu'il s'agit de crimes.

– Raisonnablement, oui, répondit-il avec assurance. Depuis quatre décennies, l'essentiel de mon travail de recherche, en marge de mes fonctions universitaires, a consisté à collecter et décoder les récits populaires du causse et à les mettre en perspective avec les événements de la région. La grande et la petite histoire, les guerres, les révoltes et les incidents de la vie quotidienne des bergers. Ce sont eux qui ont imaginé la plupart des récits qui m'intéressent : les contes, les légendes, les fables que l'on disait à la veillée. Ces histoires étaient utiles. Elles devaient frapper les jeunes esprits. Pour les habitants du causse, il importait d'abord que les gamins ne se promènent pas dans la garrigue le nez au vent et qu'ils ne tombent pas dans les avens. Vous savez, bien sûr, que nous sommes dans la région de France la plus riche en grottes naturelles. On en compte plus de trois cents, rien que sur la montagne de Saint-Guilhem. La plupart des entrées de puits, même ceux qui sont bien connus, sont invisibles, dissimulées par des arbustes. Je vous parle là de la première lecture de cette culture populaire...

La Borio marqua une courte pause, le temps de tirer sur sa pipe, de cracher la fumée, et ajouta :

– Mais on peut effectuer une seconde lecture ; ce que mes confrères ne font jamais. On considère les légendes comme de simples reflets déformés de la vérité, alors qu'elles permettent pourtant de découvrir une réalité que ne révèle pas l'étude historique ordinaire... Je me demande si je me fais bien comprendre.

Maxime encaissa sans broncher la conclusion blessante du prof.

– C'est ce que vous avez fait pour expliquer les cas de Fendeille.

Maxime crut voir un sourire se dessiner sur les lèvres de La Borio, mais il n'en fut pas certain.

– Vous m'avez bien lu... Il y a des thèmes récurrents dans les contes du causse. Ils sont si évidents qu'il faut s'aveugler volontairement pour ne pas les voir : le danger des grottes, l'intervention de géants, la convoitise de trésors cachés...

– Les supplices infligés aux innocents, ajouta Maxime sans laisser au prof le temps de finir son exposé.

Il y eut un silence. La Borio parut soudain moins sûr de lui, posa sa pipe sur son bureau. Maxime vit la main du vieux prof trembler. Il insista :

– C'est bien ça, n'est-ce pas ? Selon vous, et la tradition orale, il y aurait eu sur le causse, au cours de l'histoire, avec régularité, des gens massacrés sans raison apparente ?

– Ce que vous dites est très schématique, répondit son interlocuteur sur un ton moins docte, plus haché. Je n'ai jamais écrit ce que vous avez dit... Même si mon étude n'a pas l'agrément de l'Université, ma méthode est scientifique. La journée n'y suffirait pas si l'envie me prenait de vous en expliquer les principes.

– Sautez les étapes, coupa Maxime, et dites-moi qui, selon vous, a tué l'enfant et les femmes de Fendeille, il y a cinq mille ans.

La Borio fit un geste pour reprendre sa pipe, hésita, renonça et finalement se leva. Il enfouit de nouveau les mains dans les poches de son gilet écossais et parut se tasser sur lui-même.

– Si je vous répondais franchement, monsieur Linski, dit-il, vous penseriez que je me moque de

116

vous. Je ne l'ai pas écrit parce que je veux éviter qu'on ne me traite de fou, alors vous pensez bien que ce n'est pas à vous que...

Il s'interrompit pour ne pas s'emporter, tourna sur lui-même et fit face à la verrière. De dos, son embonpoint était moins grotesque et sa silhouette était impressionnante. La taille et la carrure d'un deuxième ligne de rugby. A vingt ans, La Borio del Biau devait être un colosse. Maxime quitta à son tour le voltaire grinçant.

– Répondez-moi, professeur : par qui et pourquoi ces gens ont-ils été tués ?

– Allez faire un tour aux Archives régionales de la Société du patrimoine languedocien et lisez, monsieur Linski, répondit-il sèchement. C'est tout près d'ici. Vous vous instruirez un peu et vous vous ferez votre opinion.

Maxime eut envie de sauter par-dessus le bureau en chêne, d'attraper La Borio par les épaules et l'obliger à le regarder dans les yeux.

– Pourquoi ne voulez-vous pas me dire que vous pensez à une malédiction ? Je suis sûr que c'est à ça que vous pensez... De quoi avez-vous peur ?

– Et vous, monsieur Linski, qu'est-ce qui vous a poussé à venir m'interroger ? Une soudaine passion archéologique ou le fait qu'on ait trouvé un deuxième cadavre sur l'un de vos terrains ?... J'ai lu le journal ce matin : la découverte d'un corps à Fendeille fait la une et je sais que vous êtes propriétaire du site... J'ai aussi suivi avec attention l'affaire du meurtre de la petite Mouchez, sur le Thaurac, il y a trois ans.

Maxime venait de comprendre pourquoi ce type l'avait reçu si vite et il se maudissait de n'y avoir pas pensé. A croire que personne n'ignorait son nom à cent kilomètres à la ronde.

– Votre curiosité est satisfaite ?

– Déçu. Vous êtes comme on vous décrit : un arriviste prétentieux, hypocrite et arrogant.

– OK, prof, vous êtes plus malin que je ne le croyais, mais vous avez tort de ne pas me répondre, parce que la prochaine fois que le téléphone sonnera, ce sera les flics. Ils me font suivre.

La Borio sursauta et jeta un regard dans sa cour.

– Pour l'instant, poursuivit Maxime, j'ai réussi à semer leur lourdaud, mais ils ne s'arrêteront pas. Camin Ferrat va finir par me chercher elle-même des poux dans la tête et, ce jour-là, je lui mettrai votre texte sous le nez et je vous assure que ce n'est pas de la prétention : je suis assez vicieux pour la convaincre de vous faire la causette.

La Borio ricana.

– Vous ne me faites pas peur, monsieur Linski, et la police non plus. Sortez de chez moi.

Maxime serra les poings et tourna les talons. Sur le pas de la porte, il s'arrêta, regarda autour de lui et se tourna vers La Borio.

– Dans le fond, vous me faites pitié. Vous allez crever tout seul, mon vieux.

Quand elle poussa la porte, un nuage de poussière de plâtre lui tomba sur la tête et les épaules. Victoire grimaça, s'épousseta du revers de la main et shoota dans les sacs McDonald's et les boîtes de bière vides jetés en vrac sur le sol carrelé.

– Tu es un porc, Charly.

Victoire avança au milieu de la pièce et tourna sur elle-même. La chambre de bonne mansardée que squattait Charly, dans un immeuble du centre-ville promis au marteau-pilon, était éclairée par un petit vasistas. La vitre était cassée. Contre un mur, un matelas et un sac de couchage taché, une planche posée sur deux moellons en guise de table de nuit. Ça sentait la vieille frite, la vieille sueur, le mégot froid. Sans paraître prêter le moindre intérêt à son interlocuteur, Victoire ouvrit son coupe-vent, écarta le pan droit et sortit de la poche intérieure une photo au format 13x18.

– On m'a dit que tu traînais encore autour des lycées. C'est vrai ?

– Ma parole que non, madame la commissaire !

Elle tourna la tête et sourit. Quand elle regardait Charly, elle était partagée entre la nausée et l'envie de cogner. Vingt-huit ans, un mètre quatre-vingt-dix, maigre comme un clou, crâne rasé et oreilles décollées, un tatouage comme un code à barres sur la nuque, Charly cachait son corps de squelette ambulant sous les oripeaux de star de la glisse. Pantalon trois fois trop grand, sweat-shirt gris de surfeur Quicksilver, chaussures rouges à semelles plates antidérapantes. Charly dealait du haschich à Montpellier depuis sept ans.

– Je t'ai prévenu : si j'apprends que tu vends aux mouflets, je te serre et je me débrouille pour te foutre sur les reins toutes les overdoses de l'année. Compris ?

Charly acquiesça.

– Tu sais qui c'est ? reprit-elle en mettant sous le nez du dealer la photo qu'elle avait sortie de sa poche.

Charly se voûta pour regarder le portrait en couleurs d'une jeune fille au visage grave, brune bien peignée.

– Elle me dit rien cette poulidette...

– Fais marcher ton imagination, insista Victoire. Donne-lui six ans de plus, coupe-lui les cheveux très court... Elle s'appelle Cathy Mathas.

Charly prit la photo, se plaça sous le vasistas et observa attentivement le portrait.

– Elle ressemble vachement à une fille que je vois de temps en temps, mais elle se fait appeler Marie-Jeanne, comme la serveuse de *Starmania*. Je connais pas son vrai nom... C'est une zonarde, une foldingue, déjantée à mort... Elle a un clebs, fatch ! Dès que tu t'approches d'elle, il veut te bouffer, ce con !

– Quel genre de chien ?

– Une sorte de gros berger.

– Noir, les oreilles pointues, une tache blanche sur la poitrine ?

– C'est ça.

– Comment tu as connu Marie-Jeanne ?

– Comme tous les autres zonards : autour de la fontaine, place de la Comédie. Quand elle est à Montpellier, elle y traîne le soir.

– Elle se came ?

– Plutôt, oui.

– C'est toi qui la fournis ?

– Ah non ! Marie-Jeanne, elle marche au scotty et à la poudre. Moi, je touche ni au crack ni à l'héro, madame la commissaire... Qu'est-ce que vous lui voulez, à cette fille ?

Victoire récupéra la photo de Cathy Mathas.

– Elle est morte il y a deux mois.

– Oh ! Fatch de con ! Elle s'est fait buter ?

– Peut-être. De quoi vivait-elle ?

– La manche un peu et surtout le tapin. Elle était assez canon pour se faire des mecs friqués.

– Quand l'as-tu vue pour la dernière fois ?

– Je sais pas... Il y a quelques mois.

– Les mecs avec qui elle couchait, tu les connais ?

– Non, c'était n'importe qui, des banuts...

– Quoi ?

– Des banuts, des cocus si vous voulez... Des mecs qu'elle ramassait dans les boîtes ou dans les bars des plages...

Charly s'interrompit, parut réfléchir et reprit :

– Y en a un dont je me souviens, un qui cherchait des filles comme ça, qui zonent... Mais c'est vieux comme histoire, au moins deux ans.

– Marie-Jeanne l'a rencontré ?

– Bien sûr. Il a dû se la taper deux ou trois fois.

– Raconte.

– Le mec est arrivé un jour, il s'est mis à tourner autour des zombis de la fontaine, à payer des bières aux gars et à proposer la botte aux gonzesses. Il avait du blé, pas de problème pour se faire accepter. Je sais qu'il s'en est fait plusieurs. Il les emmenait dans des hôtels super pour la nuit complète, il les invitait à bouffer dans des bons restos, il leur filait de la tune. Pas radin à ce qui paraît.

– Qu'est-ce qu'il leur demandait, aux filles, pour être aussi généreux ?

– Rien de spécial. Juste il les baisait et plutôt bien, d'après ce qu'elles disaient. En plus, plutôt beau mec, grand, baraqué, avec des fringues de marque... Il aurait même trouvé des boulots à quelques-unes, à Paris je crois. Et puis, un jour, on n'a plus revu ce mec.

Victoire eut un frisson.

– Et les filles avec qui il couchait, Charly, tu les as revues ?

Surpris, le dealer se raidit, fronça les sourcils.

– Eh bien... Maintenant que vous me le dites... Faut dire que ces gisquettes-là, ça va ça vient. En tout cas, Marie-Jeanne, je l'ai revue cette année, c'est sûr. Mais les autres... Franchement, madame la commissaire, je ne m'en souviens plus.

– Il va pourtant falloir que tu t'en souviennes, Charly, coupa Victoire. Parce que je veux leurs noms, je veux savoir qui les connaît, je veux savoir où elles sont... si elles sont encore vivantes. Compris ?

Charly pâlit, fourra les mains dans ses poches et hocha la tête.

– Il me faut aussi une description précise de cet homme qui cherchait ces filles, ajouta-t-elle. On va faire un portrait-robot, je t'envoie quelqu'un. Renseigne-toi, Charly, pose des questions aux gars de la fontaine.

Victoire referma son coupe-vent.

– Question subsidiaire, Charly. On fera comme si je ne te l'avais pas posée et que tu n'avais pas répondu : où elle en était avec la came, Marie-Jeanne ?

– Deux shoots par jour, minimum, plus le crack quand elle en trouvait.

– Tu sais où elle se fixait ?

– Fatch ! Elle se cachait pas. Au McDo, en face de la fontaine, ils l'ont virée deux fois parce qu'elle faisait ça dans...

– C'est pas ça que je te demande, Charly. Je veux savoir dans quelle partie de son corps elle s'enfonçait la seringue.

– Dans les bras ! Elle en avait rien à battre que tout le monde sache qu'elle était stone, elle portait même des trucs sans manches.

Dans la rue, Victoire eut le sentiment de basculer dans une autre dimension. La foule ! 16 h 30, un après-midi de juin, le centre de Montpellier grouillait de monde. Des jeunes en bandes, des supporters de foot aux visages peints, des familles, des couples. Des cris, des rires... Victoire s'arrêta quelques secondes devant la porte de l'immeuble de Charly, le temps de s'habituer. Impossible. Les propos du dealer occupaient son esprit. Il venait de lui fournir une piste, la première.

Lorsqu'elle avait quitté la tour de Vias, en fin de matinée, Victoire s'était rendue, en compagnie du psychiatre, sur les lieux du décès de Cathy Mathias et de Julia Lezavalats. De l'entrepôt où la première avait péri, il ne restait rien : on avait déjà coulé les fondations d'un nouvel immeuble. Quant à la maison de la deuxième, qui n'avait pas été totalement détruite, elle était en travaux. Les héritiers étaient pressés de vendre. Victoire avait raccompagné Diaz à Saint-Clément, vers 15 heures, puis, sur la route de Montpellier, elle avait appelé Charly. Une intuition. Elle n'imaginait pas qu'il pût lui fournir des informations aussi précises. D'abord cet inconnu qui payait les routardes, et puis le comportement de Cathy. Si elle avait bien été assassinée, comme le suspectait Diaz, le seul fait qu'elle ait été une proie facile pouvait avoir décidé le tueur à s'en prendre à elle. Il faudrait fouiller la vie de Julia et celle de la victime de Fendeille, quand elle aurait été identifiée. Elles aussi, peut-être... Quand elle se serait fait une idée précise des réactions probables des trois femmes lorsque leur agresseur s'était emparé d'elles, Victoire pourrait tenter de comprendre le comportement du tueur. Elle pourrait commencer à penser comme il pensait. Contrairement à ce que suggérait Diaz, les victimes elles-mêmes allaient peut-être lui livrer leur bourreau.

En se dirigeant vers sa voiture, Victoire s'efforça d'imaginer le comportement d'une Cathy Mathas en rupture consommée avec le corps social. Immature, désœuvrée, entre la folie et l'errance. Une fille au fonctionnement impulsif, marqué par une succession d'actes irraisonnés, de violences, de frustrations et de passages à l'acte. Quel malade pouvait payer pour coucher avec cette fille au cœur en vrac, et jouir d'elle ?

Avant de prendre le volant, Victoire appela son bureau. Lavolpière décrocha. Il faillit s'étouffer en reconnaissant la voix de sa patronne. Elle lui donna le numéro de portable du dealer.

– Vous trouvez quelqu'un pour faire un portrait-robot et vous l'accompagnez chez Charly. Dès qu'il aura terminé, vous me faxez le portrait. Surtout, ne le diffusez pas avant que j'en aie donné l'ordre. Clair ?

– Compris.

– Est-ce que vous avez de nouveau localisé Linski ?

Il y eut un blanc, puis Lavolpière toussa avant de répondre :

– Pas encore, mais on a un gars à Puéchabon et un autre au carrefour d'Aniane. Quelle que soit la route qu'il prendra pour rentrer chez lui, on rétablira le contact.

– S'il rentre chez lui... Des nouvelles de Sarral ?

– Non. Je crois qu'il est retourné à Fendeille. Il suit les types qui prennent les empreintes des roues.

– OK. Dès que vous l'avez en ligne, dites-lui de m'appeler. Je rentre... Autre chose ?

– Vous avez eu deux appels. Le premier, du labo : ils pensent avoir identifié l'arme avec laquelle la victime de Fendeille a été éventrée. C'est une espèce de couteau à greffer, avec une lame courbe, mais de grande taille. Ils ont dit que les bergers cévenols en possédaient de semblables autrefois, mais que c'étaient des pièces uniques, de fabrication artisanale...

– Et ils ne peuvent pas en déterminer la provenance, c'est ça ?

– Exactement... Le deuxième appel, c'est celui de la gendarmerie de Saint-Bauzille. Ils ont retrouvé le corps d'un grimpeur dans l'Hérault.

– Et alors, en quoi ça me regarde ? Il a dû tomber du Thaurac. Ce n'est pas le premier à se casser la gueule.

– C'est ce que je leur ai dit, mais ils m'ont répondu que celui-là il était certainement pas tombé tout seul. On lui a tranché la gorge. Et puis il y a des traces de sa chute au pied de la falaise, à trente mètres du fleuve.

Victoire soupira.

– D'accord. Dites-leur qu'ils m'attendent. Je serai à Saint-Bauzille à 17 heures.

Une seule lampe éclairait le bureau de Diaz. Une lampe d'architecte articulée, en métal noir, repliée comme une patte d'insecte, le déflecteur protégeant une ampoule de quarante watts, à dix centimètres de la table : une flaque de lumière douce sur l'acajou vernis. Sur le meuble, étalées, quarante-sept feuilles de 9x13 centimètres arrachées d'un bloc, et un téléphone noir, d'aspect bombé. Diaz tenait le combiné de la main gauche et, tout en parlant, il changeait la disposition des quarante-sept feuilles dans la flaque de lumière.

– Je sais que c'est urgent... J'en suis parfaitement conscient... Oui, j'en prends la responsabilité... (Il jeta un coup d'œil à sa montre.) Donnez-moi deux heures... Je vous promets que je serai prêt à 19 heures... Merci, cher confrère. A ce soir.

Il raccrocha, se cala dans son fauteuil. Il vérifia ensuite le bon ordonnancement des quarante-sept petites feuilles : ses notes, qu'il ne rédigeait jamais sur le terrain. Il détestait qu'on l'observât pendant qu'il écrivait, et puis il aimait que les mots se soient assagis dans son esprit avant d'être couchés sur le papier. Il attendait d'être seul, chez lui, dans un taxi, au restaurant, pour griffonner sur ses petites feuilles. Certaines étaient couvertes de son écriture en pattes de mouche, inclinée, illisible. Sur d'autres, il n'avait inscrit qu'un nom, une date, un mot, un graphique. Comme des fragments de mémoire. Réunies, connectées les unes aux autres, les notes devenaient les guides de sa raison, les touches de son orgue mental. Diaz pianotait sur ses notes, dans l'espoir d'entendre des accords audibles, des mélodies d'une folie définie. Il fallait de la force pour se mettre dans la peau du tueur, se projeter en lui et sentir la gratification qu'il avait éprouvée au moment où ses fantasmes obsédants étaient devenus réalité. Il fallait une énergie intacte pour entrer dans la peau des martyres, imaginer comment elles avaient réagi, ce qu'elles avaient ressenti quand le tueur s'était approché, quand il les avait frôlées, touchées. Il fallait du temps pour supporter ce fardeau et s'entendre murmurer : « Je n'imaginais pas qu'il existe quelqu'un sur terre qui puisse faire une chose pareille. » C'était une épreuve... Mais cette fois l'hymne à la mort que composaient ses notes allait devoir s'élever plus vite. Trop vite : deux heures de délai. Diaz ignorait si c'était supportable...

Il leva la tête, regarda autour de lui. Son bureau était une pièce aveugle, au sous-sol de sa maison de Saint-Clément-des-Rivières. Une salle étroite et toute en longueur dont le sol avait été recouvert d'une moquette grise. Adossés aux murs, des meubles métalliques étaient alignés. Remplis de dossiers. Des milliers de dossiers. Le psychiatre conservait tout... Il se passa la main derrière la tête, se massa la nuque, baissa les yeux sur la table en acajou et laissa son regard courir sur les feuilles.

— Qu'est-ce que tu fais ?... murmura Diaz... Qu'est-ce que tu fais avec ces femmes ?... Et pourquoi fais-tu ça ?... Qui te dit de faire ça ?...

Il avait deux heures.

C'est le plus beau point de vue de la région. Par temps de mistral, quand le vent disperse la brume, on distingue le fil bleu du bord de mer, à soixante-dix kilomètres de distance. Mais Victoire aurait préféré ne plus venir sur le plateau du Thaurac. D'autant que rien n'avait changé. Les mêmes chemins de randonnée, balisés de bleu, de vert, de rouge et de blanc, qui se croisaient, se mêlaient, se coupaient à angle droit. Des sentiers étroits, sinueux, où l'on se tordait les chevilles, traversant des bosquets touffus. Heureusement, il faisait beau. Ni coup de tonnerre, ni éclairs, ni pluie, comme ce soir-là. Le seul bruit désagréable était celui de l'hélicoptère tournant au-dessus de sa tête. Ce soir-là aussi, trois ans auparavant, il y avait eu un hélicoptère en vol stationnaire à l'aplomb de la falaise. Il s'était éloigné, chassé par les nuages d'orage, quelques minutes avant que Maxime Linski ne commence à descendre...

Victoire atteignit le bord de la falaise ouest, s'accroupit et se pencha en se tenant à la branche d'un petit chêne. Elle avait sous les yeux, quatre-vingts mètres plus bas, l'ondulation verte de l'Hérault et, sur sa gauche, la draille, sur laquelle trois véhicules de gendarmerie encadraient la 4L rose de Luc Lobry. Le cadavre mutilé reposait dans une salle communale de Saint-Bauzille-de-Putois quand Victoire était passée le voir. Elle avait traversé un groupe de curieux qui évoquaient les ressemblances entre la mort du grimpeur et celle de Contrestin, le fantôme de Saint-Silvestre-des-Brousses, avec sa tête qui lui pendait dans le dos.

Ensuite Victoire avait pris la route en lacet qui mène à la grotte des Demoiselles, située à mi-pente de la façade sud du Thaurac. A l'extrémité du parking réservé aux visiteurs, près d'un transformateur électrique, elle avait rejoint le GR 61 pour accéder, après quelques minutes d'une ascension sans difficulté, au sommet du plateau.

En découvrant le panorama grandiose, le souvenir de sa précédente expédition au bord de ces précipices lui revint en mémoire.

Elle reconnaissait tout... Elle aurait pu remettre en scène tous les protagonistes du drame sans la moindre erreur... Le corps de la petite Valentine avait été déposé sur un brancard loin du bord, entre ces deux roches plates. On l'avait enveloppée dans une couverture de survie métallisée. Ses cheveux dépassaient... Linski et l'alpiniste qui l'avait remontée s'étaient assis là, l'un à côté de l'autre, sur les sacs de cordes jetés au milieu du sentier, à cinq mètres de l'endroit où Victoire se tenait à présent... Les parents de Valentine étaient arrivés du nord, sur la piste caillouteuse... Grisola attendait en retrait, près du 4x4 de l'ONF... La mère de Valentine était passée si près du voyant qu'elle aurait pu le frôler... Tout était encore si présent dans sa mémoire. Elle pouvait encore entendre Grisola hurler en désignant la mère qui se jetait en pleurs sur le corps de son enfant : « C'est elle ! Elle l'a tuée ! C'est elle qui a tué sa fille ! » Et là-dessus, la pluie. Une douche, des trombes...

L'hélicoptère fit un dernier passage au-dessus de sa tête et s'éloigna en direction du nord. Victoire chassa de son esprit les images pénibles de la découverte de Valentine et regarda autour d'elle. Si Lobry avait été tué à cet endroit, il ne restait apparemment aucune trace de lutte, aucune trace de sang. Il était difficile de concevoir qu'il ait été aux trois quarts décapité tandis qu'il grimpait le long de la falaise. A la limite, on pouvait imaginer qu'un malade se soit acharné sur le cadavre après la chute, en bas, sur la draille. Victoire commençait à croire qu'il n'était pas impossible qu'on ait tué Lobry ailleurs et que son assassin soit venu jusqu'ici pour jeter son corps dans le vide. Comme Valentine... Au même endroit que Valentine, à quelques mètres près, sur le terrain de Linski, comme la femme de Fendeille... Linski, encore Linski. Quoi qu'elle fasse, le nom de Linski revenait. Mais Linski n'avait pas tué Valentine et à l'heure où Lobry s'était écrasé sur la draille, Linski était encore chez lui avec la journaliste américaine... Victoire fit quelques pas, voulut se pencher de nouveau pour tenter de retrouver l'endroit exact où Valentine avait été remontée, mais elle eut le sentiment d'être observée. Elle pivota sur elle-même, s'immobilisa, scruta les bosquets de genévriers... Instinctivement, elle avait écarté le pan de sa veste coupe-vent et posé la main sur la crosse de son revolver. Elle ne vit personne, laissa pendre son bras. Trop de fantômes autour d'elle. Ça ne servait à rien de rester là.

Vingt minutes plus tard, Victoire gara sa voiture à côté de l'ancien moulin, près du fleuve, et rejoignit les gendarmes sur la draille. Le capitaine qu'elle avait laissé la veille à Fendeille l'accompagna à l'endroit où le corps de Lobry avait touché le sol. Il y avait près de trente mètres entre le pied de la falaise et l'Hérault. Il était impossible que le corps du grimpeur ait roulé jusqu'à la berge.

— Le corps n'a pas été traîné, expliqua le capitaine, nous aurions trouvé des traces. Il a fallu qu'il soit porté jusqu'au fleuve. Il y a des empreintes de pas partout, mais c'est un endroit très fréquenté. Toutes les écoles d'alpinisme emmènent les jeunes sur cette draille. Ici, normalement, c'est interdit de grimper, mais à cinq ou six cents mètres, il y a une zone de blocs où les débutants peuvent s'exercer sans danger.

Victoire tourna autour de la flaque de sang séché. Un piquet d'une dizaine de centimètres, supportant un carton avec le chiffre « 1 », était planté au beau milieu.

– Qu'est-ce que vous avez trouvé ?

– Sa montre.

– Rien d'autre ?

– Non. Mais en scrutant la falaise avec les jumelles, on a repéré une trace sur le calcaire, sous la zone d'ombre. Ça pourrait bien être du sang. Il y a aussi un petit objet brillant, un peu plus bas, peut-être un piton. Il faudra vérifier.

– Quand ?

– Demain. Le peloton de haute montagne viendra nous donner un coup de main.

Victoire se détourna et, toujours accompagnée par l'officier, s'approcha de la voiture de Lobry.

– Et là-dedans ?

– Le matériel habituel des grimpeurs : cordes, sacs, mousquetons, duvet, réchaud... Rien d'original. J'ai fait prendre les empreintes des pneus, à tout hasard, à cause de Fendeille.

Victoire acquiesça et s'écarta de la 4L.

– Je vous laisse faire. Je dois retourner au SRPJ. Merci, capitaine.

– Vous n'attendez pas votre adjoint, commissaire ?

– Quel adjoint ?

– Celui qui était avec vous là-haut.

Victoire se figea. En une fraction de seconde, elle se revit sur le plateau, la main sur la crosse de son revolver, quand elle avait eu le sentiment d'être observée.

– Qui vous a dit qu'il y avait quelqu'un avec moi sur le plateau ?

– Les gars dans l'hélicoptère. Je les ai pris à la radio quand ils ont dit qu'ils avaient repéré deux personnes au sommet de la falaise, un homme et une femme à quelques mètres l'un de l'autre. Je leur ai dit que vous étiez montée...

– Qu'est-ce qu'ils ont dit exactement ?

– Ils ont donné la position exacte, rien de plus.

– Est-ce qu'ils prennent des photos ?

– Ils l'auraient fait si je ne leur avais pas dit qui vous étiez... Vous n'aviez pas un lieutenant avec vous ?

Elle eut un petit sourire.

– J'étais seule, capitaine... Le seul flic en tout cas.

Corto serra le nœud de cabestan, ramassa son sac, le jeta sur son épaule. Un dernier coup d'œil au pont en teck du sloop, pour vérifier que rien ne traînait. Corto saisit un hauban, enjamba les filières et sauta sur le ponton. Les radeaux assemblés tanguèrent sous ses quatre-vingts kilos. En passant, Corto caressa du bout des doigts la coque blanche du quarante pieds. Une manie, une superstition, une marque de respect pour le bateau. Puis il s'éloigna en appréhendant le moment où il poserait le pied sur le ciment du quai de la Grande Motte. Corentin Maliver, Corto pour les marins, n'avait jamais eu le mal de mer. En mer. Mais quand il touchait terre, après deux semaines de croisière, c'était une autre histoire : la tête qui tourne, la nausée, la déprime. Il n'était pas fait pour le plancher des vaches. Il n'y était d'ailleurs jamais resté longtemps, jusqu'à présent.

Skipper professionnel depuis douze ans, il revenait cette fois des Baléares, où il avait promené une bande de copains. Quatre bons vivants qui s'étaient réunis en association pour monter leurs aventures maritimes. Ils l'avaient appelée « Bob », leur association : « Bande of Branleurs ». Avec des clients comme ça, Corto était prêt à partir pour un tour du monde. Ils avaient essuyé un coup de vent, au large du cap Creux, et ils avaient regagné la France avec trois jours de retard. Les clients avaient pris ça avec bonne humeur, en regrettant d'avoir liquidé trop vite leur réserve de rhum et de haschich. Ils avaient même aidé le skipper à remettre le sloop en ordre avant de débarquer. Corto les avait regardés partir avec un peu de nostalgie. C'était sa dernière mission de l'été. Il l'avait promis à Angélique. Elle voulait qu'ils voyagent un peu ensemble... sur l'asphalte. Mais sans trop s'éloigner de la mer, tout de même. Angélique était une folle de funboard, snowboard, skateboard. Ils feraient de la planche à voile en Méditerranée jusqu'en septembre. Départ de Montpellier, destination l'Andalousie. Corto et Angélique avaient vendu des tas de bricoles pour s'acheter un petit van d'occasion. Ils camperaient... Corto sourit. Angélique le faisait craquer. Ils avaient tous les deux la trentaine, mais ensemble ils redevenaient des adolescents. Corto avait hâte de la revoir, et c'était bien la première fois que ça lui arrivait. Il allait finir par admettre qu'il était amoureux. Il était presque 18 heures, elle devait être rentrée, avoir pris une douche, s'être concocté un cocktail de fruits rouges, son péché mignon. Il la trouverait peut-être nue, allongée sur le canapé du salon, à siroter son jus devant la télé. Elle avait des seins et des cuisses qui lui flanquaient la chair de poule... Corto allongea la foulée.

Il retrouva sa vieille DS break à sa place, sur le parking privé du shipchandler, s'installa au volant. Pas de nausée ni d'étourdissements. Corto quitta le port, gagna la quatre voies entre plages et étangs, et parcourut à petite vitesse les huit kilomètres qui le séparaient de leur petite maison des Cabanes-de-Pérols, au bord d'un canal. Il gara la DS au bord de l'eau, entre deux arbres, juste derrière le van destiné aux vacances, et courut pour traverser le chemin de terre battue. Il n'en pouvait plus. Il avait envie d'elle...

La maison était déserte. Dépité, Corto sortit dans le jardin, gagna le petit appentis en bois où ils entreposaient les planches d'Angélique, un dériveur 505 antédiluvien qu'ils retapaient, des pots de peinture, des voiles et les nouvelles banquettes du van. Personne. Corto retourna dans la maison, se laissa tomber sur le canapé mais n'alluma pas la télé. Il la trouvait drôlement vide, leur maison. Comme si personne n'y était venu depuis des jours... Comme si Angélique avait foutu le camp, en abandonnant tout ce qu'elle aimait, ses fringues, ses planches, sa réserve de fruits rouges. Et Corto.

La faille était étroite et sèche, la pierre griffue, poussiéreuse. Elle semblait avoir été ouverte d'un coup de hache, en biais : un angle de 45°. Perdue dans un bosquet d'épineux, la crevasse était invisible. Il s'y glissa à plat ventre et pénétra sous terre. Il rampa de côté, d'abord la hanche, puis l'épaule ; arracha la mousse, les toiles d'araignée. Il engagea ensuite la tête, lentement. Enfin, il glissa une jambe, puis l'autre. Quand il put lancer loin sa main gauche et agripper une aspérité, il avança par tractions. Plus bas, l'aven s'élargissait. Il pivota et descendit tête la première, rampant toujours, dans l'obscurité. Quelques mètres encore et il atteignit un goulet où il put se tenir à quatre pattes. Alors il s'enfonça dans le cœur du calcaire, très vite.

C'était un labyrinthe, de tunnels, de galeries, de salles minuscules ou vastes comme des cathédrales, où un rat se serait perdu. Mais pas lui. Il longea des abîmes sur des renflements de roches plus étroits que la plante de ses pieds nus, sauta des précipices, s'engouffra dans des chatières, évita des siphons d'une eau pure et glacée... Cinq minutes seulement après s'être glissé entre les lèvres de pierre, il avait rejoint le puits où dépérissait sa proie.

Il n'y eut cette fois aucun frôlement. Juste un souffle, à peine perceptible, et le bruit lointain, cristallin, d'un filet d'eau ruisselant sur le sol. Près de l'autel, la jeune femme brune, couchée en position fœtale, avait perdu connaissance. Privée d'eau et de nourriture, épouvantée par les ténèbres, usée par l'angoisse et l'attente, elle s'en allait. Il s'approcha d'elle, sans bruit, posa son pied sur la gorge nue et poussa un coup sec. Elle ne réagit pas. Il s'accroupit, ouvrit l'étui de cuir accroché à sa ceinture, en tira un long couteau à lame courbe et trancha les liens. Il déposa son arme sur l'autel. Il allongea la jeune femme sur le dos, déboutonna son chemisier taché par la boue, baissa la fermeture à glissière de sa jupe. Il la fit ensuite rouler sur le ventre et la déshabilla. Elle était belle, élancée, des hanches larges, une taille étroite, des fesses rondes, des jambes longues, fines, un dos, des cuisses et des mollets musclés. Il n'eut pas un regard pour le corps superbe, blanc, sans défense. Il plia soigneusement les vêtements, les réunit avec les chaussures noires à hauts talons, fit un paquet de l'ensemble, solidement ficelé avec les liens coupés. Il contempla son travail, puis alla s'asseoir sur le banc de pierre, taillé dans la roche. Il se regroupa, comme une gargouille à l'angle d'une chapelle, ramena ses genoux sous son menton, les entoura de ses bras. Il respirait lentement. Il prenait son temps. Son œuvre... Rien n'importait sinon son œuvre.

Il libéra ses jambes, déplia ses genoux et se leva. Il regarda autour de lui... il n'avait plus sa canne, son bâton. Il lui en faudrait un autre, il savait le fabriquer, mais c'était long et il n'avait pas le temps. Il marcha vers la jeune femme inconsciente, s'accroupit, saisit les cheveux bruns à deux mains, tira de toutes ses forces en arrière. La nuque craqua. Il lâcha les cheveux. Le crâne fit un bruit sourd contre la roche. Il retourna le cadavre sur le dos, s'empara de son couteau et se mit à genoux.

De la main gauche, il appuya sur le front pour que la tête ne bascule pas. Puis il glissa la pointe du couteau sous une paupière. Il n'y avait presque rien à nettoyer sur celle-là : seulement les yeux et les lèvres.

Elle avait appris à toujours garder l'initiative. Victoire n'aimait ni les surprises ni les visiteurs imprévus qu'elle ne pouvait éconduire. Elle allait lui demander ce qu'il faisait là, dans son bureau, quand le téléphone sonna. Elle avait exigé qu'on ne la dérange qu'en cas d'urgence. Elle décrocha avec nervosité; on lui annonça que Diaz voulait lui parler. Elle hésita, jeta un regard à son visiteur et demanda qu'on lui passe la communication.

— J'ai fait le point sur notre affaire, dit le psychiatre.

— Je ne peux pas vous écouter maintenant, monsieur. J'ai quelqu'un dans mon bureau et ça risque d'être long. Parlons-nous demain, à l'heure qui vous plaira.

— Impossible. Demain, je serai indisponible.

— Alors, ce soir, je vous rappellerai de chez moi.

— Je ne serai plus là.

Elle s'assit sur son fauteuil rotatif.

— Désolée, mais...

— Il est de taille moyenne, coupa Diaz. Environ un mètre soixante-dix, très énergique, musclé, sans une once de graisse, sans doute bien entraîné comme un sportif de haut niveau ou un militaire des commandos, habitant la région depuis très longtemps, s'exprimant avec facilité, séduisant, conduisant un véhicule ancien et original... Vous branchez votre petite machine, ou je vais me coucher ?

Victoire avait enclenché le magnétophone relié au téléphone avant que le psychiatre n'ait terminé sa phrase. Elle fit pivoter son fauteuil pour tourner le dos à son visiteur.

– Je vous écoute.

Il y eut un court silence avant que Diaz ne reprenne. Et un soufflement, que Victoire interpréta comme un soupir de fatigue.

– Je répète donc... Il est douteux que ça puisse être une femme. Les actes qu'il accomplit sont trop marqués d'une forte empreinte masculine : prise de pouvoir, manipulation et disposition du corps, l'utilisation du feu. Il ne doit pas être très jeune, plus proche de trente ans que de vingt, même s'il paraît immature. Pour que ce comportement mental pervers trouve une issue dans le meurtre, il faut que ses fantasmes, en relation avec le sexe et la mort, aient pris une place prépondérante dans sa vie. Ce sont des aspects de la personnalité qui ont aussi besoin de temps pour se faire jour. Il n'est pas d'une grande corpulence, parce que, dans la tour de Vias, il a pendu le corps à seulement deux mètres de hauteur, et, d'après le rapport d'autopsie, la lame a pénétré le flanc selon un angle de 30°. Il est léger ou maîtrise parfaitement son équilibre, puisque, à Fendeille, il est passé par les arbres. Les branches qui surplombent la clôture sont fragiles. Son rapport poids-puissance est optimal. Il lui a fallu une énergie phénoménale en quatre occasions au moins : lorsqu'il a pendu le cadavre, lorsqu'il l'a éventré, quand il l'a hissé sur l'arbre avant de le laisser retomber à l'intérieur du site et quand il l'a enfoncé tête la première dans l'aven. Il a exercé son corps à des efforts intenses, violents. Ses facultés d'observation sont fortes ; il s'est adapté à des lieux différents pour commettre ses crimes. Il fait preuve d'une certaine habileté manuelle : la branche coincée entre des pierres à Vias, les liens aux jambes. Il connaît bien la région et comme il y a peu de chances qu'il se soit documenté ou qu'il ait fait des études soutenues, il doit être né ici ou y vivre depuis très longtemps. Il est séduisant, parce qu'il s'est retrouvé seul, la nuit, avec des femmes très différentes, et qu'il ne semble pas qu'il ait usé de violence pour les approcher. C'est un manipulateur, non pas au sens physique cette fois, mais intellectuel. Ce n'est pas une personnalité antisociale, pas un psychopathe ni un sociopathe. Il ne cherche ni les louanges ni la notoriété, il y est insensible : la disposition du corps, à Fendeille, est un rituel. Elle n'avait rien de théâtral et n'avait pas pour but d'impressionner ou de valoriser l'auteur de la composition. Pour lui, la prise de parole doit être facile quand il est en chasse, sa voix doit être claire...

– Avant que vous poursuiviez, coupa Victoire, pourquoi avez-vous dit « ancien et original » tout au début ?

– Pour son véhicule ?

– Oui.

– Parce que c'est un marginal. Il a dû, par le passé, exprimer cette marginalité par un moyen quelconque. Il a des problèmes d'identité. La voiture est souvent, pour ces sujets, un révélateur de la personnalité. Si c'est le cas, il lui est presque impossible de s'en séparer.

– Quel genre ?

– Deux-chevaux bricolée, Coccinelle fleurie, quelque chose comme ça... Il est solitaire et je pense qu'il n'a jamais travaillé. Il est probable que ses fantasmes l'assaillent depuis l'enfance et, dans ce cas, il a été en contact avec les services sociaux, l'éducation spécialisée. Sans doute sa vie fantasmatique est-elle si développée qu'elle l'empêche de se concentrer sur une autre activité... Si l'on admet que le même individu a bien tué ces trois femmes, il s'est attaqué à des personnes d'âges différents, ayant des modes de vie différents et dans des circonstances différentes. Cathy Mathas était une victime à haut risque. En revanche, Julia Lezavalats était une victime à très faible risque, plus mûre, divorcée, solitaire, dépressive. Il y a de fortes chances pour que la victime de Fendeille ne ressemble en rien aux deux premières. Tout porte à croire qu'il agit dans un but bien précis et choisit ses victimes selon certains critères. Je suis convaincu qu'il les a soumises à un questionnaire scrupuleux pour savoir comment s'y prendre avec elles, sans qu'elles s'en rendent compte d'ailleurs. Il est presque sûr que ça s'est passé dans des lieux publics et que des témoins l'ont vu converser avec Cathy Mathas, Julia Lezavalats et l'inconnue de Fendeille. Mais au-delà de ce détail qui vous sera utile, ce décalage par rapport à un comportement habituel des criminels de son espèce lève un coin de voile sur ce que vous appeliez si joliment son esprit pourri.

– C'est son... originalité ?

Victoire enrageait de ne pouvoir s'entretenir en privé avec le psychiatre. Elle se sentait idiote avec ses relances limitées, ces mots camouflés.

– Je dirais presque le début d'une signature, répondit Diaz. Son mode opératoire évolue. Quand il se livre à ses crimes, son comportement est partiellement aléatoire. Il en change. C'est dynamique. Mais sa signature est quelque chose qu'il faut dissocier du *modus operandi* : c'est ce qu'il doit faire pour se satisfaire. Qu'il tue pour infliger la douleur, dominer ou entendre ses victimes l'implorer, c'est statique. Ça exprime sa personnalité et ça ne changera pas. Il a besoin de le faire... Je ne sais pas encore de quoi il s'agit, mais... j'ai la conviction que la solution se situe dans son choix des victimes. C'est un paranoïde psychotique, un schizophrène, ceux qui entendent des

142

voix, qui veulent sauver le monde. Ses fantasmes remplacent une réalité. Mais la réalité de ses crimes n'est jamais à la hauteur de ses fantasmes. Il doit être à présent frustré en permanence ; il va devenir de plus en plus dangereux, de plus en plus imprévisible, inventera des choses qui ne viendraient à l'esprit de personne et commettra des erreurs... Je doute que vous ayez envie d'attendre qu'il les commette.

– Hors de question.

– Alors je vois une autre piste : le feu. Les crémations auxquelles il procède sont rituelles, au sens littéral du mot, mais ne ressemblent à rien de connu. Elles s'apparentent à tous les rites à la fois, rites de purification et de régénération, rites de passage. Le feu est utilisé comme un véhicule du monde des vivants au monde des morts. Saint Martin a dit que la loi du feu était de dissoudre l'enveloppe et de s'unir à la source dont il est séparé. Le feu porte les choses à l'état subtil. On peut voir tous les symboles dans ses crémations : le feu fumant et dévorant représentant l'imagination exaltée, le subconscient, la cavité souterraine, le feu infernal, l'intellect sous sa forme révoltée, et toutes les formes imaginables de la régression psychique. Mais en tout cas, il y a un message qui se trouve libéré par le feu et qui est lancé vers une divinité.... Bien sûr, il n'a pas appris cela dans des livres, mais il le sait puisqu'il pratique. Il est donc plus que probable qu'il a été en contact avec des milieux religieux ou ésotériques et qu'on lui a parlé de ces rites ou bien qu'on l'y a initié. Je vous ai préparé une liste des rites dont j'ai pu me souvenir ; je vais faire en sorte que quelqu'un la dépose à votre bureau tout à l'heure.

– Ne vous donnez pas cette peine, j'envoie immédiatement quelqu'un chez vous.

– Je n'aurai pas le temps de l'attendre. Ne vous inquiétez pas, vous l'aurez dans une heure au plus tard.

– Autre chose ?

– Oui. Un détail : saviez-vous que Linski a fait un séjour en hôpital psychiatrique ?

– Non.

Victoire se raidit dans son fauteuil. Elle avait lu et relu le dossier de Linski : il n'était fait mention nulle part d'une hospitalisation dans un service psychiatrique.

– Pendant trois mois, il y a deux ans, poursuivit Diaz. Dans une clinique de la région parisienne. Un établissement discret, fréquenté par des artistes, des hommes d'affaires, des personnalités politiques.

– Comment l'avez-vous su ?

– Un peu par hasard. Le thérapeute qui s'est occupé de lui est un ami, nous avons souvent animé des congrès ensemble. Il m'avait téléphoné à l'époque pour me demander si je savais ce qui s'était passé sur le Thaurac, parce qu'un de ses patients lui en parlait. Et le récit qu'il en faisait était si étrange que mon confrère voulait séparer la réalité du délire de son malade. Je m'en suis souvenu et je l'ai rappelé cet après-midi. C'était bien Linski... Il était bouleversé par son divorce et surtout la séparation d'avec son fils. Mais il présentait aussi d'autres troubles. Mon confrère a diagnostiqué un état confuso-onirique.

– Qu'est-ce que ça signifie ?

– Visions, hallucinations, création mentale de mondes imaginaires, de personnages monstrueux, crises d'angoisse épouvantables, désorientation, perte des notions de temps et d'espace. Des problèmes qu'il aurait commencé à rencontrer après avoir remonté le cadavre de la petite Valentine.

– Et alors ?

– Alors, à l'origine d'un meurtre, il y a presque toujours une expérience durement ressentie par le sujet comme une blessure, une injustice, une humiliation qui le détruisent en tant qu'individu. C'est

144

insupportable. Et cette expérience, le sujet sent qu'elle doit être contrebalancée par un acte divin : s'emparer de la vie d'un être humain pour annuler l'humiliation, être revigoré par le meurtre. Cela équivaut à un acte thérapeutique qui lui permet de se recréer en tant qu'individu.

— Mais il ne correspond pas vraiment au portrait que vous avez fait précédemment.

— Vous avez raison. Je ne pense pas que Linski soit l'auteur des crimes, mais je ne crois pas au hasard... Vous non plus, n'est-ce pas ?

Victoire ne répondit pas.

— Vous finirez par trouver une solution à cette énigme, reprit Diaz, c'est votre métier... Je voulais aussi vous parler de l'onguent qu'il a employé. Cela fait partie du rite qu'il suit, mais la manipulation du mercure présente des risques d'intoxication, hydrargyrie ou hydrargyrisme. Il est possible qu'il ait été malade et qu'il ait consulté un médecin pour une inflammation de la muqueuse buccale, une dermite, et qu'on ait constaté chez lui une inflammation aiguë du rein... C'est très douloureux, je sais de quoi je parle.

Victoire sursauta. Elle craignait d'avoir compris pourquoi Diaz était si pressé de lui parler.

— Est-il indiscret de vous demander pourquoi je ne pourrai pas vous joindre demain, monsieur ?

— Ni demain ni les jours suivants... Une ambulance m'attend, commissaire. J'entre en clinique ce soir. Je devrais déjà être entre les mains des médecins, mais j'ai réclamé quelques heures de sursis pour étudier notre affaire... Mes reins me jouent des tours et si mes confrères ne s'en occupent pas très vite, ils vont déclarer forfait.

Victoire ferma les yeux. Elle ne s'était pas trompée. Diaz était malade, gravement malade. Elle savait qu'il pouvait y rester. A deux reprises déjà, il avait été sauvé *in extremis*. Si, cette fois encore, on le tirait d'affaire, il allait être hors jeu durant plusieurs semaines.

– Encore une chose : prenez garde à vous, Victoire. J'ai le sentiment que vous le connaissez, et qu'il vous connaît. Il n'a pas peur de vous mais il sait de quoi vous êtes capable. Si j'ai vu juste, il vous respecte et il vous hait, c'est un cocktail de sentiments détonants pour lui... Je dois vous laisser, mon chauffeur s'impatiente. Bonsoir.

C'était la première fois qu'il appelait Victoire par son prénom et il ne s'en était pas rendu compte. Elle oui. Il avait déjà raccroché quand elle lui souhaita bon courage. Elle reposa le combiné sur son support et coupa le magnétophone. Puis elle fit de nouveau pivoter son fauteuil pour faire face à son visiteur. Il n'avait pas bougé. Elle ne l'avait jamais vu aussi calme. Victoire prit une inspiration, posa les deux mains à plat sur son bureau de bois clair...

– Je suis désolée de vous avoir fait attendre, monsieur Linski.

Maxime avait d'abord téléphoné d'une cabine de la rue du Professeur Grasset, pour annoncer sa venue : il souhaitait s'entretenir avec la commissaire Camin Ferrat, et personne d'autre. Il s'était présenté vingt minutes après 20 heures à la porte du SRPJ. Victoire avait demandé que les couloirs soient vides et les portes des bureaux fermées quand il pénétrerait dans les locaux. Maxime avait été immédiatement conduit dans le bureau de la commissaire. Lavolpière s'en était chargé, puisque les deux hommes se connaissaient désormais. Victoire ne s'était pas levée quand il était entré, elle l'avait invité à s'asseoir, d'un geste. Il venait de prendre place dans l'un des trois fauteuils de cuir noir quand Diaz avait appelé. Il avait attendu que Victoire en ait terminé sans montrer le moindre signe d'impatience.

– Qu'est-ce qui vous amène, monsieur Linski ?
– Je peux fumer ?

Victoire lui désigna l'épais cendrier de bronze posé au coin de son bureau. Maxime se redressa, tendit la main, l'approcha, se rassit, sortit son paquet de Craven, prit une cigarette et l'alluma. Il tourna la tête pour ne pas cracher la fumée au visage de Victoire, stoïque.

– J'aimerais savoir pourquoi vous m'avez fait suivre, madame le commissaire.

– Je ne comprends pas ce que vous voulez dire.

Maxime réprima un sourire.

– D'accord, admettons que je me sois trompé... Disons que je suis étonné que vous ne m'ayez pas convoqué. La dernière fois que vous avez trouvé un cadavre sur l'une de mes propriétés, vous n'avez pas hésité à m'envoyer vos hommes.

Victoire ne répondit pas. Elle fixait son visiteur en tentant de percer les motivations réelles de sa visite. En même temps, elle se souvenait du Thaurac.

– Je veux qu'on me foute la paix, reprit-il, toujours très calme. Je ne suis pour rien dans la mort de cette femme à Fendeille.

– Personne ne vous met en cause.

– Personne ne me mettait en cause il y a trois ans, jusqu'à ce qu'on ait besoin d'un coupable quelconque... C'est ça que je suis venu vous dire, madame le commissaire : ne me collez pas vos types aux fesses et trouvez un autre nom que le mien à lâcher à la presse, parce que cette fois je ne me laisserai pas prendre par surprise. A l'instant où mon nom paraît quelque part, mes avocats déclenchent la guerre. Ce sont les pires salopards qu'on puisse trouver et je les paie très cher, juste pour être sûr qu'on me laisse tranquille. Lorsque je faisais des films de cul, on m'a fait cent dix-sept procès, j'en ai perdu les trois quarts, mais j'ai fait fortune quand même. J'ai l'habitude de la bagarre.

Victoire posa ses mains à plat sur le bureau et avança le buste.

– Vous n'êtes pas ici pour me menacer, n'est-ce pas, monsieur Linski ?

Maxime prit le temps de tirer encore une fois sur sa cigarette, puis il l'éteignit.

– J'ai tout perdu la dernière fois, dit-il en fixant le mégot qu'il écrasait lentement dans le cendrier en bronze. Mais je n'ai pas oublié que vous avez été l'une des rares personnes influentes de la région à ne pas m'enfoncer quand tout le monde m'est tombé dessus... Je ne vous menace pas ; je me protège.

– De quoi, si vous n'avez rien à vous reprocher ?

Il prit son paquet de Craven, parut se raviser, le rangea dans sa poche.

– Je vais être clair. Il n'y a pas de hasard. Deux cadavres, chez moi, même à trois ans d'intervalle, ce n'est pas le hasard. Je ne sais pas ce que ça signifie, mais je suis dans cette histoire et j'ai l'intention d'apprendre de quelle façon... Fini le mouton qu'on égorge sur la place publique.

Il s'interrompit un court instant, se mordit la lèvre inférieure et ajouta :

– Vous devez vous souvenir que j'ai un fils. Il s'appelle Thomas, il a quinze ans. Dans quelques jours, il débarque ici, pour vivre avec moi... On m'a privé de lui une fois. Une fois de trop... Lundi prochain, je passe prendre ses malles à la gare, et le samedi suivant je vais le chercher à l'aéroport. Avant ça, je saurai pourquoi une femme a été déposée chez moi. Alors, je vais être dans vos pattes tout le temps. Je voulais que ça soit clair.

– Parce que vous savez où chercher ? Nous ne connaissons même pas l'identité de la morte de Fendeille... Je n'ai pas l'intention de vous causer du tort, mais si vous savez quelque chose qui pourrait nous aider à coincer l'assassin de cette femme, vous n'avez pas le droit de vous taire.

Il y eut un silence. Maxime regarda Victoire droit dans les yeux. Il n'avait jamais su ce qu'il devait penser d'elle. D'abord, elle ne lui inspirait aucun désir, et il n'avait pas l'habitude de rester insensible aux charmes d'une jolie femme. Il n'aurait su dire ce qui lui déplaisait en elle. Peut-être ce côté bien dans sa peau, petit bonheur paisible. Peut-être ce visage sans rides, sur lequel le temps ne semblait pas avoir de prise. Elle vieillissait trop bien, sans doute. Il n'avait pas envie de la séduire... Elle était honnête, il en avait eu la preuve.

– Si je vous dis qu'il y a quelque chose de pas naturel dans cette histoire, commissaire, vous allez me rire au nez ?

– Je ne pense pas.

Il reprit ses cigarettes, en alluma une, laissa le paquet sur le bureau.

– Vous saviez que certains archéologues pensent que des femmes ont déjà été assassinées à Fendeille, au néolithique ?

Sans le quitter des yeux, Victoire fit non de la tête.

– Il y a aussi de drôles de légendes qui courent sur le causse, reprit-il. Toutes bâties à partir des mêmes thèmes : les grottes, les trésors inaccessibles et le sacrifice d'innocents... Est-ce que vous pensez qu'il y a eu d'autres victimes, commissaire ?

Victoire ne laissa voir aucun trouble. Elle pensa aussitôt à ce que Diaz avait révélé du passé psychiatrique de Linski.

– Je vais vous répondre, dit-elle, mais je voudrais auparavant vous montrer quelque chose.

Maxime acquiesça. Victoire ouvrit le tiroir du bas d'un caisson à roulettes glissé sous son bureau. Sans le sortir, elle ouvrit le dossier de Cathy Mathas et prit deux photographies. Elle se redressa et en posa une devant Maxime : un portrait, vieux de cinq ans.

– Connaissez-vous cette jeune femme ? demanda-t-elle.

Il observa attentivement le cliché.

– Non... Jamais vue.

– Imaginez-la plus âgée, les cheveux coupés très court, le visage marqué, amaigri.

– Ça ne me dit rien.

– Celle-ci est peut-être meilleure...

Victoire posa la deuxième photo près du portrait. Cathy y apparaissait en pied, avec son chien assis près d'elle.

– Je ne la connais pas, répondit-il sans hésiter. C'est une autre victime ?

Victoire reprit les photos, les rangea dans leur dossier.

– Oui, dit-elle froidement. Elle avait dix-neuf ans, elle s'appelait Cathy Mathas. Elle a été tuée et brûlée, il y a deux mois.

Elle se leva, contourna son bureau.

– J'ai une sale affaire sur les bras, monsieur Linski, une très sale affaire. Peut-être la plus dégoûtante que j'aie jamais eu à régler. Pire sans doute que le massacre de Valentine Mouchez. Mais je mettrai la main sur le monstre qui fait ça.

Elle s'immobilisa près du fauteuil de Maxime, attendit qu'il ait ramassé ses cigarettes et qu'il se soit levé à son tour avant d'ajouter :

– Qui que ce soit, même si c'est l'individu le plus rusé et le plus machiavélique du monde, je l'aurai... Vous m'entendez ? Je l'aurai... Je vous raccompagne, monsieur Linski.

Surpris, Maxime hésita.

– Je ne plaisantais pas, commissaire, quand je vous parlais des légendes. Vous devriez en tenir compte.

– Bien sûr... Je sais ce que j'ai à faire. Merci de votre visite.

Victoire accompagna Maxime jusqu'au couloir. Elle attendit qu'il ait disparu dans l'escalier et retourna à son bureau...

Elle venait juste de se rasseoir quand on frappa à sa porte. Sarral passa la tête, attendit l'approbation de Victoire et entra. Il tenait une enveloppe à la main.

– Qu'est-ce qu'on fait pour Linski, madame ? On le suit ?

– On ne le lâche pas.

Il posa l'enveloppe sur le bureau.

– De la part de Diaz. C'est un ambulancier qui vient de la déposer.

– Eh bien, ils ont fait vite.

Elle enfonça la touche « eject » de son magnétophone, sortit de l'appareil la cassette contenant l'enregistrement de sa conversation avec Diaz.

– Je voulais vous dire aussi qu'on a fait des recherches sur votre bouquin, reprit le lieutenant. Il a été publié en 1968. Les éditions du Tchö étaient installées à Nîmes. Elles n'existent plus. L'auteur a écrit une douzaine de livres, toujours chez de petits éditeurs. Comme on ne trouvait rien sur lui, j'ai demandé aux RG, à tout hasard. Il semble qu'il y ait quelque chose sur lui au 2e bureau, mais c'est tout.

– Sécurité du territoire ?

– A cette époque-là, on fichait à tour de bras les milieux intellectuels... On continue aussi là-dessus ?

– Laissez tomber.

– J'ai fait relever les empreintes de pneus, reprit-il, l'air soulagé, dans un rayon de cinq cents mètres autour de chez Linski, de la tour de Vias et de Fendeille. On n'aura pas d'indications de marques de gommes et de véhicules avant demain matin, il y a trop de traces apparemment semblables, sauf celles de son camion : elles sont nettes. Il est allé à Vias, en tout cas avant l'orage de la nuit de jeudi à vendredi.

Victoire acquiesça et lui tendit la cassette.

– Faites taper ça, mais écoutez-la avant. Les symptômes d'intoxication au mercure sont décrits. Je veux savoir si quelqu'un souffrant de ces symptômes s'est rendu dans un service hospitalier au cours des derniers mois.

– Ça va prendre un temps fou.

– Pas plus que la tournée des dentistes pour identifier la femme de Fendeille... Prévenez les pompiers pour qu'on nous signale le plus petit départ de feu. Mettez quelqu'un au fichier des condamnations. Qu'il sorte les sportifs, les militaires, les marins, les alpinistes, nés dans la région ou qui y sont installés depuis au moins dix ans. Je veux qu'on compare ce fichier avec celui des sectes. Toutes les voitures qui sortent de l'ordinaire doivent être contrôlées : Deux-chevaux bricolées, Coccinelle bariolées, camionnettes de routards. Je veux tout savoir de Luc Lobry avant demain midi. Vous remettez des gars sur Julia Lezavalats. Je veux qu'on interroge les proches, les voisins, tous ceux qui l'ont côtoyée dans les semaines qui ont précédé sa mort. Je veux qu'on leur demande si un inconnu les a interrogés sur la victime ou s'ils l'ont vue discuter avec un inconnu.

– Même chose pour Cathy Mathas ?

– Pas la peine...

Sarral fronça les sourcils.

– Il y a encore autre chose qu'il faut éclaircir, reprit Victoire sans se préoccuper de l'embarras de son lieutenant. Les vêtements... La femme de Fendeille était nue. Mais on n'a pas trouvé d'habits à la tour de Vias. A la lecture des dossiers, il ne semble pas qu'on ait trouvé le moindre lambeau de vêtements sur Cathy Mathas et Julia Lezavalats. Si le tueur emporte des trophées, c'est peut-être intéressant. Je veux que tout le monde ait ça en tête : les vêtements. Il faut demander au labo d'examiner toutes les fibres trouvées à la tour de Vias et qu'ils essaient de nous décrire le genre de vêtements auxquels elles appartiennent.

Elle saisit l'enveloppe, la décacheta. Sarral restait campé au milieu de la pièce.

– Quelque chose vous préoccupe ? demanda-t-elle sans le regarder.

Gêné, il se passa la main à plat sous le menton.

– Le portrait-robot, madame, celui que vous avez demandé cet après-midi, on en fait quoi ?

– Il ne sort pas d'ici.

– Je peux savoir pourquoi ?

– Parce qu'il ne sert à rien !

Victoire posa l'enveloppe, ouvrit brusquement le premier tiroir du meuble à roulettes glissé sous son bureau, sortit une feuille de papier Canson et la tint à bout de bras devant Sarral.

– Autant diffuser une photo, dit-elle. Ça ferait le même effet.

Le visage dessiné selon les indications de Charly le dealer était celui de Maxime Linski... Il avait reconnu Cathy Mathas sur les photos qu'elle lui avait montrées, elle en était sûre. Et il avait menti. Victoire rangea le portrait-robot dans son tiroir.

– Je ne vois pas ce qu'on gagnerait à découvrir sa tête dans le journal demain matin, marmonna-t-elle. Et je ne le boucle pas parce que je n'ai pas le moindre début de preuve. Ça vous va ?

Sarral hocha la tête.

– Alors, écoutez la cassette et faites ce que je vous ai demandé.

A force de les imaginer, de les observer sans gêne, Maxime commençait à les deviner, petits, agressifs, plantés haut, les seins de Luce, sous le coton blanc. Avec des aréoles assez importantes au regard de la taille des mamelons. 85A, tout au plus...

– Vous voulez que je l'enlève ?

– Quoi ?

– Ma robe. Vous verrez mes nichons un bon coup, après vous regarderez ailleurs.

Maxime sourit.

– Il n'y a pas d'urgence...

Il referma la carte du restaurant et ajouta :

– Si vous avez choisi, je prends la même chose que vous.

Luce Winfield se replongea dans la lecture du menu et Maxime put reprendre son exercice de contemplation. Il ne voyait plus sa poitrine mais les bras nus et le visage bronzé de l'archéologue lui convenaient tout autant. Elle était jolie au naturel, et très belle arrangée comme elle l'était ce soir-là. Luce avait fait des efforts : petite robe d'une blancheur stupéfiante, très courte, repassée de frais, petites chaussures de tennis en toile, grand sac en goutte d'eau vert pomme. Elle s'était coiffée. Deux espèces de baguettes chinoises vernies étaient piquées dans un drôle de chignon mou qui lui

dévoilait la nuque. Une ombre de maquillage ?...
Du rouge à lèvres, un peu de mascara. Maxime
était sous le charme. Quand il avait téléphoné à
Fendeille, en sortant de chez Roland La Borio del
Biau, il n'était même pas sûr de tomber sur Luce.
Il lui avait posé deux ou trois questions avant de
l'inviter à dîner. Elle avait accepté sans hésitation :
21 h 30 ; il n'avait qu'à passer la prendre chez elle,
elle lui avait donné l'adresse. Son toupet avait
étonné Maxime... Il était arrivé au rendez-vous
avec cinq minutes d'avance. Il sortait du bureau de
Victoire Camin Ferrat, encore furieux du piège
qu'elle lui avait tendu. Cathy Mathas... Il la
connaissait... Bien sûr qu'il la connaissait. Il ne
voulait pas y penser, pas tout de suite.

Le studio de l'étudiante en archéologie, en plein
centre historique de Montpellier, était à dix
minutes à pied du SRPJ, au quatrième étage d'un
bel hôtel particulier du XVIIᵉ siècle. L'appartement
était coquet et minuscule, avec un lit en mezza-
nine, à moins d'un mètre du plafond. Maxime avait
pensé aussitôt que toutes les positions ne seraient
pas permises. Elle lui avait offert une bière ; elle
n'avait que cela. Maxime l'avait vidée en trois gorgées et ils étaient sortis. C'était elle encore qui
avait choisi le restaurant, près de la place Castel-
lane. Coquet, minuscule, comme le studio, avec
des fauteuils en rotin, pas très pratiques pour manger, mais confortables. Et puis, les clientes pouvaient croiser haut les jambes.

— Crudités, sole grillée, légumes à l'étuvée.

Elle posa la carte. Maxime grimaça.

— Tant pis pour le romantisme et la diététique.
Pour moi, ça sera terrine de sanglier et rognon de
veau, à point. Et un graves... Vous aimez le bordeaux ?

— Je ne bois pas d'alcool.

Le maître d'hôtel prit leur commande, apporta
aussitôt le vin et une bouteille d'eau minérale pour
Luce. Maxime remplit les verres.

– Et la bière, c'est pas de l'alcool? Vous en aviez chez vous.

– C'est pour mes invités.

– Vous en avez beaucoup?

– Quelques-uns.

– Des hommes?

– Ça ne vous regarde pas.

– Vous n'avez pas eu peur de me laisser venir chez vous? demanda-t-il en faisant tourner le graves dans son verre.

– J'aurais dû?

– Je pense que vous avez eu la visite des flics après notre conversation de ce matin.

Elle but une gorgée, croisa les jambes. Elle avait des cuisses très fines.

– Ils voulaient savoir de quoi nous avions parlé.

– Qu'est-ce que vous leur avez dit?

– La vérité.

– Et pour les femmes enterrées au néolithique?

Elle inclina la tête, esquissa un sourire.

– Ils ne m'ont rien demandé à ce sujet.

– Ils ont dû vous dire de vous méfier de moi.

– Eux, non, mais les gens du village se sont chargés de me mettre en garde, ce midi, quand je suis allée acheter un sandwich... Ils ne vous portent pas dans leur cœur. Qu'est-ce que vous leur avez fait?

Il goûta le bordeaux et lança froidement :

– Je les emmerde. Je ne les aime pas non plus. Je veux qu'ils me foutent la paix et qu'ils la ferment quand je vais acheter mes clopes. Un point c'est tout.

On déposa les entrées devant eux. La tranche de terrine était si mince qu'elle se serait envolée au moindre éternuement. Maxime la liquida en trois bouchées. Elle l'observa, perché sur le bord de son fauteuil, voûté, enfournant son pâté à toute vitesse, l'avalant tout rond en l'accompagnant de mie de pain. Il ne mangeait jamais la croûte.

– Vous avez manqué quand vous étiez petit ?

Il ne répondit pas, prit sa serviette, s'essuya la bouche et alluma une cigarette.

– Vous avez un petit ami ?

– A Lausanne, oui.

– Laissez tomber.

– Qui ? Mon ami ?

– Oui. Il est trop loin. Il sert à rien.

Luce Winfield posa ses couverts et observa Maxime. Il ne semblait ni troublé ni amusé. Simplement sûr de lui. Très agaçant.

– Vous ne manquez pas un peu de tact, parfois ?

Il prit le temps de se servir un autre verre de vin.

– Je n'en ai jamais eu. A quoi ça me servirait ? De toute façon, je ne sais pas faire la cour. Si vous avez envie de coucher avec moi, ça se fera, sinon, ça ne se fera pas. Je n'ai jamais effleuré la peau d'une femme qui ne le désirait pas. Et puis, c'est quoi notre différence d'âge ? Environ vingt ans. Vous vous doutez bien que, si je vous drague, c'est pas pour fonder une famille... Vous avez envie de coucher avec moi ?

– Non.

– Moi, j'en ai très envie.

Elle était abasourdie. Maxime continua de la regarder avec calme.

– Voilà, c'est dit. C'est mieux comme ça. Je vous trouve très séduisante et je sais que je ne vous toucherai pas. On ne va pas se pourrir la soirée avec cette histoire.

Luce resta comme stupéfiée. Puis elle éclata de rire.

– Vous êtes vraiment un drôle de type !

– Ça fait craquer les femmes... Est-ce que vous voulez m'aider, Luce ?

Maxime était redevenu grave. L'archéologue hocha la tête.

– Si je le peux.

– Je suis allé voir Roland La Borio del Biau, nous n'avons pas sympathisé.

– Dommage pour vous, c'est un excellent historien régional.

– Je préfère votre compagnie et je suis sûr que vous en savez aussi long que lui... Il m'a parlé de thèmes qui reviennent dans les légendes du coin : les grottes, les géants, les trésors cachés et les innocents suppliciés. Pouvez-vous me dire à quoi il faisait allusion ?

Luce attendit que le serveur leur eût apporté les plats.

– Vous connaissez la légende de Gardiol ? demanda-t-elle.

– Jamais entendu parler.

– Elle est typique des histoires de la région. Vous voulez que je vous la raconte ?

– Allez-y... j'aime voir bouger vos lèvres.

– C'était il y a très longtemps... Gardiol est le fils d'un riche fermier de l'Aigoual et il veut épouser Toune, une jolie bergère un peu sorcière qui, autrefois, avait soulagé un géant en lui ôtant une épine du pied. Mais Toune tombe amoureuse de Pandidou, berger lui aussi. Dès qu'elle apprend que Gardiol a des vues sur elle, elle s'enfuit avec son Pandidou sur le pic Saint-Loup. Furieux, Gardiol se lance à leurs trousses avec sa meute de chiens. Comme il est sur le point de les rattraper, Toune appelle alors le géant, devenu son protecteur. Il apparaît et, pour creuser un fossé entre les amoureux et ses poursuivants, il fend en deux la montagne d'un coup de massue. C'est pour ça qu'il y a aujourd'hui deux montagnes : d'un côté le pic Saint-Loup, de l'autre l'Hortus. Ensuite, le géant étrangle les chiens, prend Gardiol par l'oreille et le jette dans une grotte dont il bouche l'entrée avec des rochers. On dit que Gardiol est toujours dans son trou et qu'il pleure. Ses larmes forment des rivières souterraines qui s'échappent parfois de la montagne. Mais Gardiol est rancunier, il en veut à la terre entière. Alors, on dit qu'il ne faut pas s'approcher des avens où coulent des sources qui n'ont pas été bénies par un prêtre, sinon le bras de Gardiol sort du trou, attrape l'imprudent et l'entraîne sous terre pour le dévorer. Qu'est-ce que vous en dites ?

– Que vos lèvres bougent divinement bien. Vous en connaissez d'autres ?

– Ça vous intéresse ?

– Vous me passionnez.

– Alors, je vous raconte aussi ma préférée : celle du trésor de l'Hortus. Elle est plus mystérieuse que celle de Gardiol. On dit qu'il y a un trésor dissimulé dans une grotte invisible, quelque part sur la montagne. Le trésor disparu de l'évêché de Maguelone. Longtemps, on a vu un berger monter sur l'Hortus, chaque année à la même date, jour de la Saint-Jean. Il paraît que le berger aurait appris le secret de la grotte invisible. Elle serait gardée par une espèce d'ermite ou de diable. L'obligation serait faite au gardien de la grotte de rendre l'entrée visible, quelques minutes, une fois l'an : pendant la nuit de la Saint-Jean. Cette nuit-là, celui qui est assez rapide pour trouver le trésor et ressortir avant que le démon ne referme la roche peut garder l'or. Bien sûr, le berger a disparu et, à sa suite, de nombreux villageois de la région ont eux aussi succombé à la tentation... On ne les a jamais revus.

– Il y a toujours des pauvres types entraînés dans des trous, prisonniers d'un démon, dans vos histoires ?

– Presque. C'est à cause des ermites ; on en rencontre encore plus souvent qu'on ne le croit par ici. Aujourd'hui, ce sont des vagabonds, mais autrefois c'étaient des fous de Dieu ou d'anciens bagnards qui entretenaient les chapelles isolées. Des gens pacifiques en général, mais qui inquiétaient, parce qu'ils étaient solitaires, qu'ils apparaissaient sans qu'on sache d'où ils venaient et disparaissaient

159

sans plus d'explication. Baluthan dit qu'il existe une légende originelle...

Maxime la coupa.

– De qui venez-vous de parler ?

– Frédéric Baluthan. Pourquoi ?

– Qui est-ce ?

– Un historien qui a écrit des trucs là-dessus. Il est rarement cité dans les bibliographies et je ne suis jamais tombée sur une notice biographique qui lui soit consacrée. Je crois qu'il est très contesté. Il donne des clés pour se repérer dans le labyrinthe des peurs et des convoitises humaines dont se nourrissent ces contes... Ses textes sur les légendes locales sont passionnants et on les trouve tous dans une bibli...

– Les Archives régionales de la Société du patrimoine languedocien ?

– Exact.

– Vous avez lu Baluthan ?

– Quelques textes, oui. Il décrit les événements historiques qui ont donné naissance aux contes ou qui les ont orientés vers un esprit maudit qui rôde sur le causse, qui s'empare de l'âme des ermites et les possède. A travers eux, l'esprit commet ensuite ses abominations. Le personnage de Gardiol s'inspire directement de cette idée d'une âme damnée errant dans les profondeurs de la terre. Le démon qui garde le trésor de l'Hortus est de la même espèce, mais il se comporte comme un tentateur.

– Et Baluthan prétend que ces histoires découlent d'événements historiques réels, c'est ça ?

– Oui.

– C'est quand j'ai questionné La Borio sur ce sujet qu'il s'est mis en rogne contre moi.

– Pas étonnant. Ici, personne n'aime qu'on remue ces histoires-là... Les cavités du causse ont toujours été le théâtre de scènes sauvages. La grande grotte de l'Hortus, par exemple, la vraie, pas celle du conte, a servi de lieu de culte, de l'âge du bronze au début de l'ère chrétienne. Elle contient des ossements d'animaux : cheval, mouton, bœuf, loup. Mais aussi les traces d'un repas d'anthropophages... On a aussi exhumé le squelette d'un homme, mort sans doute durant les guerres de Religion. Impossible de déterminer la cause du décès, mais il était trop loin de l'entrée pour s'être tué en tombant dans le puits... Toute la falaise de l'Hortus est criblée de trous dont l'accès est réservé à des grimpeurs de haut niveau. Et sur le Thaurac, c'est pareil, mais en plus dangereux encore. La plupart des grottes n'ont même pas été fouillées. Il en reste dont nous ignorons jusqu'à l'existence. Il y a aussi, un peu partout sur le causse, des tumulus construits sur de petits avens. A l'intérieur, on trouve des pierres brûlées, des cendres et des ossements humains calcinés. Dans la falaise au-dessus du ravin de Coucolière, des pointes de flèches étaient encore fichées dans certains des ossements humains du néolithique. Les vestiges étaient si riches qu'ils ont permis de reconstituer assez exactement les procédés de crémation des morts. Récemment, dans l'aven du Mas-de-Londres, la « grotte de la Fausse-Monnaie », des spéléologues ont trouvé le crâne et les ossements d'une jeune femme qui devait se trouver là depuis une trentaine d'années. Les gendarmes ont pensé qu'elle s'était égarée et qu'elle était tombée dans l'abîme. Mais ils n'ont pas repoussé l'hypothèse qu'elle ait pu être assassinée, même si les recherches pour l'identifier sont restées vaines.

– C'est ce qui a donné naissance aux contes ?

– Des squelettes au fond de grottes ne suffisent pas pour que naisse un mythe. Il faut un choc qui ébranle la société. Et c'est là que l'explication de Baluthan est passionnante. Il situe ce bouleversement juste après la répression sanglante de l'hérésie albigeoise. Les massacres de cette époque ont parfois ressemblé à des manifestations de folies meurtrières. Des assassins qui ne se seraient jamais révélés en temps de paix ont commis des monstruosités. Ici, tout aurait commencé au château de Montferrand, au début du XIIIe siècle... Vous connaissez le château de Montferrand ?

– Je l'ai visité une fois, avec mon fils.

– C'est une position militaire stratégique, à moins de trente kilomètres de Montpellier, sur la route des Cévennes. De ce nid d'aigle, on contrôlait toute la région : au nord le Larzac, à l'ouest le pic Saint-Loup et à l'est la garrigue. Montferrand était la forteresse des prélats. En 1215, après la croisade contre les Albigeois, le pape avait inféodé le comté à l'évêque de Maguelone. En son nom, un capitaine commandait Montferrand. Il avait sous ses ordres une poignée d'officiers et une dizaine de chevaliers. Le donjon était superbe, la muraille double abritait trois étages habitables, une cuisine, une citerne, une chapelle, une salle des gardes, une salle d'armes... Et trois cachots. C'est dans ces geôles sordides que serait née la légende, à l'époque où un capitaine du nom de Germain commandait la forteresse. Sans doute le pire tueur que la région ait connu. Parmi ses victimes : des petits voleurs, des pillards sacrilèges, des criminels mais surtout des innocents, des passants, des notables, des voyageurs. Tous ont été emprisonnés sans procès et soumis aux pires traitements... Parfois, Germain faisait extraire ses victimes du cachot et les faisait fouetter dans le Val de Montferrand avant de les exécuter, devant les bergers et les paysans. Il les pendait ou bien il les faisait crucifier. Et il brûlait les cadavres. En dix ans de commandement, au milieu du XIIIe siècle, Germain a torturé et tué de ses mains plus de soixante personnes, femmes, hommes, enfants. Les seuls rescapés ont été bannis ou envoyés aux galères. Personne n'osait lever les yeux sur les remparts, de peur de déclencher la fureur du seigneur... Quatre siècles plus tard, quand Louis XIII a repris Montpellier aux protestants, et qu'il a ordonné la destruction de la forteresse, l'évêque a proposé à la vente les matériaux qui subsistaient, mais personne n'en a voulu... de peur que le sang des victimes ne suinte des moellons.

Décontenancé, Maxime porta son verre à ses lèvres, se rendit compte de son geste et reposa le verre sans avoir bu.

– Vous voyez que vous savez tout. C'est ahurissant, ce que vous racontez.

Luce fit la moue.

– Dès qu'on met le nez dans l'histoire, on tombe sur des récits de ce genre, sur des Germain en pagaille. Celui de Montferrand a incarné une malédiction qui lui est antérieure, mais il a donné naissance au mythe du diable du causse, comme Vlad l'empaleur a inspiré celui de Dracula et des vampires... Aujourd'hui, pour nous, Germain serait tout simplement considéré comme un tueur psychopathe.

Maxime but son vin à petites gorgées. Les révélations de Luce lui flanquaient la trouille. Les grottes, le feu, les supplices... Il ne croyait plus au hasard et encore moins à une malédiction.

– D'une certaine manière, vous êtes un ermite, monsieur Linski, reprit soudain Luce. Est-ce que vous savez que le premier ermite du pic Saint-Loup possédait un énorme loup, le plus grand qu'on ait jamais vu ? Une bête féroce, sanguinaire, qui aurait dévoré des hommes et du bétail, mais qui aurait été convertie à la douceur par une nonne, après avoir dévoré l'âne de la communauté religieuse. C'est intéressant, parce que c'est la seule allusion à l'intervention d'une femme dans les différentes versions de la légende. Et, à mon avis, il n'est pas anodin qu'on lui ait attribué ce rôle pacificateur.

Elle s'interrompit. Elle avait à peine touché à sa sole et Maxime s'était contenté de deux bouchées de rognon. Les restes refroidissaient. Le serveur débarrassa la table, apporta des cafés.

– J'ai oublié un truc, reprit l'archéologue. Cinq sorciers se sont retrouvés dans les cachots de Montferrand durant le règne de Germain. Ce qui est étrange, c'est qu'il semble qu'ils soient venus au château de leur plein gré, et personne ne sait ce qui les intéressait au point de risquer leur vie, puisque aucun n'en est ressorti vivant. Baluthan formule des explications sur l'intérêt des sorciers pour le boucher de Montferrand, mais elles relèvent plus de l'élucubration que de l'analyse historique.

– Dites toujours.

– La première : Germain aurait été un démon luxurieux, un incube, abusant de paysannes et de jeunes vierges. Les textes disent qu'il cherchait à se libérer d'une trop grande abondance séminale, mais qu'il n'usait pas de violence pour les posséder, au contraire, elles auraient eu du plaisir dans le lit du monstre. Certaines seraient retournées de leur plein gré coucher avec Germain... De retour chez elles, ces femmes étaient accusées d'avoir copulé avec le diable. De ce commerce avec Germain, elles auraient toutes donné naissance à des enfants stériles dont aucun n'aurait survécu au-delà de quinze ans. Ce serait la preuve formelle d'un accouplement avec un incube.

– Et la deuxième ?

– Germain serait toujours un démon, mais d'une autre espèce, d'un rang très inférieur. Il aurait été la créature d'un être plus puissant, son maître. Une sorte d'ermite malfaisant, qui ne se serait jamais aventuré hors les murs de Montferrand. Selon cette version, Germain et le loup seraient une seule et même entité diabolique, ou bien un fantasme polymorphe sorti de l'esprit superstitieux des chroniqueurs de l'époque. Germain aurait été une espèce de pourvoyeur. Il n'aurait eu à redouter que la sainteté d'une épouse du Christ, une femme pure.

– Comme la nonne qui a pacifié le loup du premier ermite ?

– Exactement.

Elle voulut prendre sa tasse de café. Maxime lui saisit la main, sans brutalité. Elle sursauta, le regarda droit dans les yeux.

– Pourquoi me racontez-vous tout ça, Luce ?

– Parce que vous me l'avez demandé.

– Ne jouez pas l'idiote. Vous savez très bien ce que vous faites. Ce matin, vous m'avez donné la brochure de La Borio. Ce soir, vous me citez des légendes que vous semblez connaître sur le bout des doigts. Vous me balancez le nom de Baluthan, vous me parlez de Germain, du diable du causse, de l'ermite et du loup, de la nonne... Ne me prenez pas pour un imbécile : ça ne vous est pas venu comme ça.

Une ride s'était creusée entre les sourcils de Luce. Maxime vit qu'elle avait la chair de poule.

– Rendez-moi ma main, s'il vous plaît.

Il la lâcha. Elle baissa le menton mais garda les yeux fixés sur Maxime.

– Vous avez raison, dit-elle très vite. J'ai accepté de dîner avec vous pour vous raconter ça. C'était l'occasion, parce que je ne crois pas qu'on se reverra... J'ai mon billet pour Lausanne, après-demain midi. Je fiche le camp. Je ne retournerai pas à Fendeille, et tant pis pour ma thèse.

– Pourquoi ?

– Parce que j'ai peur, monsieur Linski. Il y a longtemps que ce site me met mal à l'aise et que tout ce que je lis sur la région me flanque des cauchemars. Trop de massacres, trop de morts. Bon, j'aurais pu faire avec, mais me retrouver avec un cadavre sous le nez au petit déjeuner, c'est trop...

Je n'ai pas envie de croiser le cinglé qui a assassiné cette femme en s'inspirant des légendes du causse. Parce que c'est bien ça qui se passe, non ? Si vous fouinez partout, c'est bien parce que vous en êtes convaincu vous aussi.

Maxime resta muet. Luce frissonna et lâcha dans un souffle :

– Et puis, si ça se trouve, je l'ai déjà croisé, ce taré !

« Madame le commissaire,

Je me suis fié à ma mémoire. Que ferez-vous de ces notes ? Ça a un sens. Lequel ? Le même sans doute que celui qui commande ce qui nous occupe, n'est-ce pas ? Parfois, des voix nous poursuivent dans la nuit, qui n'ont apparemment aucun sens. Des voix menaçantes. Mais qui parle et de quoi ? Elles provoquent, ces voix, des cauchemars qui poussent les plus fragiles d'entre nous à l'irréparable.

« Désolé de vous faire faux bond.

« Respectueuses salutations.

« Diaz. »

Dès qu'elle s'était retrouvée seule dans son bureau, Victoire avait ouvert le courrier du psychiatre. L'enveloppe contenait une feuille A4 pliée en deux à laquelle était agrafée une carte de visite où Diaz avait griffonné cette note en forme de préambule. Victoire dégrafa la carte, la lança au jugé dans son tiroir entrouvert. Elle déplia ensuite l'unique feuillet couvert de l'écriture saccadée du psychiatre et lut :

« Crémation : détruire ce qui est inférieur pour frayer la voie au supérieur. Vraie vie : mourir à soi pour renaître dans une organisation initiatique

« Sanskrit : pur et feu, même mot

« Phénix : de sa propre chaleur, il se consume. Au bûcher, il renaît de ses cendres

« Grecs : Zeus attache Ixion à une roue ailée et enflammée (Ixion couche avec un nuage ayant la forme d'Héra. Il en naît un monstre, père des Centaures)

« Rome : César parle d'un peuple qui enferme des hommes vivants dans de grands mannequins en osier enflammés

« Légendaire : le Christ et les saints peuvent revivifier les corps en les passant au feu (four et forge = diabolique)

« Jérôme Bosch, tableau *Tentation de saint Antoine*, délire hallucinatoire du saint : Satan a des yeux de feu, il est nourri des âmes des damnés arrosés de plomb fondu...

« Des Indiens allument un bûcher pour y brûler des cœurs d'animaux (symbolise l'esprit divin)

« Taoïstes : entrent dans le feu sans se brûler, pour appeler la pluie, et représentent les énergies de leurs organes comme des divinités

« Afrique : esprits de brousse, âmes des morts et dieux ont une correspondance avec une partie du corps humain, avec une articulation : cheville, genou, articulation de la hanche, coude, jointure de l'épaule, poignet. Âme = chair : *power object*, support de forces mystiques. Le cadavre (au Bénin) ou le crâne (au Gabon) peut servir d'autel. Notion africaine : dualité sexuelle, personnalité équivalente, moi dupliqué chez les Lobi ou jumeau éthérique des Dogons, moitié complémentaire, existant parallèle, substitut. Double, androgynie, l'homme se fait deux fois

« Chine : alchimie extérieure consomme trois jours du cinabre de la première transmutation pour devenir immortel. Cherche le yang = état pur. Li Chao-Kiun," Sacrifiez au fourneau, vous ferez venir les êtres surnaturels ". Moxisbustion : médecine, application sur un point à cautériser d'une substance que l'on doit brûler lentement

« Bain alchimique : purification par le feu, non par l'eau, " baptême du feu ", celui des martyrs. Immersion consentie, ensevelissement, renoncement, vacuité

« Onction : l'huile est un sceau. Distinction d'autrui " quand l'Esprit Saint descend dans leurs cœurs "

« Magie : miel attire les âmes. Chez les Irlandais, le beurre = énergie vitale. Inde : beurre = divinité primordiale. Répandu sur le feu, régénère, revigore l'âme en grésillant. »

Victoire posa la lettre de Diaz sur son bureau et imagina le psychiatre jetant une phrase sur le papier, s'arrêtant pour réfléchir, griffonnant une autre phrase, une autre idée... Aucun sens. Elle tourna la tête vers son tiroir et tendit la main pour attraper la carte de Diaz. Elle voulait relire ce qu'il lui avait écrit... La carte masquait le bas du visage du portrait-robot. Victoire suspendit son geste, puis, comme si elle changeait brusquement d'avis, elle décrocha son téléphone, appuya sur la touche qui la mettait en communication avec le bureau de ses lieutenants. Lavolpière décrocha.

– Trouvez-moi la clinique où Diaz a été admis. Je veux parler au toubib qui s'occupe de lui. Je vous donne un quart d'heure.

Elle raccrocha, ouvrit grand son tiroir, en sortit le portrait-robot et le posa à côté des notes du psychiatre. Au surligneur, elle donna un fond jaune fluo à neuf extraits du texte : « mourir à soi pour renaître... renaît de ses cendres... entrent dans le feu sans se brûler... personnalité équivalente, moi dupliqué... existant parallèle, substitut... Double, androgynie... devenir immortel... Immersion consentie... renoncement ».

Son téléphone sonna cinq minutes plus tard. Lavolpière devait avoir envie de remonter dans

l'estime de sa chef. Il avait trouvé la clinique et lui
passa aussitôt le patron du service où Diaz avait
été admis. Victoire y mit les formes, mais elle exi-
gea de parler au psychiatre. Le médecin commença
par refuser : le traitement avait commencé, son
patient était sous perfusion, n'était pas en état...
Puis il céda en la priant d'être brève. Victoire
remercia, attendit, en pianotant du bout des doigts
sur son bureau.

— Commissaire ? Vous avez un problème ?

Elle sursauta. La voix de Diaz était traînante,
hésitante. Elle eut la vision d'un vieil homme entre
des draps blancs. Un homme épuisé.

— Une seule question, monsieur, si vous me le
permettez ?

— Allez-y.

— Deux auteurs, c'est possible ?

— Non. S'il y a bien trois victimes, c'est l'œuvre
du même individu.

Victoire fit glisser le portrait-robot sur le feuillet
de notes, puis l'écarta pour lui faire reprendre sa
place.

— Et un manipulateur, monsieur ? Un homme,
ou une femme, dans l'ombre, qui utilise le tueur ?
L'initiateur et l'initié ? Un fort qui soit la voix du
faible et qui le conduise à commettre l'irréparable ? Un créateur et une créature ?

Elle crut l'entendre ricaner.

— Habile...

— Si c'est le cas, reprit-elle aussitôt, la description que vous avez faite ne vaut que pour la créature. Mais le créateur, ça peut être...

— N'importe qui. Même moi... Félicitations.

Le même rêve, toujours. La même spirale d'images qui l'emporte... Il descend en tournant, dans le vide, retenu par une corde fine, rouge. Il ne peut rien faire sinon se laisser descendre et il crève de trouille. Ça va vite, de plus en plus vite. Lorsqu'il lève la tête, il n'y a rien au-dessus de lui, mais il entend les voix, le souffle de ceux qui le descendent. Et le frottement de la corde qui s'use. Et puis il baisse la tête pour voir vers quoi il plonge en tournoyant : c'est un gouffre noir. Les ténèbres au-dessus et en dessous. Il n'y a que lui qui soit dans la lumière, une lumière électrique, bleue, verte, orangée. Et soudain, il est bloqué net. Une secousse qui lui coupe le souffle et lui fait remonter le cœur dans la bouche... Alors, du gouffre noir sous ses pieds monte le corps de Valentine, les bras en croix, Valentine tourne elle aussi, en même temps que lui. Et elle monte, lentement, elle approche, elle se colle à lui. Il n'a pas peur d'elle mais du gouffre noir d'où elle est sortie. Valentine est liée à lui maintenant, ils tournent ensemble. Le visage de l'enfant, ses lèvres bleues, son regard mort, sont à cinq centimètres du sien. Il est glacé... Il entend un ronflement, un grognement. Quelque chose monte du gouffre, lentement d'abord, puis de plus en plus vite. Ça n'a pas de forme ; ça n'a ni début ni fin. Il lève les yeux, voit José plonger vers lui, très lentement, avec son visage d'ange, ses cheveux qui flottent alors qu'il n'y a plus un souffle d'air. Il lui adresse une supplique muette : « Sauve-moi ! » ; il voudrait tendre la main vers lui. Mais le visage d'ange se métamorphose en gueule de chien écumante. Les ténèbres au-dessus et au-dessous, il est perdu. Il sent sous ses pieds monter ce qui l'épouvante et le paralyse... La chose noire jaillit. Il crie et se dresse dans son lit, terrifié, en agitant les bras, en secouant la tête. Il reconnaît sa chambre, les meubles, la fenêtre ouverte. Il retombe sur le matelas et gémit. Il lui faut une minute encore pour que le rêve se dissipe totalement, qu'il disparaisse en ne laissant que le souvenir de l'horreur...

Maxime tendit le bras, chercha à tâtons l'interrupteur, alluma la lampe de chevet. Il prit sa montre : 3 heures. Il se rendit compte alors que le téléphone sonnait, qu'il devait sonner depuis longtemps, qu'il l'entendait dans son rêve. Ce rêve hideux qui le poursuivait depuis trois ans, qui avait failli le rendre fou. Il se leva, quitta sa chambre, monta jusqu'à son bureau et décrocha.

– Suzanna. Je te réveille, bien sûr.

– Oui. C'est bien... Qu'est-ce que tu veux ?

– Besoin de toi, demain matin... Enfin, je veux dire tout à l'heure. Je passe te prendre à 7 heures. D'accord ?

– Pour quoi faire ?

– Un aller-retour dans la montagne. Tu seras de retour avant midi. Je suis sûre que ça t'intéressera... Et puis tu me raconteras ce que tu as appris à Fendeille, à moins que tu n'aies la pêche pour me le dire maintenant.

– Demain... Mais il faudra que tu me dises tout ce que tu sais sur cette affaire.

– OK.

– Quand je dis tout, Suzy, c'est vraiment tout. Je crois que c'est plus dangereux que tu ne le penses.

– Tu es sûr que ça va ? Tu as une drôle de voix.
– Trop fumé. A demain.

Il raccrocha, approcha une chaise et s'assit, face à la fenêtre. Il avait beaucoup fumé, et bu beaucoup aussi, beaucoup trop. Il avait envie d'eau. Il se sentait capable d'en avaler des litres, mais il aurait fallu descendre à la cuisine et il n'en avait pas le courage. Il avait à peine la force de rester sans bouger devant la nuit et les étoiles. Petit à petit, il retrouva son calme ; son esprit s'éclaircit et il put se remémorer avec plus de lucidité les événements de la soirée. Sa visite à Victoire Camin Ferrat, d'abord. Il était entré triomphant au SRPJ, il en était ressorti en petits morceaux. Maxime ne comprenait plus rien au jeu de la commissaire. En faisant irruption dans le bureau de la commissaire, il avait tenté de lui faire suivre la piste entrevue à Fendeille. Et puis, Camin Ferrat avait sorti les photos. Cathy... Cathy Mathas, Cathy ou Marie-Jeanne, avec sa saleté de chien. Il avait fait l'amour avec elle, il l'avait payée pour ça... A l'époque, juste après sa sortie de clinique, il avait couché avec toutes les filles qui l'excitaient et qui acceptaient son fric. Pendant trois ou quatre mois, il n'avait fait que cela, chercher celles avec qui il pourrait assouvir son désir de peau, de chaleur, d'odeurs. Il s'était noyé dans ces étreintes, deux, trois fois par semaine, parfois plusieurs jours de suite avec la même. Il lui était arrivé d'en avoir deux dans la même journée, la même soirée. Il payait, il baisait et il s'en allait. Jusqu'à l'écœurement. Après, il s'était calmé. Maxime se souvenait d'une dizaine de filles, peut-être plus, des prostituées, des zonardes. Juste des corps, des hanches qu'il caressait, des cuisses qu'il écartait. De rares visages et, parmi eux, celui de Marie-Jeanne. Cathy Mathas... Il ne savait même pas que son molosse était un beauceron. Quand Suzanna lui avait parlé du chien martyrisé, il n'avait pas pensé une seconde à Cathy... Comment Camin Ferrat avait-elle appris qu'il la connaissait ? Elle n'avait pas sorti ces photos par hasard. Il ne s'était jamais caché ; les camés de la place de la Comédie, les concierges d'hôtel, les patrons de restaurant pouvaient avoir donné son signalement... Il avait menti à Victoire Camin Ferrat, parce qu'il s'était senti piégé...

Maxime se leva péniblement, s'approcha de la fenêtre et l'ouvrit. Il ferma les yeux, laissa le courant d'air frais caresser son visage et sa poitrine. Un piège... Il était dans un piège. Cathy Mathas venait le hanter, comme Valentine, dans son rêve hideux. Elle était sortie du gouffre de ses souvenirs. Mais ce qu'il redoutait, c'était ce qui, derrière elle, allait s'extraire des ténèbres.

TROISIÈME JOUR

Il faisait sombre dans le couloir, l'ampoule du plafonnier était couverte de crasse et de chiures de mouches, mais les visages des policiers en tenue, qu'elle distinguait à peine, impressionnèrent Victoire. Des visages pâles, crispés, des moues de dégoût. Tous respiraient difficilement. Certains avaient de la peine à déglutir. Pourtant, aucun d'entre eux n'était entré dans la boutique. C'était l'odeur qui leur soulevait le cœur, ça suffisait. Une épouvantable odeur de sang cuit et de corne brûlée. Elle se répandait dans le couloir et jusque dans la petite cour intérieure de l'immeuble du quartier des Arceaux, à quelques minutes du centre-ville. Victoire avança sans ralentir le pas, défila devant les hommes écœurés et franchit la porte de l'arrière-boutique du laboratoire photographique. Elle entra dans une grande salle, encombrée de machines, d'agrandisseurs. Une ouverture, qui pouvait être dissimulée par un rideau opaque, donnait accès à la boutique. Sarral se tenait sur le seuil. Victoire marqua un temps d'arrêt.

– Elle est là, dit-il. On n'a touché à rien. Je n'ai jamais vu une horreur pareille, madame...

Victoire passa devant Sarral sans le regarder, fit trois pas dans une pièce d'une vingtaine de mètres carrés, éclairée par des néons, divisée en deux par un long guichet en bois clair encombré de prospectus, de téléphones, de pochettes plastifiées. En travers du guichet, le cadavre d'une femme reposait, en équilibre sur les reins. Un corps nu et brûlé, comme celui de Fendeille. Les bras et les jambes écartées. Au téléphone, Sarral lui avait dit qu'elle avait certainement été tuée par balle. On avait découvert un automatique sur les lieux. Victoire crut distinguer une blessure dans la région du cœur, mais à cause des brûlures elle ne pouvait en être sûre.

– Quel type d'arme ? demanda-t-elle.

– Pistolet Beretta, 9 mm.

– Où l'ont-ils trouvé ?

– Au fond du local à poubelles. Le tueur a dû le jeter en partant. S'il s'en est débarrassé, il y a peu de chances pour qu'on retrouve des empreintes.

Victoire contourna le comptoir, se pencha sur le visage mutilé, figé dans une grimace. Les orbites étaient vides et les lèvres avaient été découpées, à deux centimètres du menton et au ras du nez recroquevillé, dévoré par les flammes. Les dents étaient intactes, serrées. Un rictus que la commissaire n'oublierait jamais. Elle se redressa et recula d'un pas.

– Laure Roussayrolles, dit Sarral. Les voisins ont entendu du bruit vers 2 heures du matin, mais ils ne se sont pas inquiétés. C'est sans doute à ce moment-là qu'elle a été déposée sur le comptoir. La porte a été forcée avec un pied-de-biche ou une barre de fer. La serrure n'était pas de bonne qualité, c'était un jeu d'enfant. A 6 heures, le concierge a appelé le propriétaire du labo... A cause de l'odeur. Le type est venu, il a ouvert, et voilà.

– Vous êtes sûr que c'est Laure Roussayrolles ? demanda Victoire sans quitter le cadavre des yeux.

– Elle travaillait ici et elle a disparu depuis lundi soir.

– Ça ne suffit pas.

– On a son dossier dentaire, renchérit Sarral. Laure Roussayrolles s'est fait limer la canine supérieure gauche en 1993. La victime aussi a la dent limée ; ce serait une drôle de coïncidence. Le légiste va arriver, il nous dira ce qu'il en est.

Victoire se détourna du cadavre, avança dans la boutique. La moquette portait des traces de brûlure, mais aucune trace de sang.

– Pas de vêtements ?

– Non.

– Il l'a tuée ailleurs, mais c'est dans cette pièce qu'il l'a brûlée. Il a changé son mode opératoire. Et je ne comprends pas pourquoi il s'est débarrassé de son arme ici.... On sait où est Linski ?

– On ne l'a pas lâché depuis hier soir. Il a dîné avec l'archéologue de Fendeille.

– Luce Winfield ?

– Oui. Il paraît qu'ils étaient comme cul et chemise. Il l'a raccompagnée jusqu'au bas de son immeuble, puis il a fait la tournée des bars et il est rentré chez lui en taxi, vers minuit, ivre mort. Tout à l'heure, vers 7 heures, la journaliste américaine est passée le prendre et ils sont partis en direction du Thaurac. On ne sait pas où ils vont. J'attends que nos gars rappellent.

– Cette nuit, il a parlé à quelqu'un dans les bars ?

– Personne, à l'exception des serveurs.

– Et chez lui, il a eu de la visite ?

– Non. Seulement un appel téléphonique vers 3 heures...

Victoire jeta un regard furieux à son lieutenant.

– Je n'ai jamais demandé que sa ligne soit écoutée ! Qu'est-ce que c'est que cette histoire ?

– Il n'est pas sur écoute, madame, ce sont nos gars planqués à côté de sa forteresse qui ont entendu sonner, pendant une demi-heure. En pleine cambrousse, ça s'entend de loin.

Victoire se renfrogna. Elle devenait nerveuse.

– Qu'est-ce que l'on sait de la victime ?

– Si c'est Laure Roussayrolles, répondit-il avec prudence, elle avait vingt-sept ans et elle était célibataire. Elle avait un petit ami, photographe, en reportage au Soudan depuis quinze jours. On l'a joint par téléphone, il rentre par le premier avion. Sinon, rien de spécial. Elle ne sortait pas beaucoup, fréquentait le même petit groupe d'amis depuis le lycée. Elle ne semblait pas connaître Cathy Mathas ni Julia Lezavalats... Une chose, tout de même : la mère de Laure, qui nous avait signalé sa disparition, a eu la visite de Suzanna Nolde, hier après-midi.

– Encore elle ? Qu'est-ce qu'elle lui voulait ?

– Elle lui a demandé si sa fille appartenait à une secte. La mère ne voulait pas lui parler, elle l'a foutue dehors.

Victoire contourna le morceau de moquette brûlé, en prenant garde où elle mettait les pieds.

– Elle commence à m'échauffer les oreilles, la petite Nolde. Il faudra que je lui rende visite...

Elle se redressa, revint près du cadavre, se força à l'observer. Elle s'habituait à l'odeur. Mais pas au spectacle. A l'exception du traitement qu'avait subi le visage, le reste du corps ne semblait pas avoir été mutilé, si ce n'est par le feu. Cette fois, il avait opéré avec beaucoup de soin et de précision ; pas un centimètre qui n'ait été passé à la flamme. Il se perfectionnait...

– Pardon de vous déranger...

Elle tourna la tête. Lavolpière se tenait sur le pas de la porte. Il se protégeait de la puanteur en tenant un mouchoir sur le bas de son visage.

– On a eu un appel de la gendarmerie de Lattes, madame.

Surprise, elle jeta un coup d'œil à sa montre : 8 heures.

– Qu'est-ce qu'ils veulent ?

– Ils ont un gars chez eux qui dit que sa copine a disparu : une fille de trente et un ans, un mètre soixante-huit, cheveux longs, châtains, sportive. C'est une championne de planche à voile... Ça correspondait à ce qu'on a mis sur la fiche de recherche pour la victime de Fendeille, alors ils ont pensé que ça vous intéresserait.

– Quand aurait-elle disparu ?

– Le gars n'en sait rien, il était en mer. Il est revenu hier soir et comme sa nana n'est pas rentrée de la nuit, il est inquiet.

– Qu'est-ce qu'ils en font de ce gars ?

– Ils le raccompagnent chez lui, ils veulent jeter un coup d'œil dans la maison. Ils m'ont donné l'adresse. C'est aux Cabanes-de-Pérols.

– On y va.

La Seat Ibiza bleue, de location, roulait au pied de la face sud du Thaurac. Suzanna mettait son Austin au repos quand elle s'aventurait à plus de cinquante kilomètres de Montpellier. Assis à sa droite, Maxime pelait des litchis frais, les gobait comme des olives et crachait les noyaux par la fenêtre. Quand il eut terminé sa provision, il se lécha les doigts luisants du jus sucré, froissa le sac en papier vide qui avait contenu les fruits et le jeta sur le tapis de sol, entre ses pieds.

– Délicat! marmonna Suzanna. Et tu pourrais attacher ta ceinture.

Il ne répondit pas, n'obéit pas, prit une cigarette dans le paquet posé dans le vide-poches et enfonça l'allume-cigares. Maxime n'était pas dans son assiette. L'angoisse avait laissé place à une fatigue qui produisait des bouffées de colère sans objet. Il n'avait pas fermé l'œil depuis l'appel nocturne de Suzanna... Le claquement de l'allume-cigares le fit sursauter. Il alluma une Craven, aspira et recracha aussitôt la fumée.

– Tu m'as promis quelque chose, dit-il en articulant à peine.

– Sur la banquette arrière, sous mon sac.

Maxime se contorsionna pour atteindre une enveloppe de grand format, en papier Kraft, et la tirer de sous une lourde besace de cuir.

– Qu'est-ce que tu trimbales là-dedans ?

– Ma maison, comme les escargots.

Il ouvrit l'enveloppe et jeta un coup d'œil à l'intérieur.

– Ce n'est pas le rapport d'autopsie, reprit Suzanna, seulement les comptes rendus du laboratoire et les photos qui accompagnaient les échantillons destinés à l'analyse. Les flics sont trop à cran pour que mon contact à l'Institut ose se mouiller. Sinon, j'ai appris qu'elle avait été tuée près des Matelles avant d'être déposée à Fendeille...

– Et qu'ils ne l'ont toujours pas identifiée, coupa-t-il. Ça, je le sais.

Il s'empara d'abord des photocopies des clichés. Quatre images noir et blanc, des détails, d'une mèche de cheveux, du crâne, d'un pied, d'un carré de sol en terre battue. On ne distinguait pas grand-chose. Celui qui avait fait les doubles des documents n'avait pas pris le temps de régler soigneusement la photocopieuse. Maxime posa les images sur ses genoux et sortit seize feuillets dactylographiés.

– Ils ne sont même pas complets, dit Suzanna, ce sont des extraits.

– Où as-tu mis le reste ?

– Je n'aurai que ça. Celui qui me les procure vend ses informations et c'est un malin. Il sait qu'on remontera jamais jusqu'à lui tant qu'il se montrera prudent. J'ai surligné ce qui me semble intéressant.

Maxime inclina son fauteuil, s'installa confortablement.

– Si tu le permets, je vais me faire une opinion tout seul.

Suzanna appuya sur l'accélérateur. Elle supportait de moins en moins bien sa mauvaise humeur et son comportement de goujat. Ostensiblement macho. Plus il vieillissait, plus il devenait amer, cynique et con. Peut-être la présence de Thomas allait-elle le rééduquer. En attendant, même chiant, elle préférait l'avoir à ses côtés pour son rendez-vous dans les Cévennes. Elle ne savait pas trop sur qui elle allait tomber et gardait le souvenir d'une autre virée solitaire qui avait failli mal tourner. Suzanna avait enquêté sur la mort d'un jeune gitan, du côté des étangs, l'été précédent. Elle s'était rendue dans la famille du mort et ça c'était très mal passé. Ils avaient pris son intérêt pour une curiosité malsaine, et pas moyen de les raisonner. Séquestrée pendant une nuit entière, elle avait eu très chaud. Désormais, dans certaines circonstances, elle préférait se garantir en s'offrant un chevalier servant. D'ordinaire, un photographe suffisait, mais cette fois elle n'avait pas envie de mettre un confrère sur le coup.

– Tu vas tout lire maintenant? demanda-t-elle après avoir quitté la nationale pour s'engager, à gauche, sur une route qui filait plein nord à travers la montagne.

– Tu ne m'as pas demandé de venir pour qu'on bavarde.

– Non, mais ça se fait quand même.

– Je serai gentleman au retour.

Il fallut un peu plus d'une demi-heure à Maxime pour lire les extraits des rapports. Et constater que Suzanna avait en effet noté l'essentiel. Il glissa les feuillets dans l'enveloppe, reprit les photos et observa de nouveau attentivement celle du carré de terre battue.

– A ton avis, la photo du sol a été prise à quel endroit?

– Plutôt les Matelles que Fendeille, répondit-elle. On voit la base d'un mur dans le coin en haut à droite. Ce doit être la tour de Vias. Pourquoi?

– Pour essayer de comprendre à quelle partie du texte ça correspond. Qu'est-ce que tu as appris d'autre ?

– Je me suis renseignée sur ce qui motive les crimes satanistes auprès d'un ami psychiatre. D'après lui, le recours au diable marque un besoin de revanche sociale. Les dingues qui tuent au nom du diable sont incapables d'être des hommes et se retrouvent dans un état qu'il a appelé " nuit noire de l'âme ".

Elle n'était toujours pas décidée à lui parler des fax, et encore moins de son enquête au stade de la Mosson pour découvrir l'identité de son informateur. C'était sa meilleure piste. Suzanna s'était bien débrouillée pour dénicher l'endroit d'où les télécopies avaient été expédiées : les locaux du service de maintenance. Malgré l'aide de Patrick Joyaux elle n'avait pu accéder au bureau où se trouvait la machine, encore moins interroger la secrétaire et les employés. Joyaux avait essayé de la mettre en relation avec un responsable, mais ils n'en avaient trouvé aucun qui pût leur donner accès aux archives où l'on conservait le journal quotidien des émissions de télécopie. Suzanna avait connu Joyaux quelques mois auparavant, dans une tribune de la Mosson, alors qu'elle rédigeait une série d'articles sur la préparation du Mondial. Il repeignait alors les pylônes et changeait les puissants projecteurs du stade. Ils avaient sympathisé et Suzanna lui avait demandé d'effectuer un peu de bricolage chez elle. Il était venu à deux reprises, la première fois pour réparer un volet qui s'arrachait de ses gonds et la seconde pour changer des carreaux de céramique descellés dans la salle de bains. Ravi d'avoir eu sa photo dans le *Languedoc républicain*, Joyaux avait promis à Suzanna de l'aider en se renseignant auprès de ses camarades du service de maintenance. Qui sait ? Elle avait besoin d'un petit coup de chance, un petit coup de pouce du destin. D'ordinaire, ça marchait plutôt bien.

– C'est pas ça, ton village ?

Maxime lui indiquait le bas-côté. Avant un carrefour, un panneau, transformé en passoire par un tir de chevrotines, indiquait : « Saint-Roman-de-Liouzière 10 ». Suzanna ralentit, puis engagea la Seat à droite, sur une route étroite à flanc de coteau.

– Maintenant, tu peux peut-être m'expliquer ce qu'on fout ici, dit-il.

– On a rendez-vous avec monsieur Quéau. Honoré Quéau. Soixante-douze ans, instituteur à la retraite, veuf sans enfant, collectionneur de fossiles, cueilleur de champignons... Il m'a raconté sa vie au téléphone. Tu verras, il a une drôle de façon de s'exprimer, mais il a l'air sympa.

– En quoi il t'intéresse ?

– Regarde dans la boîte à gants. Il y a des vieux articles du *Languedoc républicain* qui parlent d'un gamin, un élève qui était dans la classe d'Honoré Quéau, il y a une vingtaine d'années. Un gosse accusé d'avoir brûlé toute sa famille.

La maison était minuscule. Au rez-de-chaussée, un salon et une kitchenette, des toilettes. A l'étage, une chambre, des placards, une petite salle de bains et une terrasse. Le décor était minimal. Les vieux papiers peints avaient été décollés. Les meubles venaient de chez Emmaüs et les parquets grinçaient, mais la vue était un enchantement : les étangs, la plage et la mer, des vols de flamants roses et de hérons. Et plus loin les taureaux, les petits chevaux blancs de Camargue. Quand le soleil se couchait, le paysage virait au rose et bleu pâle ou bien il s'embrasait. Corto et Angélique Candolle vivaient devant le Paradis.

Victoire fit le tour du jardinet et de l'appentis, souleva les voiles, examina les pots de peinture, puis elle regagna la maison, monta à l'étage et rejoignit Sarral et Corentin Maliver sur la terrasse. Elle s'assit sur la balustrade.

– Quand avez-vous parlé à votre amie pour la dernière fois, monsieur Maliver ?

– Dimanche, au téléphone, depuis les Baléares. J'étais en croisière.

– Angélique vous a paru dans son état normal ?

– Bien sûr !

– Vous êtes-vous querellés récemment ?

– Non !... Pourquoi vous me posez ces questions ?

185

– Ne vous énervez pas, coupa Sarral. Nous essayons de savoir s'il est possible qu'elle ait voulu prendre... du recul.

Corto était assis sur une chaise de jardin en plastique blanc dont l'un des pieds était fêlé. Il se passa la main dans les cheveux.

– Nous devions partir demain en vacances, expliqua-t-il. J'ai regardé dans le placard, elle n'a rien emporté et...

Victoire l'arrêta d'un geste.

– Vous pourriez dire comment elle était habillée ?

– Si elle n'a rien acheté de neuf, elle doit porter son maillot de bain rouge Jansen, une pièce, et un pantalon de treillis couleur sable, en tissu rip-stop.

– Quoi ?

– Un truc qui ne se déchire pas... Aux pieds, elle doit avoir des tennis Ethnies noires.

Sarral et Victoire échangèrent des regards étonnés.

– Les sapes, c'est notre trip, reprit Corto. On n'en a pas beaucoup, mais c'est des trucs qu'on aime.

Victoire descendit de la balustrade et vint s'asseoir en face de Corto.

– Le van devant la porte, il est à vous ?

– On l'a acheté juste avant que je me casse aux Baléares.

– Ce jaune d'or, ce n'est pas sa couleur d'origine.

– Je l'ai fait repeindre au chantier naval, par un pote.

– A qui l'avez-vous acheté ?

– Au concessionnaire Ford de Mauguio, seize mille balles. Ça faisait presque un an qu'il était là et que personne n'en voulait. Il a plus de deux tours de compteur, deux cent mille bornes minimum... C'est quoi encore ces questions-là ? Qu'est-ce qui lui est arrivé, à Angélique ?

Victoire regarda le marin dans les yeux. Elle n'avait pas le temps de le ménager.

– Nous enquêtons sur un meurtre, monsieur Maliver. Nous cherchons à identifier une victime. J'espère que ce n'est pas votre compagne, mais la taille correspond, la morphologie, la couleur de cheveux, et des indices que nous avons trouvés sur elle : fibre de toile de voile, peinture antifouling. Vous avez ça dans votre garage.

Corto vacilla sur sa chaise bancale.

– Est-ce qu'elle se liait facilement d'amitié avec des inconnus, Corentin ? insista Victoire sans lui laisser le temps d'encaisser.

– Elle est pas farouche, sympa avec tout le monde...

– Avant votre départ, elle ne vous a pas parlé d'une nouvelle rencontre ?

Il secoua la tête. Sarral insista :

– Vous n'avez pas remarqué quelqu'un qui lui tournait autour ?

– Comment ça, lui tourner autour ?

– Qui lui aurait fait du gringue.

Victoire se pencha en avant pour être le plus près possible de lui.

– Réfléchissez bien, Corentin. L'homme qui a agressé la femme que nous cherchons à identifier est d'abord un séducteur. Il inspire confiance. Si Angélique a parlé une fois avec lui, il a pu se montrer très convaincant.

Elle lui laissa quelques secondes. Corto fit la moue :

– Je vois pas... A part le type qui a acheté notre moto.

– Ça s'est passé quand ?

– Juste avant qu'on se paie la camionnette, c'était l'argent qui nous manquait.

– Qu'est-ce qu'il a fait, ce type ?

– Rien de dément... On est allés essayer la bécane ensemble le long de l'étang et Angélique faisait des runs en planche juste au bord. Le gars la matait plus que la moto. A un moment, il m'a dit un truc un peu salace, comme " elle est baisable " ou " je me la ferais bien ", je sais plus. Je lui ai dit que c'était ma femme et il s'est marré, c'est tout.

Victoire et Sarral se regardèrent de nouveau. C'était mince, très mince.

– Vous vous souvenez de son nom ? demanda le lieutenant.

– Non.

– Il a acheté la moto ?

– Oui.

– Alors vous devez avoir les papiers de la vente.

– J'ai dû les foutre quelque part.

Victoire se leva.

– Vous voulez bien les chercher ?... On vous attend dehors.

Ils descendirent ensemble au rez-de-chaussée. Corto se dirigea vers une petite commode, près de la cheminée. Les deux policiers quittèrent la maison et s'approchèrent du van ocre-jaune. Sarral s'accroupit près de la roue arrière gauche.

– Ça ne colle pas, dit-il en se relevant. Trop large.

Un fax du labo concernant les empreintes de pneus était arrivé au SRPJ, une heure auparavant. Tandis qu'ils roulaient vers les plages, Sarral avait demandé qu'on lui en fasse la lecture par téléphone. A part le camion de Maxime Linski, un seul véhicule avait laissé des traces à Fendeille, près de la tour de Vias et à Montcalmès : un van équipé de pneumatiques italiens anciens, assez rares, étroits et si usés qu'ils en étaient pratiquement lisses.

– Ce sont surtout les vieux combis Volkswagen qui sont chaussés avec ces gommes-là, ajouta le lieutenant. Il ne doit pas y en avoir beaucoup encore en état de marche dans la région. On devrait avoir la liste avant midi.

Victoire s'approcha du canal. Une vingtaine de petits canots à moteur étaient amarrés à de vieux pontons en chêne.

– Et au fichier, qu'est-ce que ça donne ?

– C'est loin d'être fini, mais on a sorti une ving-taine de noms : anciens militaires, sportifs profes-sionnels, employés du bâtiment, condamnés pour agressions sexuelles. On comparera avec la liste des cartes grises des combis.

Victoire se tourna vers son lieutenant et le dévisa-gea.

– Vous avez dormi, Sarral ?

– Une heure, au bureau, pendant que l'ordina-teur moulinait... Mais moi, c'était du vrai sommeil.

Elle savait à quoi il faisait allusion. Quand le télé-phone avait sonné chez elle, peu après 6 heures, Vic-toire avait aperçu son image dans le miroir de son salon : blême, les yeux cernés. Elle avait passé la nuit sur un canapé, avec Karajan, Bernstein et Furt-wängler, en sourdine. Et beaucoup de café.

– On va l'avoir, madame... Je suis certain qu'on n'est plus très loin de cette ordure.

Elle hocha la tête et sourit. Elle voyait bien qu'il n'en était pas plus sûr qu'elle. Corto sortit alors de la maison. Il traversa le chemin de terre pour les rejoindre, tendit à Victoire l'acte de vente de sa moto et dit :

– Ça m'est revenu pendant que je cherchais : le type s'appelle Linski.

– Mais où vous voulez que je mette ça?

Le chauffeur de taxi ouvrait des yeux ronds. Dans la cour de l'immeuble s'entassaient seize cartons, de la taille d'un emballage de bouteilles d'eau minérale. Roland La Borio del Biau eut un mouvement d'agacement.

– Vous avez bien un break? J'ai commandé un break!

– C'est un camion de déménagement qu'il vous faut.

– Vous m'emmenez, oui ou non?

Le chauffeur se renfrogna.

– Bien sûr que je vous emmène.

Il se baissa, attrapa le premier colis et le souleva en grognant.

– C'est lourd, en plus! Qu'est-ce qu'il y a là-dedans?

– Ça ne vous regarde pas.

Il fallut un quart d'heure aux deux hommes pour charger la voiture. La Borio contrôla chaque carton. A plusieurs reprises, il sortit de la poche d'un vieil imper un épais rouleau de ruban adhésif et une paire de ciseaux pour renforcer ses cartons. Quand il se laissa finalement tomber sur la banquette arrière du taxi, il se rendit compte qu'il tremblait et que la sueur lui dégoulinait sur les tempes. Il n'était plus habitué aux efforts. Il ne se souvenait pas d'avoir jamais soulevé pareille charge. Le chauffeur s'installa au volant, baissa sa vitre.

– On va où maintenant ?

– Roulez. Prenez la direction de Clermont-l'Hérault, je vous indiquerai.

Le chauffeur mit le contact, démarra. Le taxi s'engagea dans les petites rues du centre-ville.

– On va loin ?

– Vous verrez bien.

Le prof avait du mal à respirer. Il se tortilla sur la banquette pour se débarrasser de son imperméable, déboutonna trois boutons de sa chemise en Nylon trempée de sueur. Il grimaça. Ça le dégoûtait ; sa propre sueur l'écœurait. Il détestait tout ce qui émanait du corps et par-dessus tout sa propre odeur... Il voulait en finir le plus vite possible. Il était un peu plus de 9 heures ; il pouvait être de retour dans l'après-midi. Ça lui prendrait du temps de tout faire disparaître. Détruire ! Tout détruire ! Ce qu'il transportait et ce qui était déjà entreposé là-bas. Il allait tout brûler, verser des litres d'essence là-dessus et foutre le feu ! Et quand il ne resterait rien, ou presque, plus de trace, alors il mettrait les voiles. Il fuirait cette horreur... Rome. Il irait à Rome. Linski ne le pourchasserait pas jusqu'en Italie, et si les flics se lançaient à ses trousses, ça ne durerait pas.

– De mon temps, c'étaient les Papous ou les Pygmées qu'on étudiait... C'est quoi votre spécialité, déjà ?

– Ethno-régionalisme, répondit Suzanna.

Les épais sourcils d'Honoré Quéau ondulèrent quand il plissa les yeux.

– Quand j'ai fait l'Ecole normale, il n'y avait que les percepteurs qui s'intéressaient aux paysans... Remarquez, c'est pas d'hier ce dont je vous parle.

Quéau avait une voix et un accent faits pour tenir les meetings rad-soc : tonnerre et rocaille. Son physique de Goliath et sa trogne à la Kessel, avec sa crinière blanche jusqu'aux épaules, soigneusement peignée en vagues, faisaient penser à un loup de mer plus qu'à un maître d'école à la retraite. Il mesurait près de deux mètres et faisait certainement couper sur mesure ses vestes en tweed. Ça devait filer doux, autrefois, dans la cour de récréation. Il avait accueilli Suzanna et Maxime avec gentillesse et bonne humeur, sur la terrasse de sa maison, une ancienne ferme plantée dans un bout du monde, à sept kilomètres du village. Sa femme avait fait une courte apparition, le temps de les saluer, de servir le café et de déposer sur la table une boîte de langues-de-chat. Tout en bavardant avec ses invités, Quéau avalait les gâteaux secs, réunis par trois, après les avoir trempés un quart de seconde dans son bol de café.

– Alors, reprit-il, comme ça, c'est l'incendie de la maison des Vallat qui vous intéresse ? C'était en... attendez voir...

Il se frotta le menton entre le pouce et l'index recourbé, ferma les yeux.

– 1975, coupa Suzanna. Le 7 avril 1975. Comme je vous l'ai dit au téléphone, j'ai trouvé trois coupures de presse qui en parlent. Il a fallu que cet incendie frappe les esprits pour qu'un quotidien régional revienne dessus à plusieurs reprises.

– Ici, on en a parlé pendant au moins deux ans ! s'écria Quéau. Trois morts, tout de même... Heureusement que ça n'arrive pas sans arrêt. Déjà qu'il n'y a plus personne sur cette montagne.

– Qui étaient les Vallat ? demanda Maxime.

– Des gens tout simples, on peut même dire des pauvres. Ils sont arrivés en 72 ou 73, du Puy-en-Velay. Là-bas, le père Vallat avait été employé municipal, cantonnier je crois. Il aurait eu des ennuis, je ne sais pas lesquels. Chez nous, il bricolait : de la charpente, de la menuiserie, un peu de tout. Il bossait dur et il bossait bien, pas une goutte d'alcool, jamais en retard. Sinon, c'était pas un type causant. Jamais bonjour ni bonsoir à personne. La mère s'occupait des gosses.

– Deux garçons, c'est ça ? intervint Suzanna.

Quéau avala trois langues-de-chat et hocha la tête.

– Gabriel et Olivier.

– Vous les avez eus dans votre classe ?

– Comme tous les gosses du coin.

– Vous vous souvenez d'eux ?

– Bien sûr. En un peu plus de trente ans de métier, c'est étrange, ce sont les seuls jumeaux que j'ai eus.

Suzanna sursauta.

– Jumeaux ?

– Les journaux n'en ont pas parlé ?... Ça m'étonne, d'habitude, c'est le genre de détail qui passionne les journalistes. Ça, et les histoires de fesses.

Suzanna s'efforça de sourire. Elle avait pris l'habitude de se faire passer pour une universitaire quand elle enquêtait sur de vieilles histoires. Les gens se montraient plus bavards.

– Lequel des deux a échappé à l'incendie ? demanda Maxime.

– Gabriel... Il devait avoir huit ou neuf ans à l'époque. Le pauvre gosse... Vous vous rendez compte ce qu'il a vécu...

Quéau fronça les sourcils, et son visage changea brusquement. Comme s'il venait d'éprouver une douleur, furtive et vive.

– L'incendie, demanda Suzanna, comment c'est arrivé ?

– On n'a jamais su exactement. Les Vallat habitaient une ancienne grange, en bord de route. Le père l'avait drôlement bien retapée. Une nuit, elle a pris feu. Bon sang ! Ça a flambé comme du bois d'allumettes. En moins d'une demi-heure, c'était un tas de cendres. Personne n'a rien eu le temps de faire... On a retrouvé ce qui restait des corps des parents dans ce qui avait été leur chambre et le cadavre d'Olivier près de l'entrée. On pense que le père et la mère ont été surpris dans leur sommeil et que les gosses ont essayé de se sauver. Olivier n'a pas fait le bon choix. Il n'y a que Gabriel qui s'en est sorti. Il s'est sauvé dans l'escalier, il est monté au grenier et il a sauté par le portillon qui servait jadis à rentrer le foin : sept ou huit mètres minimum. C'est ce qu'il a raconté. Un autre se serait tué ; à cause du tas de caillasse qu'il y avait en bas. Mais c'était du caoutchouc ce môme-là.

– Les articles disent que l'enfant survivant a été suspecté.

– Suspecté ? Vous voulez dire qu'on l'a carrément accusé d'avoir zigouillé toute sa famille, oui !
Ah ! les salauds ! Ils ne se sont pas gênés pour lui
tomber sur le râble, au gamin !

– Pas vous ? coupa Maxime.

Quéau ne le regarda pas.

– Non, monsieur, pas moi. J'ai jamais marché
dans leurs histoires d'envoûtements et de diable-
ries... J'aime bien les gens d'ici, vous savez. Ils sont
généreux et honnêtes, mais dès qu'ils commencent
à avoir peur, ils deviennent terrifiants. Terrifiants
de connerie !

Il essayait de contrôler son émotion, mais il y
avait autant de rage que de dégoût dans le ton du
vieux maître. Suzanna lui tendit son paquet de
cigarettes et demanda doucement :

– De quoi avaient-ils peur ?

– De tout, répondit-il en repoussant les cigarettes. De tout ce qu'ils ne comprennent pas... Ça,
c'est de l'ethno-régionalisme, pas vrai ?

Il ricana et ajouta :

– Dans des coins comme le nôtre, avec deux villages et six ou sept hameaux, très proches les uns
des autres, il y a toujours des vieilles haines, des
vieilles rancunes et des histoires bizarres... Il y a
toujours quelqu'un à qui on en veut à mort, à qui
on ferait volontiers du mal, mais on n'ose pas. Et
puis, sans qu'on sache pourquoi, il lui arrive des
ennuis à ce quelqu'un : sa grange brûle, son bétail
crève, son puits est empoisonné par un cadavre de
chat... Exactement ce qu'on a rêvé de lui faire, à ce
quelqu'un. Quand ça arrive, on commence à se
demander s'il ne suffit pas de penser du mal pour
que ça arrive et on se met à avoir la trouille. Et
puis, très vite, pour se rassurer, on désigne celui
qui va porter le chapeau.

– Gabriel.

Quéau acquiesça.

– Oui... Un gamin de huit ans à peine, vous vous
rendez compte. Ils l'ont rendu responsable de

toutes les vacheries qu'ils se faisaient les uns aux autres. Il est devenu leur tête de Turc, cinq ou six mois avant la mort de son frère et de ses parents. Quand ça commence, une cabale pareille...

Il y eut un silence. Quéau avait tourné la tête, contemplait le vallon et la forêt qui s'étirait en pente douce jusqu'à une rivière. Comme s'il voulait être sûr qu'il n'aurait aucun être humain dans son champ de vision. Suzanna alluma sa cigarette et demanda :

– Qu'est-ce qui s'est passé ensuite, monsieur Quéau ?

– Il n'y avait aucune preuve, et ce n'était quand même qu'un gamin. Il n'a pas été officiellement inquiété. Juste après le drame, Gabriel est allé vivre chez un vieux bonhomme qui adorait le gosse, mais que les gens d'ici détestaient au moins autant que Gabriel. Je crois que le pépère avait envie de l'adopter, mais ça n'a pas marché, bien sûr, il allait avoir quatre-vingts ans ! Un jour, la Ddass est venue chercher le môme. Gabriel a cru que c'était le vieux qui les avait appelés pour se débarrasser de lui. Il s'est mis à hurler ; il a voulu se sauver, mais ils l'ont rattrapé avant qu'il n'atteigne la forêt. Ils l'ont emmené à Nîmes et on ne l'a plus jamais revu.

– Qui était ce bonhomme, ce vieux dont vous parlez ?

– Un drôle d'énergumène, celui-là aussi ! Givré au dernier degré, mais pas méchant, au contraire, d'une grande tendresse avec les gosses, surtout avec Gabriel. Il s'appelait Bernard Chautilef, vous connaissez son nom, peut-être ?

Suzanna et Maxime firent la même moue, au même moment. Quéau sourit, sincèrement cette fois.

– Un grand physicien, reprit le vieil instit. Il était d'origine ukrainienne, je crois, et il s'était fait la belle pendant un congrès à Paris, juste après guerre. Il avait obtenu sans problème la nationalité française, c'était un scientifique de premier ordre, spécialiste de physique quantique, de la théorie du chaos... Je n'y entends pas grand-chose, franchement. Il a publié un nombre considérable d'ouvrages qui font référence avant de perdre les pédales.

– Il est devenu fou ?

– C'est beaucoup dire. Un illuminé plutôt. Il s'était retiré ici depuis une dizaine d'années déjà quand Gabriel et sa famille se sont installés. Je crois qu'il n'était plus en odeur de sainteté dans les milieux scientifiques officiels. Il racontait des trucs sur l'Apocalypse et les grands anciens qui dominent le monde, les créatures invisibles... vous voyez le genre.

– Et lui, qu'est-il devenu ?

– Mort, deux ans après le départ de Gabriel. Un jour, il a débarqué dans le village en hurlant que les créatures des ténèbres étaient arrivées. Il a failli se faire écraser par l'autocar. Alors, les gendarmes l'ont embarqué et ils l'ont fait enfermer. C'est le notaire qui s'occupait de sa succession qui nous a appris son décès. Il paraît qu'à l'hosto il ne mangeait plus, il restait recroquevillé sur son lit, épouvanté par les monstres qui lui trottaient dans la tête.

– Il habitait dans le village ?

Quéau eut un sourire malicieux.

– Il vivait ici, dans cette maison. Je l'ai rachetée quand il est mort. Personne ne voulait de la baraque d'un fou ! Il y avait un bric-à-brac insensé là-dedans, surtout des livres et des dossiers, des milliers de dossiers poussiéreux.

– Qu'est-ce que vous en avez fait ?

– Rien. Juste avant que je commence les travaux, quelqu'un est venu les récupérer. Chautilef lui avait légué ses papiers, si je me souviens bien.

– Vous le connaissiez ?

– Non, mais je dois avoir encore son nom quelque part. Je lui ai fait signer un papier.

Il s'interrompit, empoigna l'anse de la cafetière, la soupesa. Elle était vide.

– Vous voulez que je demande à ma femme de refaire du café ?

Maxime se leva.

– On ne va pas vous ennuyer plus longtemps... A quoi il ressemblait, Gabriel ?

– Blond, les yeux verts, pas très grand, pas bien lourd mais il pétait le feu. C'était le meilleur en gymnastique. Sinon, comme son père : silencieux, secret. Quand il n'était pas à l'école, il passait son temps seul dans la montagne.

– Et Olivier ?

– Physiquement, la copie conforme de son frère. Mais son caractère était à l'opposé de celui de Gabriel : brillant en classe, séduisant. Il s'était mis tout le village dans la poche... Les gens sont bizarres. Moi, je n'ai jamais accroché avec Olivier.

– Pourquoi ?

– Il jouait la comédie. Tout gosse, c'était déjà un manipulateur, un calculateur. Il était prêt à changer de comportement d'un instant à l'autre pour obtenir ce qu'il voulait. Je n'aimais pas son regard. Il était froid, comme une flaque d'eau sous la lune.

Suzanna se leva à son tour.

– Monsieur Quéau, ça vous ennuierait de chercher le nom de la personne qui a emporté les affaires de Chautilef et de m'appeler ?

– J'aurai du temps ce soir ; je vais jeter un coup d'œil dans mes paperasses.

Suzanna déposa sa carte sur la table et tendit la main à l'instit. Il ne la prit pas.

– Vous n'êtes pas plus ethno-machin-truc que moi, n'est-ce pas ? Il n'y a que Gabriel qui vous intéresse.

Elle se raidit, retira sa main.

– Vous êtes quoi, au juste ? insista Quéau. Des flics ? Des journalistes ?

– Ni l'un ni l'autre, mentit Maxime. On a des problèmes avec un dingue qui joue avec le feu... Chez moi. Une femme est morte.

Quéau le détailla de la tête aux pieds, sans sympathie.

– Et qu'est-ce qui vous fait croire que c'est Gabriel ?

– Rien, intervint Suzanna. J'ai eu une information sur un enfant pyromane à Saint-Roman, j'ai fouillé dans les archives et j'ai trouvé cette histoire, c'est tout... Je suis désolée de vous avoir menti.

Quéau croisa les bras et se balança sur sa chaise. Il continuait d'observer Maxime mais paraissait réfléchir.

– Personne ici n'a jamais revu Gabriel Vallat, dit-il finalement. Personne ne s'en est jamais plaint... Même pas moi. Pourtant, j'ai été le seul avec Chautilef à défendre le gamin quand on l'a accusé. Mais seulement parce qu'il n'y avait aucune preuve, parce que ces imbéciles superstitieux étaient prêts à le lyncher et que j'ai détesté ça.

Il marqua une courte pause, fit reposer les quatre pieds de sa chaise sur le dallage de sa terrasse et se tourna vers Suzanna :

– Maintenant, madame, si vous me demandez si je pense que Gabriel était capable d'empoisonner les puits, je vous réponds non. Est-ce qu'il aurait pu faire crever du bétail ? Encore non. Gabriel n'aurait pas pensé à ça. Pas tout seul du moins. Pas de sa propre initiative...

– Qu'est-ce que vous sous-entendez, monsieur Quéau ? Vous voulez dire que quelqu'un aurait pu le pousser à commettre des actes de malveillance ?

– Ce n'est pas impossible.

– Et qui aurait pu se servir de lui ? Ce bonhomme qui l'a recueilli ensuite ?

– Bernard Chautilef ? Certainement pas ! Le vieux était peut-être cinglé, mais il n'aurait pas fait de mal à une mouche.

– Alors à qui pensez-vous, monsieur Quéau ? demanda Suzanna.

Quéau se tut, serra les mâchoires. Son visage se durcit. Il devait détester les pensées qui lui traversaient l'esprit.

– Vous pensez, comme tous les gens du coin, que c'est bien Gabriel qui a mis le feu à la maison, n'est-ce pas ? dit doucement Maxime. Mais ce dont vous êtes persuadé, c'est que ce n'était pas sa décision de tuer ses parents... Je me trompe ?

– Non... Vous ne vous trompez pas. Celui qui menait le jeu, celui qui l'a toujours mené, pour les puits, pour le bétail et sans doute pour le dernier acte, c'était Olivier.

Elle pouvait l'apercevoir à travers la vitre, mais elle devait tendre le cou. Il était entouré d'appareils semblables à d'énormes photocopieuses. Elle regarda son visage ; il semblait dormir, il ne paraissait pas souffrir. C'était étrange de le voir dans un lit : un vieil homme malade. Il en devenait émouvant... Victoire n'aurait jamais imaginé que la santé de Diaz pût un jour la préoccuper. Elle avait demandé au médecin de lui expliquer ce qui se passait et il s'exécutait poliment. Elle captait des mots : « Filtration du plasma sanguin... anurie avec urémie... Déshydratation cellulaire... facteurs hémodynamiques préoccupants... Hyperkaliémie et une acidose... complications... » Et ne comprenait rien à ce qu'il disait. Une seule question l'intéressait.

— Est-ce qu'il va s'en sortir, docteur ?

— Oui, mais il faudra qu'il soit très prudent et qu'il évite toute fatigue. Si vous avez besoin de lui, je crains qu'il ne puisse se remettre au travail avant...

— Je me moque de ce qu'il fera, coupa-t-elle en se détournant de la vitre, et de Diaz, pour faire face au médecin. Tout ce que je veux, c'est qu'il vive... à peu près normalement. C'est possible ?

— Oui, c'est possible.

— Alors, c'est bien.

Vingt minutes après voir quitté la clinique, Victoire avait regagné le SRPJ. Quand elle poussa la porte de la salle de réunion, Lavolpière, Sarral et le légiste l'attendaient, ainsi que quatre autres membres de son équipe. Sur le tableau, les notes qu'elle avait inscrites après la découverte du corps de Fendeille... Elle ôta sa veste et la jeta sur le dossier d'une chaise.

– Où est-il ?

– Linski et Suzanna Nolde rentrent à Montpellier, répondit Sarral. Ils sont à bord d'une Seat Ibiza bleue de location. C'est la journaliste qui conduit. Notre équipe les suit.

– A distance, j'espère, je ne veux pas de grabuge et encore moins d'une opération de cow-boys.

– Ils savent qu'ils doivent ne pas les coller et ne pas se faire repérer. Je leur ai demandé de se tenir prêts, rien d'autre. La dernière fois que je leur ai parlé, ils approchaient de Saint-Martin-de-Londres. A la vitesse où ils vont, ils entreront dans Montpellier dans une demi-heure... A moins qu'ils ne prennent une autre direction.

Victoire se tourna vers Lavolpière.

– Vous avez appelé mon correspondant à Paris ?

– Oui, madame. Il sera à son bureau dans dix minutes, d'après ce qu'on m'a dit.

– Merci... Qu'est-ce que Nolde et Linski sont allés faire dans les Cévennes ?

Sarral s'était levé, il poussa vers elle une feuille arrachée d'un bloc où il avait inscrit le nom, l'adresse et le numéro de téléphone de l'homme à qui Suzanna et Maxime avaient rendu visite.

– Ils ont causé pendant une petite heure avec ce type-là, un ancien instituteur, si j'ai bien compris.

Elle consulta la note, puis la poussa vers un de ses hommes.

– Alertez la gendarmerie : dès que nous aurons mis la main sur Linski, qu'ils aillent interroger ce Quéau. Je veux savoir qui il est et ce qu'ils lui voulaient...

Elle écarta une chaise, et s'assit sur le bord de la table pour s'adresser au légiste.

– Vous avez examiné le cadavre du labo photo ?

– C'est bien Laure Roussayrolles, sans hésitation. La mort est sans doute intervenue hier, entre 16 et 19 heures. Il lui a brisé les cervicales.

– Elle n'a pas été tuée par balle ?

– Non. On lui a bien tiré une balle dans le cœur, mais elle était déjà morte.

Victoire se renfrogna. L'usage d'une arme à feu ne collait pas avec le reste du rituel. Seule hypothèse plausible : qu'il ait tiré dans la poitrine de Laure Roussayrolles pour ensuite abandonner l'arme et qu'on la retrouve. Mais dans quel but ?

– On a des renseignements sur le Beretta ? demanda-t-elle à Sarral.

– Oui : il a été volé dans un club de tir de la région parisienne au mois de mai 1993.

– Quelqu'un a été soupçonné au moment du vol ?

– Non. Le Beretta était dans un lot de onze armes de poing dérobées après effraction. Des casseurs professionnels, ça ne fait pas un pli.

Victoire hocha la tête. Le pistolet pouvait avoir changé de main dix fois en cinq ans. Elle se tourna de nouveau vers Cardos.

– Pour l'heure du crime, vous êtes formel ?

– Pas de doute. Ce serait un peu long à vous expliquer, mais lorsqu'il l'a brûlée, elle était morte depuis au moins six ou sept heures. En revanche, les mutilations ont été effectuées immédiatement après la mort, y compris la blessure par balle... Cette fois encore, il n'y a aucune trace apparente de sévices à caractère sexuel, mais la victime n'avait rien bu et rien mangé depuis des jours. Elle devait être à bout de forces quand elle a été tuée. Pas de trace de coup, ni sur le crâne ni sur la nuque. Je pense qu'il a fait ça... à la main, si je puis dire. Nous avons effectué des prélèvements sur le corps et dans la boutique, en particulier sur la moquette, mais je doute que ce soit utilisable. Il y a beaucoup de passage dans ce labo et le ménage n'avait pas été fait.

Victoire baissa la tête, réfléchit. La veille, Linski avait semé Lavolpière en début d'après-midi et n'était réapparu que vers 20 h 30. Il avait eu le temps...

– La victime de Fendeille est bien Angélique Candolle, reprit Cardos. Son ami nous a transmis des radios et d'autres renseignements médicaux qui ne laissent aucun doute... Dans ces documents, j'ai noté qu'elle était soignée pour une fistule uré-téro-vésicale qui d'ailleurs n'était pas complète-ment guérie, puisqu'elle n'avait pas achevé son traitement. Etant donné l'état des organes concer-nés, j'aurais été bien en peine de le constater.

Cette fois, Victoire se figea. Sarral voulut inter-venir, mais d'un geste elle lui imposa le silence.

– Attendez un instant... Si j'ai bonne mémoire, Julia Lezavalats avait attrapé une hépatite A il y a quelques années.

– Exact, répondit le légiste. J'ai lu moi aussi dans le dossier que vous m'avez transmis qu'elle était suivie, parce qu'il y avait eu des complica-tions. Un phénomène rare, puisque d'ordinaire on guérit de l'hépatite A en deux ou trois semaines...

– Sur les photos du cadavre, dit Victoire, c'est le flanc droit qui semble le plus abîmé, comme s'il avait été vidé... Angélique Candolle souffrait des voies urinaires, Cathy Mathas avait les bras pourris à force de se planter ses seringues, Julia Lezavalats avait le foie malade...

Elle prit une inspiration avant de demander :

– Laure Roussayrolles était-elle malade, tou-bib ? Quelque chose aux yeux et aux lèvres ?

Cardos attrapa son dossier, consulta les docu-ments que les policiers avaient réunis au domicile de la victime et auprès de sa mère.

– Herpès... Kérato-conjonctivite allergique...

– OK, coupa Victoire. Maintenant, on sait pourquoi il mutile ses victimes. Ça fait partie du rite, comme le feu : il les purifie. Il veut qu'elles soient parfaites, intactes, quand on les trouve, débarrassées de leurs tares.

– Mais il fallait qu'il sache qu'elles avaient ces problèmes, coupa Sarral. A moins qu'il ne soit leur médecin, c'est impossible.

– Je connais les bobos de la plupart des gens que je côtoie, répliqua Victoire. Avec les impôts et les problèmes scolaires des gosses, c'est le principal sujet de conversation de nos concitoyens. Il est dingue, mais il est très malin... Assez malin pour manipuler n'importe qui et lui faire raconter sa vie, comme ça !

Elle claqua des doigts.

– Quoi d'autre ?

– Charly a fait fonctionner sa mémoire, dit Lavolpière. Il nous a donné quatre noms de filles avec lesquelles Linski a couché. Nous essayons de les trouver, mais ce n'est pas simple : aucune n'a de domicile fixe.

– On a montré la photo de Linski à Victor Lesourtigues, le type qui a trouvé les restes d'Angélique Candolle dans la tour de Vias. Il l'a reconnu... Et puis l'oiseau connaissait aussi Laure Roussayrolles.

– Quel oiseau ?

– Eh bien, je veux dire Linski...

– Comment ça, il la connaissait ?

– Nos gars ont épluché les carnets à souches du labo. Il y a un mois, Maxime Linski a déposé des films 8 mm pour les faire transcoder en films vidéo et il est repassé les prendre six jours plus tard. D'après le patron du labo, c'est bien l'écriture de Laure sur le bordereau.

Victoire hocha la tête.

– OK. On le serre dans Montpellier, mais le plus discrètement possible. Dites aux gars qu'ils ne l'arrêtent pas seuls, dans la mesure du possible. Qu'ils nous appellent dès que leur voiture entrera en ville. S'ils peuvent déterminer la direction que prennent Nolde et Linski, on essaiera de les rejoindre. En cas d'urgence, ils ont carte blanche. Mais soyez clairs : pas de conneries.

Elle regarda l'horloge : un quart d'heure s'était écoulé.

– J'ai un coup de fil à passer, conclut-elle en attrapant sa veste. On reprend juste après. En attendant, vous effacez mon baratin sur le tableau et, à la place, vous affichez les photos des victimes, une fiche sur chacune, le dessin de l'arme avec laquelle elles ont été mutilées et une carte de la région.

Victoire se rendit dans son bureau, ferma la porte et resta debout près du téléphone pour composer un numéro, à Paris. Elle n'aimait pas utiliser ses relations pour conduire ses enquêtes, question d'orgueil, mais son interlocuteur pouvait lui faire gagner du temps et elle était sûre de sa discrétion. Un minimum quand on aspire à faire carrière à la Sécurité du territoire. Victoire préférait que certaines de ses recherches restent secrètes, si elles se révélaient vaines. Elle entendit trois sonneries avant qu'on ne décroche.

– Je voudrais parler à Paul Damien, s'il vous plaît.

– C'est moi, ma poule, j'ai reconnu ta voix. Ma secrétaire m'a dit que tu essaierais de me joindre. Ça fait un bail qu'on s'est pas vu.

– Trois, quatre ans. La dernière fois, c'était pour le pot d'adieu du patron de l'école de police... Toujours barbouze ?

– Barbouze en chef, s'il te plaît ! Fini les planques et les filatures, maintenant, je lis des fiches confuses, bourrées de fautes de syntaxe, et je ponds des rapports les plus abscons possible.

– C'est justement tes petites fiches qui m'inté-ressent, Paul, surtout l'une d'elles, plutôt confiden-tielle.

– Je m'en doutais. Raconte.

– Je voudrais en savoir un peu plus sur l'auteur d'un bouquin, Frédéric Baluthan, et sur ceux qui l'ont publié il y a une trentaine d'années, les édi-tions du Tchö, à Nîmes.

– Attends, je note... Il te faut ça pour quand ?

– Le plus vite possible.

– Alors ça sera très cher : une invitation à passer un week-end chez toi avec ton géant et tes petites poulettes.

– Marché conclu. Viens quand tu veux.

– Je m'occupe de ton écrivain et je te rappelle... Tu as une sale affaire sur les bras, si j'ai bien compris, une fille passée au chalumeau dans la boutique d'un photographe, c'est ça ?

Victoire accusa le coup.

– Comment tu sais ?

– Mon boulot, ma poule... C'est tout simple, j'ai une photocopie de la une du *Languedoc républi-cain* de demain, mais pas l'article qui va avec. Si tu veux mon avis, ils vont te mettre la pression.

– C'est déjà fait... Merci, Paul. J'attends ton appel.

Vincent Floque et Remy Lenoyer : cent vingt ans à eux deux. Leur activité favorite consistait en une savante addition de leurs points de retraite respectifs et il n'était plus question pour eux d'offrir leur poitrine aux balles d'un petit malfrat du Midi. Mais c'étaient de bons flics. L'un avait fait carrière à Lyon, l'autre à Marseille. La filature était leur seconde nature. Ils avaient suivi sur des routes désertes la Seat bleue de Suzanna et Maxime, sans faire repérer leur R19 noire, de Montcalmès à Saint-Roman et des Cévennes à Saint-Martin-de-Londres. Ils pouvaient tenir des heures, patients et invisibles : ils avaient une Thermos de café, des pistaches en sachets, les beignets de Mme Floque.

Il était 9 h 37 quand ils avaient reçu l'appel de Sarral leur donnant l'ordre d'arrêter Linski. Ils avaient souri lorsque l'adjoint de la patronne leur avait recommandé de ne pas jouer les cow-boys. Ils n'y auraient même pas songé. Camin Ferrat voulait qu'ils demandent de l'aide dès qu'ils seraient dans Montpellier ; c'était parole d'Evangile.

— J'espère qu'ils vont pas tourner quelque part, dit Lenoyer qui tenait le volant.

— D'ici à La Paillade, il n'y a pas trente-six solutions, répondit Floque. Soit ils piquent à droite tout de suite vers Viols et Puéchabon et, dans ce cas, ça veut dire qu'elle dépose le Linski chez lui. Soit ils rentrent en ville direct.

– A moins qu'ils n'aient un autre peigne-cul à visiter dans un coin... Ou qu'ils ne veuillent se payer une rigolade dans la garrigue.

– Tiens, fais gaffe, on approche du carrefour de Viols...

Il ouvrit la boîte à gants, sortit ses jumelles. Ils avaient laissé près de huit cents mètres et quatre véhicules entre leur voiture et celle de Suzanna. Floque leva les jumelles, fit le point...

– Elle a pas mis le cligno... Elle freine pas... C'est passé. Ils vont à Montpellier.

Il rangea les jumelles, referma la boîte à gants.

– Je demande du renfort...

Suzanna aurait voulu faire halte à Saint-Martin, le temps d'un café à la terrasse du bar des Touristes, près de la fontaine, mais Maxime avait refusé. Il tenait à récupérer au plus vite son camion, prudemment abandonné la veille au soir dans un parking de Montpellier, après sa tournée des bars. Suzanna avait du mal à se concentrer sur la conduite ; leur conversation avec Honoré Quéau la laissait perplexe. Elle ne comprenait pas pourquoi son informateur anonyme l'avait orienté vers cette histoire d'enfant incendiaire, sinon pour désigner le coupable des trois meurtres récents. Gabriel Vallat... Etait-ce vraiment lui l'enfant de Saint-Roman, dans « la nuit noire de l'âme » ? Gabriel n'était pas natif du village. Elle avait peut-être fait fausse route en orientant les recherches de Longour sur les incendies. Avec ses fax à énigme, son informateur commençait à l'agacer...

– Comment étais-tu au courant de cette histoire ? demanda soudain Maxime.

Elle quitta la route des yeux pour l'observer. Il n'avait pratiquement pas desserré les dents depuis les Cévennes.

– Par hasard, grâce aux articles du canard.

– Tu t'es tapé vingt ans d'archives du *Langue-doc républicain*?

Piégée, parce qu'elle n'était plus sur ses gardes, elle ne répondit pas, décida aussitôt de doubler le véhicule qu'elle venait de rattraper.

– Tu me prends pour un abruti, Suzy.

– Qu'est-ce qui t'arrive? C'est ta parano qui te reprend?

Elle se rabattit plus rapidement qu'elle n'aurait voulu.

– Il y a quelqu'un qui t'informe.

– Mais non!

– J'ai passé la moitié de ma vie à faire des affaires et quand quelqu'un détient des informations que je n'ai pas, je m'en rends compte...

– Tu débloques.

Maxime ne tomba pas dans la provocation et insista.

– Qu'est-ce que tu sais exactement, Suzanna? Qui te renseigne?

Elle le regarda de nouveau. Il paraissait plus inquiet que furieux. Elle se sentait capable de lui mentir sans vergogne, mais elle ne voulait pas se fâcher avec lui. Il avait compris, et si elle persistait à nier...

– Même si c'est vrai, ça ne te regarde pas.

Le ton manquait de conviction.

– Ça me regarde, Suzy. Les flics me tournent autour et toi tu as une piste... Qui te tuyaute?

Suzanna soupira. Elle devait lui répondre. Mais pas question de lui parler des fax; il demanderait aussitôt à les voir.

– J'ai reçu des appels anonymes, grommela-t-elle.

– Un homme ou une femme?

– La voix était camouflée.

– Combien d'appels?

– Quatre. Un après chaque meurtre et le dernier hier, à propos d'un enfant de Saint-Roman.

— Pour te dire quoi ?

— En gros, qu'il s'agissait du même assassin et qu'il prélevait des organes.

— Qu'est-ce qu'il veut de toi ?

— Je ne sais pas... Peut-être que je fasse boucler le ou les assassins pour éviter d'être compromis d'une façon quelconque.

Maxime parut moins anxieux.

— Pourquoi tu m'as raconté cette histoire de secte sataniste ?

— Parce que je suis convaincue que ce sont des crimes rituels commis par un groupe, ou un membre d'un groupe qui a pris au pied de la lettre le discours de je ne sais quel gourou. Il est plausible que ce soit un autre membre de la secte qui m'informe discrètement... Mais ça fait des semaines que j'enquête sur les sectes de cette espèce qui sont actives dans la région et que je ne trouve pas le moindre début de piste... Pour être franche, je ne vois pas ce que l'histoire du gamin incendiaire de Saint-Roman vient faire dans ce que j'ai imaginé.

Ils venaient de passer le carrefour de Viols. Maxime regarda sur sa droite la route qui menait à Fendeille... Il doutait encore que Suzanna lui ait révélé tout ce qu'elle savait, mais les interrogations qu'elle venait d'exprimer étaient sincères.

— Est-ce que tu as déjà entendu parler de la légende du diable du causse ? demanda-t-il. Gardiol, l'Hortus, les types enfermés dans les grottes, Germain de Montferrand, tous ces trucs-là ?

— Je connais, comme tout le monde. Pourquoi ?

Maxime hésita encore un instant et se décida finalement à lui révéler l'énigme des femmes enterrées au néolithique à Fendeille. Il raconta aussi sa visite à Roland La Borio del Biau et sa conversation avec Luce Winfield, lors du dîner.

— Est-ce que tu crois que des satanistes d'un groupe quelconque pourraient être fascinés par ces histoires ?

Elle haussa les épaules.

– Probable, oui, mais je n'en ai pas entendu parler.

Il se passa la main sur le visage, puis attrapa son paquet de Craven. Il était vide. Suzanna lui tendit ses cigarettes.

– À quoi tu penses exactement, Max ?

Il pêcha une Winston, arracha le filtre avec ses dents, le cracha entre ses pieds et alluma la cigarette.

– Je pense que celui qui assassine ces femmes trouve son inspiration dans les légendes du causse... Et il est loin d'être fou, parce qu'il a trouvé le moyen de détourner les soupçons sur moi.

– Tu dis ça parce qu'on a trouvé un corps sur ton terrain ? Tu n'exagères pas un peu ?

– Non, Suzy, ce n'est pas seulement pour ça... Je connaissais Cathy Mathas.

Surprise, Suzanna donna un coup de volant. La Seat fit une embardée. En quelques mots, Maxime lui résuma son entrevue avec Victoire Camin Ferrat et la façon dont il avait approché Cathy Mathas.

– Ça n'a rien d'un hasard, Suzy, conclut-il. L'assassin a choisi de tuer Cathy Mathas parce que je l'ai connue, et il a balancé le corps de l'autre femme à Fendeille parce que c'est chez moi... Il fait ça parce qu'il sait qu'on m'a collé sur le dos la mort de la petite Mouchez, il y a trois ans, parce qu'elle avait été trouvée sur un de mes terrains. C'est quelqu'un qui me connaît très bien.

Suzanna se tut. La théorie de Maxime la troublait, mais elle était surtout écœurée par le récit de ses parties de jambes en l'air rémunérées avec les junkies de la Comédie.

– Quant à ton informateur, reprit-il, je crois qu'il te mène en bateau avec ce gosse de Saint-Roman.

212

– Ce n'est peut-être pas le bon « enfant ». Ou bien ce qu'il a voulu m'indiquer, c'est peut-être le vieux dont Honoré Quéau nous a parlé : Bernard Chautilef. Si j'ai bien compris, lui aussi était un passionné d'occultisme.

– Mais il est mort. Celui qui veut me faire porter le chapeau est bien vivant.

Ils avaient dépassé le carrefour des Matelles et s'approchaient de celui de Saint-Gély-du-Fesc. Suzanna ralentit ; les gendarmes plaçaient toujours leur radar avant la bretelle de la quatre voies qui menait à l'entrée de Montpellier.

– Tu as un nom en tête, n'est-ce pas, Max ? dit-elle doucement.

– Possible, oui.

– Pourquoi ne veux-tu pas me le dire ?

– Je préfère vérifier quelque chose avant de le désigner, même à toi.

Suzanna accéléra de nouveau sur la longue ligne droite. Au loin, elle pouvait distinguer les tours du quartier de la Paillade. La circulation était fluide ; ils arriveraient à Montpellier dans moins de cinq minutes.

– Tu as tort de te sentir visé, Max, dit-elle. Même si Camin Ferrat t'a mis cette photo sous le nez, ça ne veut pas dire qu'elle te croit coupable.

Maxime ricana.

– Je t'en prie, épargne-moi le couplet bienveillant... Si tu ne me connaissais pas comme tu me connais, tu n'aurais pas un doute ? Tu ne me soupçonnerais pas d'avoir pu tuer ces femmes ?

– Non.

– Allons, réponds-moi franchement : imagine que tu ne m'aies jamais vu, que l'on t'annonce le métier que j'ai fait, que l'on t'apprenne que j'ai déjà été accusé d'un meurtre d'enfant, que ma femme m'a quitté à cause de ça, que je vis seul dans une ruine pleine de fantômes, que j'ai fait un séjour en hôpital psychiatrique et qu'en plus je connaissais une des victimes... On pourrait aussi t'expliquer qu'il existe des malades qui commettent des actes épouvantables dont ils ne se souviennent pas le lendemain. Qu'est-ce que tu en penserais, Suzanna ?

Il y eut un silence. Suzanna ne ralentit pas, ne laissa paraître ni surprise ni crainte. Elle n'avait rien envie de répondre. Mais Maxime insista, alors elle murmura :

— Tu ne m'avais jamais dit que tu avais été interné, Max.

Lorsqu'elle pénètre dans Montpellier, la route de Ganges longe l'Institut de pharmacologie Ambroise-Paré, l'hôpital La Peyronie, et devient l'avenue Charles-Flahaut. Un peu plus loin, au carrefour du Creps, le dispositif policier était en place. Deux voitures attendaient que Floque et Lenoyer donnent le signal de la chasse. La camionnette de tête, dans laquelle avaient pris place Sarral et deux collègues, se dirigerait vers le Corum dès que la Seat bleue aurait franchi le pont du Verdanson, de façon à la précéder et en être séparée par une dizaine de voitures. Dans le deuxième véhicule, Lavolpière était seul. Il se laisserait dépasser par la Seat puis par la R19 de Floque et Lenoyer avant de s'immiscer dans la circulation. Le principe du piège était simple : au moment propice, la voiture de tête ralentirait pour se faire doubler petit à petit par les véhicules qui la séparaient de la Seat, la R19 de Floque et Lenoyer suivrait immédiatement Nolde et Linski, et Lavolpière se porterait à la hauteur de la Seat pour éviter qu'elle ne tente de se dégager par la gauche. La camionnette de tête s'immobiliserait et les hommes de Camin Ferrat cueilleraient Linski en douceur.

Tout se passa comme prévu. Les hommes de la PJ pouvaient toujours voir si leur proie ne bifurquait pas. Dans la rue Auguste-Broussonnet, puis sur les boulevards Pasteur et Louis-Blanc, la circulation était dense et des bouchons se formaient lorsque les feux passaient au rouge. Par radio, Sarral donna à ses collègues l'ordre d'attendre que le grand souterrain ait été franchi avant de procéder à la manœuvre prévue. Il y avait de fortes probabilités pour que Suzanna Nolde ne se rende pas à la gare mais chez elle, dans le quartier de la Comédie. Le passage du tunnel, très encombré, dura une dizaine de minutes pendant lesquelles les policiers ne purent voir la Seat. Mais il n'existait aucune échappatoire à cet endroit. A la sortie, sur l'avenue Jean-Mermoz, la circulation redevint plus fluide et Sarral demanda à son pilote de ralentir.

– Floque, vous êtes prêts ?

– On commence à doubler et Lavolpière nous colle au pare-chocs. On sera juste derrière la Seat dans une minute.

– OK... Je la vois dans le rétro, elle nous rattrape. On les serre juste après le carrefour, à l'entrée d'Antigone.

La camionnette ralentit encore, se fit dépasser par six véhicules, et l'homme qui se tenait à l'arrière put enfin distinguer nettement la voiture qu'ils devaient immobiliser.

– Y'a un malaise, les gars, lança-t-il. Linski n'est pas à bord ! Je vois que la poulidette.

Sarral sursauta, quitta le siège du passager et rejoignit précipitamment son collègue à l'arrière de la camionnette équipée de vitres sans tain. La Seat était juste derrière eux. Suzanna était au volant. Seule.

– Fatch de con ! Bordel de bordel !

Il retourna le plus vite possible à sa place, intima l'ordre au pilote de poursuivre sa route et s'empara de l'émetteur.

– Opération annulée ! cria-t-il. On laisse filer la fille. Linski a dû descendre dans le souterrain et rejoindre les parkings... Ce fumier nous a baisés !

Le cendrier en bronze vola à travers la pièce, roula sur la moquette, s'arrêta contre une plinthe. Victoire raccrocha brutalement le combiné et souffla en grimaçant sur le revers de sa main gauche. Elle avait oublié que ce cendrier était si lourd. Elle ferma les yeux, s'efforça de retrouver son calme. La fatigue se faisait sentir ; elle avait mal aux reins et des frissons couraient sur ses bras. Ils l'avaient laissé filer... Victoire prit une inspiration, rouvrit les yeux et se pencha sur son bureau. Elle enfonça une touche de l'Interphone.

— Repassez-moi Sarral.

Elle attendit une minute avant que son téléphone ne sonne et décrocha.

— Où êtes-vous ?

— Nous remontons vers le Corum. En fait, on tourne en rond.

— Qu'est-ce que vous attendez ?

— Eh bien, je ne sais pas... On imaginait que vous alliez déclencher le branle-bas de combat : avis de recherche, barrages, gendarmerie, hélicos, et on se tenait prêt.

— Pas question ! Je ne veux pas que quiconque sache qu'on cherche à arrêter Linski, surtout quand on se fait mettre dans le vent comme des bleus, c'est compris ?

— Compris.

— Alors, vous lâchez vos deux acolytes sur le premier coin de trottoir ; vous dites à Floque et Lenoyer de garer leur chère bagnole et vous les envoyez dans les parkings, on ne sait jamais. Et s'ils ne le trouvent pas, qu'ils continuent à sillonner le centre-ville. J'envoie trois hommes supplémentaires les aider. Dites à Lavolpière de foncer à Montcalmès. Il s'installe et il attend. Et vous, vous rentrez ici dare-dare, parce que j'en ai marre d'attendre. J'ai autre chose à faire.

Elle raccrocha et se leva. Elle détestait engueuler ses hommes et plus encore recevoir les appels de la mairie et des médias. Depuis que le meurtre de Laure Roussayrolles s'était ébruité, le téléphone n'arrêtait pas de sonner. Bientôt, ce seraient les visites et elle serait coincée. Elle n'avait rien à répondre à personne. Rien!... Sinon que le seul suspect possible s'appelait Maxime Linski. Et il était hors de question qu'elle dise ça sans la moindre preuve.

Avant de quitter le SRPJ, elle fit en sorte que des hommes partent en renfort en centre-ville et qu'on demande à la gendarmerie de lui signaler le camion de Linski s'il était repéré. Tandis qu'elle donnait ses ordres, on lui apporta la liste des combis Volskwagen, d'un modèle antérieur à 1975, immatriculés dans l'Hérault. La liste couvrait deux pages entières. Elle commença de les consulter tout en enfilant sa veste. Un seul nom de propriétaire retint son attention : André Grisola.

Elle alla droit au fax, par réflexe. Mais le bac de réception était vide, cette fois. Suzanna vérifia que l'appareil était en ordre de marche, que le chargeur contenait assez de papier vierge, referma le tiroir et posa enfin son sac. Elle jeta un coup d'œil à la lampe témoin de son répondeur qui clignotait à un rythme soutenu. Le cadran indiquait qu'elle avait reçu quatre appels depuis son départ. Elle avait d'abord besoin d'un café fort.

Elle se rendit dans la cuisine, prépara son breuvage favori et s'assit sur le bord de la table en attendant que la machine pisse son demi-litre réglementaire. Suzanna était encore choquée par les révélations de Maxime. D'abord par le fait qu'il ait connu Cathy Mathas, surtout de cette façon-là. Payer des filles ramassées sur le trottoir... Des gosses paumées, des junkies... Elle l'imaginait couchant avec ces filles comme il couchait avec elle. Les mêmes gestes ? La même jouissance ? Elle eut un haut-le-cœur... Bien sûr, Maxime n'avait jamais été le type même de l'individu équilibré. Bien sûr, sa sexualité s'était depuis longtemps éloignée du cadre de la banalité, sinon de la normalité. Bien sûr, il aimait ça, il avait besoin de ça. N'empêche... Il la dégoûtait et c'était la première fois qu'elle ressentait cela. Et puis ce séjour en HP... Quand elle lui avait fait remarquer qu'il ne lui en avait jamais parlé, il s'était senti piégé, s'était embrouillé, avait parlé de dépression et de baisse de tension, avec la volonté de minimiser l'importance de son internement. Suzanna n'avait pas été dupe. Quelque chose lui avait fait perdre les pédales, mais quoi ? Elle s'efforça de se souvenir de lui à cette époque-là... Deux ans et demi... Il venait juste de divorcer, avait toutes les peines du monde à approcher son fils. Il y avait de quoi craquer. Mais jusqu'où pouvait aller un type comme Maxime Linski quand il craquait ?... Un instant, Suzanna songea que son informateur anonyme avait pu la choisir parce qu'il supposait qu'elle connaissait l'assassin. Ou qu'il était persuadé qu'elle le connaissait... Elle se redressa, se servit du café et s'efforça de chasser cette idée bizarre, désagréable. Elle essaya de toutes ses forces mais elle n'y parvint pas.

Elle jeta deux sucres et une cuillère dans son bol, regagna son bureau et s'arrêta devant les fax épinglés au mur. « L'ange de la fontaine », c'était Cathy ; Maxime lui avait dit qu'il avait dragué Cathy place de la Comédie, près de la fontaine... Celui qui envoyait ces fax savait-il seulement que la jeune femme passait ses soirées à cet endroit, ou voulait-il signifier autre chose ? Qu'elle avait rencontré Maxime à cet endroit par exemple ?... « La cantatrice des nuages » désignait Julia. « L'elfe de lumière » pouvait être la morte de Fendeille. Restaient « la prêtresse des Arceaux » et la « Lune noire »... Suzanna but une gorgée de café et s'intéressa à son répondeur.

Le premier message avait été laissé par Longour, à 8 heures du matin : « Dis donc, tu es une cachottière : tu étais sur un gros coup. Tu sais que c'est la panique au journal ? Les flics ont trouvé un autre cadavre ce matin, en plein Montpellier. Et tout le monde fait le rapprochement avec la morte de Fendeille. J'ai des tas de tuyaux pour toi, On se rappelle. Toujours d'accord pour ce soir, j'espère ? »

Suzanna alluma aussitôt le petit poste de radio qu'elle posait sur le parquet près de son bureau. Elle chercha une fréquence locale. Il était 10 h 10 ; elle devrait attendre le flash d'information de 11 heures pour savoir si la découverte du cadavre était rendue publique. Les deux messages suivants, dont il restait une trace sur son répondeur, n'étaient que des signaux d'appel. Mais le quatrième, effectué à 9 h 16, était de Patrick Joyaux. « Bonjour, madame Nolde, c'est Patrick... On s'est vus, hier, à la Mosson. J'appelle pas trop tôt au moins ?... J'ai trouvé quelqu'un du service de maintenance qui a accès au fax d'où on vous envoie des trucs. Il m'a promis de me faire signe s'il se rend compte de quelque chose d'anormal. Je vous ai aussi dégotté le truc que vous m'aviez demandé. Je vous le donnerai quand vous voudrez... Bon, eh bien, je vous appellerai de temps en temps, parce que je vais être perché sur le toit du stade, vous pourrez pas me joindre. Au revoir, madame Nolde. »

Ravie, Suzanna avala une longue gorgée de café et alluma son ordinateur. Grâce à Joyaux, elle avait peut-être une chance de repérer son informateur sans être finalement contrainte d'en parler à la police. Elle eut envie de l'appeler sur le portable dont il lui avait donné le numéro, mais elle renonça. Il rappellerait. En attendant, elle décida d'effectuer une première série de recherches sur Gabriel Vallat. Elle appela d'abord le Minitel sur son écran, chercha dans l'Hérault, le Gard. En vain. Elle ferma le Minitel et ouvrit son logiciel de navigation, dans l'espoir de reprendre la trace de l'enfant de Saint-Roman sur Internet.

Pendant près d'une heure, elle se fraya un chemin dans les sites de presse de toute la France. Elle vida sa cafetière, fuma trois cigarettes. Sans résultat. Et puis brusquement, juste avant 11 heures, les événements se précipitèrent. Elle dénicha d'abord deux articles, sur l'incendie de Saint-Roman signés Jean Musetier, dans les archives informatisées d'un petit quotidien départemental de la région Centre, *L'Echo de Haute-Loire*. Elle s'étonna qu'un journal local si éloigné des Cévennes ait pris la peine de parler de ce fait divers à deux reprises. Elle téléchargea et imprima les papiers de Musetier. Mais elle n'eut pas le temps de les lire car la sonnerie de son fax retentit à l'instant où débutait le flash d'information. Elle coupa prestement la sonnerie pour écouter la radio. « Crime, cette nuit, en centre-ville. Un cadavre mutilé a été découvert ce matin par le propriétaire d'un magasin du quartier des Arceaux. Le corps serait celui de Laure Roussayrolles, une jeune femme de vingt-sept ans, employée du magasin. Le SRPJ aurait été chargé de l'enquête, mais la commissaire Victoire Camin Ferrat, déjà en charge d'un autre crime atroce commis près de Viols-en-Laval, dans la nuit de mercredi à jeudi, s'est refusée à tout commentaire. »

– La prêtresse des Arceaux... murmura Suzanna.

Une feuille se glissait par saccades hors du télécopieur. Suzanna éteignit la radio. Quelques secondes plus tard, un nouveau message reposait dans le bac de réception. Cette fois, la ligne d'identification était complète : « CHU H. LABEYRE – 20 / 06 / 98 - SAM – 10 : 58 - FAX 18 - 4 67662412 - 058 ». On avait écrit :

« Fichez le camp ! »

Dans un parallélépipède de dix mètres cubes, il avait recréé un univers, comme un organisme dont il était à la fois le cœur et le cerveau, les nerfs et les muscles. Une matrice, d'où il s'expulsait parfois, où il revenait puiser l'énergie. Un ventre de métal, dont l'intérieur était tendu d'épaisses toiles opaques ; il en connaissait le moindre pli, comme on connaît son propre corps, d'instinct. Le sol était recouvert de tapis, des couches superposées de laine épaisse sur lesquelles il pouvait s'asseoir ou se coucher nu. Le long des deux parois les plus longues, deux coffres étaient vissés au sol : deux mètres soixante-treize de longueur, trente-huit centimètres de largeur, quatre-vingts centimètres de profondeur. Il les avait fabriqués lui-même, avec le contreplaqué marine récupéré dans le hangar abandonné où il avait coupé les ailes abîmées de l'ange de la fontaine. Les coffres étaient pleins à ras bord, dans un désordre apparent, mais il y trouvait immédiatement ce dont il avait besoin, même dans l'obscurité. Avant les coffres, il avait eu des paniers, qu'il avait brûlés, mais dont il avait conservé les cendres, dans un pot en verre, hermétiquement fermé par un bouchon de liège noyé dans de la cire rouge. Les cendres étaient mélangées à des brins de millet trempés dans la résine de pin. S'il avait laissé le vent emporter les cendres, elles auraient parlé. Les saintes les auraient collectées dans des voiles de lin tendus en travers des vallées. Grâce aux cendres, elles l'auraient retrouvé. Elles auraient fait de lui un chien de garde. Il ne devait jamais rien laisser nulle part qui pût parler de lui. Rien ! Même sa sueur pouvait le trahir. Mais il n'y avait rien à faire pour la sueur.

Il se laissa tomber à genoux sur le tapis. Il était nu. Il ouvrit un coffre et sans regarder à l'intérieur s'empara de trois rectangles de carton noir, de douze centimètres sur vingt-sept, et d'un flacon de liquide correcteur blanc. Il déposa les trois rectangles devant lui, les uns au-dessus des autres. Et sur chacun d'eux, il écrivit une phrase. Quand une phrase lui revenait en mémoire, il l'écrivait aussitôt et accrochait un carton noir sur les rideaux noirs, à l'aide de pinces à linge. Il avait essayé d'autres techniques pour faire tenir les phrases ; celle-ci était la meilleure. En attendant que le correcteur sèche sur le carton, il se prépara, puisqu'il allait sortir. Il pivota sur ses genoux et saisit les branches de buis frais qu'il avait rangées dans un angle. De la main droite, il arracha les feuilles de buis et les déposa dans le creux de sa main gauche. Ensuite, il s'en frotta le torse et le ventre. Il introduisit les feuilles usées dans une bouteille en plastique vide et recommença l'opération : arracher les feuilles, les déposer dans sa main gauche, frotter son corps, sans oublier un millimètre de peau, déposer les feuilles flétries dans la bouteille, n'en oublier aucune, car elle aurait pu s'envoler et finir dans les toiles de lin des saintes. Toujours se frotter de la main gauche. Il ne devait toucher son corps que de la main gauche, surtout les parties internes qu'il pouvait atteindre : la bouche, les narines, les oreilles, l'anus. Plus tard, il brûlerait les feuilles qui pouvaient parler de lui et la bouteille qui les avait contenues.

Il était prêt. Il ne lui restait plus qu'à prendre l'apparence d'un homme, avec les vêtements, les objets, les papiers d'identité. Quand il eut pris l'apparence qu'il souhaitait, il accrocha les cartons de phrases. Sur le premier, il avait écrit : « Ce qui fait tomber les hommes les fait se lever. » Sur le deuxième : « Nos organes sont des divinités. » Sur le troisième : « La délivrance pour ceux qui savent. »

Dans ses coffres, il prit six mètres de fil de pêche, un rouleau d'adhésif, un cylindre de neuf centimètres de longueur et trois centimètres de diamètre, un tube de cuivre lesté de plomb mêlé à du gravier extrait d'estomacs de poules encore vivantes. Il prit aussi son couteau de purification et sortit de son nid.

Il avait pris sa décision brusquement, parce qu'il en avait assez d'être coincé dans les embouteillages. L'idée lui était venue dans le souterrain, en regardant les voitures qui sortaient du parking et tentaient de s'immiscer dans la circulation. « Je saute ici, j'irai plus vite. » Maxime avait embrassé Suzanna et il était descendu de la Seat, sans oublier l'enveloppe de documents qu'elle lui avait remise. Et il avait rejoint le parking par les rampes de sortie réservée aux véhicules. Il avait payé aux caisses, avait récupéré son camion... A présent, il roulait de nouveau sur la route de Ganges, mais en sens inverse : vers le nord. Il pilota son engin à vitesse réduite jusqu'au village des Matelles.

Parmi les documents remis par Suzanna, Maxime avait été intrigué par l'extrait du compte rendu d'analyse mentionnant la présence de verveine, de buis, de sureau, et de résidus organiques dans les cheveux de la morte de Fendeille. Maxime avait son idée sur l'association de ces matières. Mais il voulait tout de même vérifier un détail.

Il se gara dans le village des Matelles, entre les tennis et le bistrot. Il préférait faire le reste du trajet à pied et par des chemins de traverse.

Cinq minutes plus tard, il était dans les vignes et commençait l'ascension de la butte sur laquelle se dressait la tour de Vias. Il avait eu raison de se montrer prudent. Un gendarme était posté près de la ruine, un autre somnolait dans une voiture, à trois cents mètres, au bord de la départementale. L'idée lui traversa l'esprit de demander simplement au gendarme l'autorisation de jeter un coup d'œil dans la tour. Mais le garde était précisément là pour empêcher ça. Maxime n'avait pas l'intention de renoncer. Il reprit son ascension. La garrigue était dense et il devait lever haut les genoux. Pas l'idéal pour passer inaperçu. Il atteignit néanmoins la pinède qui entourait le bâtiment sans se faire repérer et alla se coller au mur de vieilles pierres. Outre la porte, près de laquelle était assis le gendarme, la tour était percée de deux ouvertures : des meurtrières dont on avait arraché les pierres biseautées. Maxime décida de passer par celle qui lui semblait la moins instable. Il ôta les graviers dont la chute aurait attiré l'attention du garde, grimpa le long du mur, en prenant appui sur les pierres disjointes, et s'introduisit dans l'ouverture. Il resta quelques secondes perché sur le bord de l'ancienne meurtrière, puis il s'assit sur ses talons, déplia lentement une jambe, toucha le sol de la pointe du pied et attendit de nouveau. Il pouvait entendre le gendarme bâiller et lancer des pierres droit devant lui, pour passer le temps. Il se laissa glisser dans la tour et, très vite, regarda autour de lui pour repérer l'endroit qui apparaissait sur la photo que Suzanna avait récupérée. Il s'approcha de l'angle où les viscères avaient été jetés et s'accroupit pour scruter le sol. Il lui fallut dix secondes pour trouver ce qu'il cherchait, ce qu'il avait cru distinguer sur la mauvaise photocopie du cliché. Il ne s'était pas trompé : un éclat de bois d'une dizaine de centimètres, un morceau de sureau évidé, incurvé, lisse sur une face, comme l'intérieur d'un tube. L'éclat devait avoir sauté quand le bâton s'était cassé. Maxime savait ce que c'était et peut-être d'où cela venait. Il glissa le morceau de sureau dans sa poche, se redressa, pivota sur lui-même, et se retrouva pratiquement nez à nez avec le gendarme.

Le garde n'avait rien entendu, ne s'était douté de rien. Il s'était levé pour se dégourdir les jambes et, machinalement, il avait passé la tête à l'intérieur de la tour à l'instant où Maxime se redressait. Plus surpris que l'intrus, le gendarme resta d'abord bouche bée. Et quand il se ressaisit, il était trop tard : Maxime fonçait sur lui. Comme un taureau, il se jeta en avant, attrapa le gendarme aux épaules et lui donna un coup de tête en pleine poitrine. Ils s'effondrèrent dans les bras l'un de l'autre, hors de la ruine. Maxime ne laissa pas au gendarme le temps de riposter. Il lui prit la tête à deux mains, la souleva et la cogna contre le sol. Au troisième choc, le gendarme s'évanouit. Maxime se releva et s'enfuit à toutes jambes. Il dévala la pente et traversa les vignes sans s'arrêter, pénétra dans le village par une rue discrète, gagna le parking.

Il était au volant de son camion moins de trois minutes après avoir assommé le gendarme. Il prit la direction de l'est. Il avait besoin de trouver un endroit calme pour reprendre ses esprits et réfléchir. L'éclat de bois qu'il avait dans la poche lui désignait peut-être l'assassin de la femme de Fendeille. Ce ne pouvait être une coïncidence. A sa connaissance, la seule personne qui pût être impliquée dans ce meurtre et qui possédait un gourdin vieux d'un demi-siècle, taillé dans une branche de sureau évidée, c'était André Grisola, le voyant.

C'était quelque chose de bien plus précis qu'elle ne l'imaginait, un classeur moyen format bourré de documents soigneusement rangés dans des pochettes plastifiées : plans, descriptifs, commentaires, conseils pour les explorations spéléologiques, coupes longitudinales, notes historiques, notes géologiques... Au sol, l'ensemble des cartes posées les unes à côté des autres aurait couvert les deux pièces principales de l'appartement de Suzanna.

Lorsqu'elle avait retrouvé Patrick Joyaux, la veille, au stade de la Mosson, elle lui avait demandé, presque sans réfléchir, s'il connaissait un moyen de se procurer une espèce de plan des grottes de la région. Il avait répondu qu'il gardait peut-être quelque chose de ce genre, dans son grenier, qu'il chercherait dès qu'il aurait un moment... Ce qu'il lui apportait était une mine d'or. Pour la première fois, elle découvrait que l'Hérault, au nord de Montpellier était, en sous-sol, un authentique gruyère.

– C'est dingue, Patrick ! Où est-ce que vous avez trouvé ça ?

Il se pavanait un peu, se frottant les mains, roulant des épaules.

– Je me suis souvenu que j'avais un truc dans le genre de ce que vous cherchiez. Je crois que ça appartenait à un club de spéléo de Ganges. J'ai dû leur emprunter leur machin, il y a longtemps de ça, et j'ai jamais pensé à le leur rapporter.

– Vous faites de la spéléo ?

– Ça m'arrive... Ça vous convient ?

– Génial !

– Alors vous pouvez tout garder aussi longtemps que ça vous plaira, moi, j'en ai pas besoin.

Suzanna avait sorti d'une pochette le plan des avens qui correspondait au site de Fendeille, ainsi qu'une carte générale des gouffres de la région. Ces documents pouvaient lui être extrêmement utiles, si son intuition était bonne...

– A votre avis, Patrick, reprit-elle en se penchant de nouveau sur la carte générale des gouffres, si quelqu'un voulait organiser des réunions secrètes quelque part, dans ces grottes, quel coin choisirait-il ?

Joyaux fit la moue.

– En voilà une idée !... Un peu comme les Camisards d'autrefois, c'est ça ?

– Si on veut, oui.

– Les mêmes que les Camisards, j'imagine, répondit-il.

Il s'approcha de Suzanna.

– Ici, ajouta-t-il en pointant du doigt le plateau du Thaurac, les Camisards se sont planqués longtemps. Il y a des réseaux souterrains très complexes et qui communiquent les uns avec les autres. Ils sont pas très faciles d'accès.

– Vous y êtes déjà allé ?

– Bien sûr.

– Le cas échéant, vous accepteriez de m'y emmener ?

Joyaux s'écarta et ouvrit des yeux ronds. Il portait une combinaison de peintre orange tachée de gris et de rouge. Quand il avait rappelé Suzanna, quelques minutes après qu'elle eut reçu le fax lui prescrivant de ficher le camp, Joyaux lui avait proposé de passer prendre les plans au stade quand elle voudrait, mais elle avait préféré l'inviter à venir chez elle pendant sa pause déjeuner. Il avait un peu renâclé, puis il avait accepté. Il avait sonné à la porte de l'appartement de Suzanna à 12 h 15.

— Je voudrais pas vous vexer, madame Nolde, dit-il, mais il faut quand même être entraîné pour descendre là-dedans. Parfois, c'est drôlement profond, ça glisse, il faut passer des siphons...

Elle sourit et eut un geste de la main pour dire d'oublier.

— Tant pis. En tout cas, je vous remercie, Patrick.

A cet instant, le téléphone sonna. Suzanna ne bougea pas. Trois sonneries retentirent; Joyaux parut gêné.

— Vous décrochez pas ?

— J'ai un répondeur et je filtre.

— C'est vrai ! Quand j'ai appelé, vous avez attendu que je dise mon nom avant de...

Suzanna l'arrêta d'un geste, parce que son message d'accueil venait de s'interrompre et que son correspondant parlait à son tour. « Salut, c'est encore Longour. Où est-ce que tu te caches ? Je t'assure que j'ai des trucs qui vont t'intéresser. Enfin, tant pis, je te dirai ça ce soir, mais faudra que tu causes un petit peu toi aussi... Ah ! je pourrai pas passer chez toi, parce que j'ai un boulot fou au canard; on chamboule les éditions. Je préfère qu'on se donne rendez-vous vers 19 h 30 au café de l'Esplanade, boulevard Sarrail. T'auras qu'à te mettre à la terrasse, je te ferai signe en bagnole, comme ça on ne traînera pas. J'ai réservé dans un restau sympa, tu verras. A ce soir, je t'embrasse ! » Il raccrocha et Suzanna leva les yeux au ciel.

— C'est votre petit ami ? demanda Joyaux.

— Pas du tout ! Longour est un copain et...

Elle s'interrompit aussi brusquement qu'elle avait embrayé. Quel besoin avait-elle d'expliquer ça à Joyaux ? Elle fit semblant de se concentrer sur le plan afin de ne pas lui montrer son trouble.

– Bon, il va falloir que j'y retourne, madame Nolde, si vous n'avez plus besoin de moi.

– Merci encore, Patrick, dit-elle en lui tendant la main. Merci surtout de vous être occupé de cette histoire de fax... Est-ce que votre copain sera bientôt de service ?

Il lui prit la main, la garda.

– Il bosse ce soir, si je me souviens bien. S'il se passe quelque chose, il m'appelle... J'ai pas osé lui donner votre numéro de téléphone.

Suzanna acquiesça, puis regarda sa main toujours emprisonnée dans celle de Joyaux. Il la lâcha immédiatement.

– Oh ! pardon, madame Nolde.

Il se détourna et se dirigea vers la porte. Suzanna l'accompagna, lui ouvrit. Il se glissa hors de l'appartement.

Victoire cherchait un nom sur le panneau de l'Interphone, au 7 de la rue Embouque d'Or, quand elle entendit le déclic du mécanisme d'ouverture de la porte d'entrée. Sans doute surpris de la trouver sur son chemin, l'homme qui sortait, en combinaison de peintre tachée, sursauta. Victoire s'écarta pour le laisser passer et sourit.

– Je vous ai fait peur, excusez-moi.

Elle s'engouffra dans le hall et emprunta l'escalier. Au deuxième étage, le nom qu'elle cherchait était punaisé sur la porte de droite. Elle sonna, entendit le raclement de pieds de chaise sur du parquet, puis un bruit de pas. Suzanna Nolde entrouvrit la porte. Victoire mit la main à sa poche pour sortir sa carte.

– Inutile, commissaire... J'imagine que vous voulez entrer.

Suzanna ne paraissait pas suprise, comme si elle avait eu le pressentiment qu'elle finirait par avoir la visite de la commissaire. Elle la fit entrer dans son bureau. Les fax et le petit texte sur la « nuit noire de l'âme » avaient été dissimulés sous une pile de journaux. Elle débarrassa un fauteuil des papiers qui l'encombraient et invita Camin Ferrat à s'asseoir. Victoire accepta, croisa les jambes.

Suzanna se cala contre sa table de travail, mit les mains dans son dos.

– Que puis-je pour vous, commissaire ?

– Maxime Linski, lâcha Victoire.

– Je l'ai quitté il y a deux heures, il allait très bien.

– Où est-il à présent ?

– Aucune idée... Vous voulez son numéro de téléphone ?

Victoire dévisagea la journaliste.

– Je préférerais que vous me parliez de lui, mademoiselle Nolde.

– Volontiers, madame Camin Ferrat.

Victoire soupira, décroisa les jambes et se leva. Elle avait envie de la gifler.

– Ecoutez, reprit-elle en s'efforçant de garder son calme, je ne suis pas venue en ennemie. Linski est dans de mauvais draps et je préférerais le trouver le plus vite possible. Je sais que vous vous intéressez aux meurtres de femmes dont je m'occupe...

– Ah ! vous confirmez que ce sont bien des meurtres.

– J'imaginais que vous souhaiteriez aider Linski, mademoiselle Nolde... Il y a trois ans, vous avez été la seule journaliste à le défendre quand on l'accusait.

– Et je le défendrai encore si vous lui faites porter le chapeau.

Le ton de Suzanna avait changé. Il était froid et méprisant. Victoire détourna la tête, contempla les reproductions des toiles de Goya sur les murs.

– Si j'ai bonne mémoire, vous n'étiez pas sur le Thaurac lorsqu'il a remonté le corps de Valentine, dit-elle.

– Vous aviez tenu la presse à l'écart... Un seul photographe a réussi à se faufiler sur le plateau et à shooter la scène.

– Je n'ai jamais chargé Linski, poursuivit Victoire sans tenir compte de la remarque de

Suzanna. Aujourd'hui encore, je ne le crois pas coupable. Mais...

Elle marqua une courte pause et regarda la journaliste droit dans les yeux avant d'ajouter :

— Trois victimes connaissaient Maxime Linski.

Elle sut qu'elle avait marqué un point. Suzanna serra les dents, incapable de répliquer.

— Elles ont rencontré Linski, reprit la commissaire, et elles sont mortes... On les a brûlées et mutilées. On les a massacrées et exposées... Je suis sûre que vous avez trouvé un moyen de vous procurer les photos de leurs cadavres. Pas beau à voir, non ? Est-ce que vous connaissez un seul journal qui oserait publier ça ?

Il y eut un nouveau silence. Victoire s'approcha de Suzanna, aperçut le classeur apporté par Patrick Joyaux.

— Vous vous intéressez à la spéléologie ?

Suzanna saisit la perche pour se sortir d'embarras.

— Je voudrais faire un article sur les gens qui fréquentent les grottes. Les spéléologues... et les autres.

— Intéressant... Vous ignoriez que Linski connaissait ces femmes, n'est-ce pas ?

— Il m'a dit ce matin qu'il en connaissait une.

— Cathy Mathas ?

Suzanna hocha la tête. Victoire eut le sentiment qu'elle pouvait jouer franc-jeu avec elle. Avant d'être une journaliste, Suzanna était une femme. Une femme amoureuse, elle en était sûre. En quelques mots, elle expliqua les circonstances des rencontres de Maxime avec Angélique Candolle et Laure Roussayrolles.

— Nous ignorons si elles ont été ses maîtresses, conclut Victoire.

— Qu'est-ce que vous attendez de moi, commissaire ?

— Linski fréquente-t-il toujours André Grisola ?

– Le voyant du Thaurac ?... Je ne crois pas.

– Vous a-t-il parlé d'un individu nommé Frédéric Baluthan ?

– Non.

– Savez-vous s'il a lié de nouvelles amitiés au cours des derniers mois ?

– Je n'en sais rien. Max n'est pas quelqu'un qui étale sa vie privée.

– Qu'est-ce que vous êtes allés faire ensemble ce matin, dans les Cévennes ?

Suzanna sursauta.

– Vous nous avez fait suivre ?

– Répondez-moi.

– Il m'a accompagnée à un rendez-vous.

– Qui est Honoré Quéau ?

Suzanna ricana.

– Pourquoi me posez-vous la question si vous connaissez déjà la réponse ?... Quéau est un vieil instit. Il connaît des tas de choses sur la région. Je voulais des informations.

– Sur l'affaire qui nous occupe ?

– Non.

Victoire réfléchit. Elle s'éloigna de Suzanna et, quand elle eut atteint la cloison, elle tourna sur elle-même pour faire face à la journaliste.

– Ma question est brutale, mademoiselle Nolde, mais je voudrais savoir si vous connaissez d'autres maîtresses à Linski ?

– Elle n'est pas brutale, votre question, elle est dégueulasse !... Non, je ne lui connais pas d'autres maîtresses. Mais ça ne veut rien dire. Je sais qu'il ne couche pas qu'avec moi... Ce que j'ignorais, c'est qu'il se payait des putes !

– Et Luce Winfield ?

– L'archéologue ?... Je ne sais pas s'il la baise. Où voulez-vous en venir ?

– Je ne pense pas que Linski ait tué ces femmes, répondit froidement Victoire, mais je suis convaincue qu'il est impliqué dans ces meurtres...

236

Je crois qu'il connaît l'assassin. Pour être franche, je pense qu'il le protège.

– C'est ridicule !

– Peut-être... Mais si je coffre Linski et que je le flanque entre les pattes d'un juge, il sera mis en examen, pour meurtre.

– Ça ne tient pas debout.

– C'est malheureusement la seule version plausible... A moins que quelqu'un n'apporte un élément qui la contredise.

Suzanna ne répondit pas, évita le regard de Camin Ferrat.

– Est-ce que vous détenez une information susceptible d'innocenter Linski, mademoiselle Nolde ? insista Victoire.

– Non.

La commissaire hocha la tête.

– OK. Je vous remercie de m'avoir reçue.

Avant de quitter la pièce, elle attendit un instant. Victoire sentait que Suzanna lui mentait, mais qu'elle était à deux doigts de lui dire la vérité.

– Encore une question, dit-elle en se dirigeant vers la porte. Savez-vous si Linski possède une arme ?

La commissaire connaissait souvent les réponses aux questions qu'elle posait et Suzanna préféra dire la vérité.

– Comme tous les propriétaires de mas isolés : ils ne font pas confiance aux flics pour les défendre.

– Quelle sorte d'arme ?

– Un pistolet automatique, je crois.

– Il n'a pas d'autorisation de détention, savez-vous comment il se l'est procuré ?

– Dans la rue, j'imagine. Vous ne voulez tout de même pas que je vous explique comment on fait ?

– Vous vous souvenez de la marque ?

Suzanna sentit le piège.

– Il me l'a dit, mais j'ai oublié.

– Beretta, 9 mm, ça vous dit quelque chose ?

Suzanna ne répondit pas. Victoire la dévisagea. C'était facile... Son intuition ne l'avait pas trompée. Victoire soupira et ouvrit la porte.

– Toutes les femmes que Linski fréquente sont peut-être en danger, mademoiselle Nolde, ajouta-t-elle avant de sortir. Prenez garde à vous...

La camionnette bleue lui passa sous le nez, au carrefour de la D27E et de la route d'Aniane. Maxime s'arrêta au stop et attendit que le véhicule de gendarmerie ait franchi l'Hérault et se soit engagé, à droite, dans les gorges, en direction de Saint-Guilhem-le-Désert. Maxime traversa à son tour le pont du Diable et bifurqua à gauche. Il passa Saint-Jean-de-Fos, fila tout droit sur Mont-peyroux et Arboras, laissa derrière lui la vallée de la Buèges et le rocher de la Vierge pour prendre la route menant au Larzac.

Après son intrusion mouvementée dans la tour de Vias et son départ précipité, il avait roulé jusqu'à Saint-Martin-de-Londres et vidé une carte de téléphone dans une cabine, près du parking. Il n'y avait pas trace d'un André Grisola dans le département de l'Hérault. Maxime se souvenait vaguement de lui avoir rendu visite aux environs de Saint-Jean-de-la-Blaquières, mais il n'était plus sûr de l'emplacement exact du mas du voyant. En revanche, il n'avait pas oublié le nom du lieu-dit : Les Gaugnes, qui sans doute avait désigné autrefois des cavités ou des fondrières.

A mi-chemin du col du Vent, il bifurqua à gauche sur une route étroite qui se tordait en virages serrés, à travers une forêt à sangliers. Maxime conduisit lentement, observant attentivement les chemins croisant la route. Il eut de la chance : après trois kilomètres de lacets, il aperçut le panneau indiquant le lieu-dit. Il prit sans hésiter la piste défoncée. L'Unimog ne risquait pas de souffrir de quelques ornières et nids-de-poule, et il n'avait aucune raison de se montrer discret. Au contraire, si Grisola était là, Maxime était décidé à lui tomber sur le poil sans lui laisser le temps de respirer. Il devrait expliquer ce que les débris de sa saleté de gourdin faisaient dans une ruine où l'on avait massacré une femme...

Le mas, orienté au sud-ouest, était construit sur une terrasse naturelle, à flanc de coteau, d'où s'échappait un peu de fumée. Maxime crut d'abord que cette fumée sortait de la cheminée du bâtiment simple, court et trapu, dont les volets étaient ouverts. Au siècle dernier, la maison avait été la propriété d'éleveurs de vers à soie. Très vite, Maxime se rendit compte que la fumée provenait en fait d'une petite ruine, à quinze mètres à l'ouest de l'ancienne magnanerie.

Il se gara entre deux figuiers et sauta de son camion. Il vérifia que le morceau de bois était bien dans sa poche et s'approcha de la maison. La porte était entrouverte. Il dut la pousser de l'épaule pour qu'elle s'ouvre ; la base frottait sur le dallage de grès. Maxime reconnut la grande salle du rez-de-chaussée où il avait été reçu par le voyant. Il ne se souvenait pas d'un tel désordre. Les fauteuils et le canapé étaient regroupés au centre de la pièce, comme si on eût voulu les couvrir avant d'entreprendre des peintures. Les bibliothèques étaient vidées de leurs livres qui s'empilaient un peu partout sur les tapis. Des boîtes en carton vides, qui sans doute avaient contenu des documents, des dossiers, avaient été jetées dans un angle. Des lampes étaient tombées, une table renversée les pieds en l'air. Et le gourdin en sureau avait disparu du manteau de cheminée sur lequel il avait été exposé.

Maxime monta à l'étage, inspecta les deux chambres, dans le même état que la salle du bas, et redescendit l'escalier grinçant. Il sortit sur la pelouse et cria :

– Grisola !

Pas de réponse. Maxime se dirigea vers la ruine d'où s'échappait la fumée. Entre six grosses pierres tombées des murs, on avait brûlé des papiers. Uniquement des papiers. Les cendres étaient légères et des petits morceaux de feuilles carbonisées s'étaient envolés à quelques mètres du foyer. Il restait une caissette en plastique, remplie de dossiers enfermés dans des chemises cartonnées fermant par des élastiques. Grisola n'avait pas achevé son travail. Maxime fit la moue. Peut-être aurait-il dû choisir la discrétion plutôt que la surprise. Le voyant avait déguerpi, sans doute en entendant approcher le camion... Dans ce cas, il ne devait pas être loin.

Maxime ressortit de la ruine. Il avait le choix entre trois sentiers. Le premier grimpait à flanc de coteau, le deuxième permettait de rejoindre la route en contrebas. Le troisième contournait la ruine, disparaissait derrière le seul mur encore debout et devait se perdre dans la forêt. Maxime se décida pour ce dernier. Mais quand il voulut s'engager sur le sentier, il entendit un bruit de moteur. Un diesel. Une voiture approchait. Finalement, Grisola était peut-être parti faire une course. Maxime se détourna de la ruine et alla se poster à l'extrémité de la piste à l'instant où un taxi négociait le dernier virage. Le chauffeur était seul. Il arrêta son break près de Maxime, baissa sa vitre et le salua.

– Je suis en avance.

– En avance pour quoi faire ?

Le chauffeur ouvrit sa portière, mais ne descendit pas de son véhicule.

– Mon client m'a dit de venir le rechercher à 13 heures et il est moins cinq.

– Qui c'est votre client ? André Grisola ?

– Il ne m'a pas dit son nom... (Il jeta un regard à l'Unimog.) Et vous, vous êtes de l'ONF ?

– Non. Seulement un ami... Il vous a appelé ?

– Il ne m'a pas téléphoné. Je l'ai pris ce matin à Montpellier, je l'ai conduit ici et il m'a dit de revenir à 13 heures... Il n'est pas là ?

– Non... Il est comment votre client : la soixantaine, petit, rondouillard, presque chauve, avec un menton en galoche et des yeux de chien battu ?

– Pas du tout ! C'est un grand échalas, presque deux mètres, avec une grosse tête, des rides profondes et des cheveux blancs.

– Alors, c'est pas Grisola... Il vous a dit ce qu'il venait faire ici ?

– Mais non ! Je suis juste taxi, moi. Il avait des tas de paquets, c'est pour ça qu'il voulait un break et...

– Quel genre de paquets ? coupa Maxime.

– Des cartons de paperasses... Dites, pourquoi vous me posez toutes ces questions ?

– Parce que ça m'intéresse de savoir qui vient fouiner chez mon ami... Où l'avez-vous chargé, à Montpellier ?

– À la Préfecture.

– Où, précisément ?

– Rue Fournarié.

Maxime se raidit.

– Un hôtel particulier, avec un fronton sculpté et un portail divisé en trois vantaux, et puis un puits à margelle à l'intérieur et des vitraux qui cachent l'escalier ?

– C'est ça, oui... Vous connaissez ?

– Ça se peut. Vous pouvez repartir, votre client s'est débrouillé sans vous.

Le chauffeur fronça les sourcils, hésita.

– C'est qu'il m'a payé d'avance et si je ne...

– Je vous dis qu'il s'est fait la valise, c'est clair !

Le chauffeur referma sa portière et jeta un regard inquiet à Maxime.

– Si vous le dites...

Il embraya, passa la marche arrière, effectua son demi-tour sur la pelouse et reprit la piste en sens inverse. Maxime attendit qu'il se soit éloigné, puis il retourna dans la ruine, ramassa la caissette en plastique et la déposa dans son camion, sur le siège du passager. Ensuite, il s'installa au volant. Ce n'était pas Grisola qu'il avait dérangé en arrivant : le voyant n'habitait plus ici depuis longtemps. Celui qui s'était sans doute enfui en l'entendant approcher, celui qui était venu dans cette baraque perdue pour brûler des documents, c'était Roland La Borio del Biau. Maxime n'avait pas la moindre idée de ce qu'il pouvait trafiquer avec Grisola, mais il allait l'apprendre très vite. Le vieux prof, il savait où le trouver.

Il était juste 13 heures lorsqu'il redémarra le moteur de l'Unimog.

Il relâcha sa pression lorsqu'il entendit ronfler le moteur et regarda sa main, couverte de sang et de salive. Il essuya la paume dans l'herbe, puis se redressa. L'Unimog s'éloignait sur la piste. Il écouta, attendit que le camion ait rejoint la route... Quelle direction ? Il remontait vers le col du Vent et la route d'Arboras. Il expira. Ce qu'il venait d'éprouver n'avait pas de nom. C'était immense, comme s'il avait volé à des vitesses fabuleuses... Il s'assit sur la poitrine du mort, empoigna le manche du couteau et extirpa la lame de la plaie où elle était restée fichée. Puis il se leva, regarda le cadavre de Roland La Borio del Biau. Le prof avait tenté de fuir. Il l'avait rattrapé en quelques foulées, avait bondi sur son dos et l'avait égorgé avant qu'il ne s'effondre derrière le mur de la ruine. Quand Maxime était arrivé, La Borio bougeait encore. Et surtout, il émettait des gargouillis qu'il avait stoppés en plaquant la main sur sa bouche.

Il empocha le couteau et partit en courant à travers bois. Il devait faire vite. Il prendrait par la vallée, puis emprunterait l'ancienne draille, vers l'est. Il atteindrait Montpeyroux avant l'Unimog. Il l'attendrait au carrefour des trois routes...

Alors qu'il dévalait la pente, sautant les ravins,

évitant les arbres comme des portes de slalom, il comprit ce qu'il avait ressenti quand Maxime marchait dans la ruine, alors qu'il pesait de tout son poids sur le corps agonisant de La Borio. C'était l'extase.

Elle recula, s'assit sur les marches, tourna la tête pour contempler le port. Il y avait des baies vitrées dans les escaliers de chaque immeuble bordant la marina de Carnon. A partir du quatrième étage, la vue était surprenante : les voiliers, les alignements de mâts, les vedettes blanches, bleues, rouges, les pontons gris et le soleil qui se reflétait sur les eaux huileuses des bassins... Victoire resta près d'une minute à contempler le spectacle. C'était à la fois con et serein, minable et sublime. C'était du petit bonheur en plastique sur une petite mer domestique, mais ça faisait rêver, à des tempêtes lointaines, à des cap Horn sous l'orage, à des alizés des Caraïbes, à des Spitzberg glacés... La commissaire Victoire Camin Ferrat se releva péniblement, alla frapper à la porte de l'appartement 416 ; la sonnette ne fonctionnait pas, le courant devait être coupé. Elle n'obtint pas de réponse, tambourina plus fort. Ce fut la porte du 418 qui s'entrouvrit. Victoire aperçut des bigoudis et un demi-visage de vieille femme. Elle sortit sa carte et l'exhiba avant que la porte ne se referme.

— Vous savez où est votre voisin ?

La porte était bloquée par une chaîne de sécurité. La locataire ne l'ôta pas.

— Pas vu depuis qu'on l'a emmené.

Elle avait la voix cassée par l'alcool et le tabac.

– Qui a-t-on emmené ? Votre voisin, monsieur Grisola ?

– Oui, le voyant... Enfin, c'est ce qu'y disait.

– Qui l'a emmené ?

– Police Secours.

– Qu'est-ce qui lui est arrivé ?

– S'est cassé la bobine dans l'escalier. L'a eu un malaise.

– Ça s'est passé quand ?

– Un peu plus d'un mois.

– C'est vous qui avez appelé Police Secours ?

– Non, je me mêle pas.

– Merci.

– Pas d'quoi.

La porte claqua. Victoire rangea sa carte et, tout en redescendant l'escalier, prit son portable et composa le numéro du SRPJ. Elle demanda qu'on recherche André Grisola dans les hôpitaux et qu'on s'efforce de localiser son combi Volkswagen. Elle apprit en même temps que Linski avait assommé un gendarme à Vias.

– Vous rentrez bientôt, madame ?... Ça télé-phone sans arrêt : la mairie, la presse, moi, je sais plus trop quoi dire.

– Dites que je serai là dans vingt minutes.

L'escapade était terminée. Il fallait qu'elle trouve Linski. Tant pis pour lui.

Le manuscrit était devant lui, divisé en deux piles. A gauche, à l'envers, les cent vingt feuillets qu'il avait lus, à droite, les quarante qu'il lui restait à lire. Maxime était installé à cette table du salon de thé de la rue Fournarié depuis un peu plus d'une heure. Par la fenêtre, il pouvait surveiller l'entrée de l'hôtel particulier de La Borio. Maxime avait sonné, longtemps, personne n'avait répondu. Il s'était résolu à guetter, caché dans l'unique établissement de la rue. Heureusement, on y servait aussi du vin au verre. Il avait commandé une bouteille de moulis. Si La Borio avait fui la maison des Gaugnes quand il avait entendu le camion de Maxime, il devait avoir rejoint Saint-Jean-de-la-Blaquières : douze kilomètres à pied. Il avait sans doute appelé un taxi de Lodève... Maxime regarda sa montre : 14 h 50. S'il regagnait directement son domicile, le vieux prof n'allait pas tarder.

En quittant son camion, stationné près de la gare, Maxime avait pris sous son bras deux des dossiers contenus dans la caissette en plastique. Le hasard avait choisi. Il voulait simplement avoir des preuves à jeter sous le nez de La Borio. Lorsqu'il avait pris position dans le salon de thé, il avait commencé à lire, pour passer le temps. La première chemise contenait des notes manuscrites, quasiment indéchiffrables. La seconde abritait un manuscrit : la biographie d'un jésuite du XVIIe siècle et le récit de ses voyages en Asie et aux Amériques pour s'initier aux pratiques magiques les plus étranges. L'essai était daté de mai 1996 et signé de Frédéric Baluthan. C'était ce récit que Maxime dévorait en vidant la bouteille de moulis.

Il lui fallut un quart d'heure pour le terminer et lorsqu'il rassembla les feuillets, il eut la conviction d'avoir entre les mains l'explication des crimes, en partie du moins : l'assassin puisait son inspiration dans ce texte. Il ne suivait pas un rituel à la lettre mais piochait ici ou là, au gré de son envie ou de sa folie. Maxime comprenait à présent pourquoi La Borio, si c'était bien lui qu'il avait fait déguerpir, avait souhaité détruire ces documents. Il fallait faire parler le prof, et André Grisola, et Frédéric Baluthan ; au moins un de ces trois-là était ou connaissait l'assassin.

Quand il eut réuni le manuscrit en une pile régulière, Maxime remarqua, sur la page de garde, un tampon attestant d'un dépôt du texte, daté de juin 1996, aux Archives régionales de la Société du patrimoine languedocien. Il se souvint que Luce et le vieux prof lui avaient parlé de cette bibliothèque. L'adresse de l'établissement était indiquée ; c'était à deux pas. Maxime pensa qu'il pouvait poireauter durant des heures encore si La Borio ne rentrait pas directement. Il paya sa bouteille et sortit du salon de thé.

Trois cents mètres plus loin, au coin de l'église Saint-Matthieu, il traversa la rue sans prendre garde. Une camionnette freina brutalement pour ne pas l'écraser. Maxime leva la main, un geste d'excuse en direction du conducteur du véhicule : un combi Volkswagen rose, rayé de vert en diagonale, avec un soleil jaune peint sur le capot avant.

Il était 16 h 20 quand Victoire apprit que le camion de Maxime Linski avait été enfin repéré, garé rue Flaugergues, près de la gare, en plein centre-ville. Elle donna des ordres pour que son propriétaire soit cueilli en douceur s'il s'en approchait. Elle demanda si les recherches concernant André Grisola avançaient. On lui répondit qu'il avait été effectivement conduit à La Peyronnie par le SAMU six semaines auparavant, mais qu'il l'avait quitté le lendemain, après avoir signé une décharge. Les médecins ne voulaient pas qu'il sorte, parce qu'il avait les poumons en compote. Selon eux, Grisola ne pouvait survivre longtemps sans soins ; il y avait de fortes chances pour qu'il ait été hospitalisé à nouveau. Pour l'heure, si c'était le cas, on ne savait pas où. A peine Victoire avait-elle raccroché, on l'informa qu'elle avait, sur une autre ligne, un appel de Paris. C'était Paul Damien.

— Paul ?

— Bonsoir, ma poule. Excuse-moi d'avoir tardé mais j'avais une conférence de somnolence au sommet.

— Tu as trouvé quelque chose ?

— Dis donc, tu as l'air sur les dents, toi.

— Oui... Est-ce que tu as quelque chose ?

— Bien sûr, tu me prends pour qui ?

250

– On fera de l'humour une autre fois si ça ne te dérange pas.

– D'accord... Une histoire de nébuleuse sataniste, juste après mai 68, avec un gourou dans le genre de Charles Manson et culte abracadabrant à des entités surnaturelles, ça t'intéresse ?

Il marcha jusqu'au guichet, y déposa une pile de six livres et brochures, tous signés par Frédéric Baluthan.

– Vous pouvez me faire des copies de ça ?

La documentaliste des Archives régionales de la Société du patrimoine languedocien éclata de rire et lui désigna l'horloge : 17 h 20.

– On ferme dans cinq minutes ! Comment vous voulez que l'on vous fasse six ou sept cents photocopies ?

Elle était superbe. Grande, blonde, opulente, des seins magnifiques, des bras minces, des mains fines. Et un sourire qui donnait envie de chanter, des dents splendides, de grands yeux violets. Une déesse en jupe courte et petit pull moulant. Maxime s'accouda au guichet, la regarda droit dans les yeux.

– Comment je fais pour vous faire changer d'avis ?

– Vous ne faites rien et vous revenez demain. Nous avons un service de reproduction. Vous choisirez : fac-similé ou photocopies.

– C'est un homme ou une femme qui s'occupe de vos repros ?

– Un homme.

– Si vous lui faites un de vos sourires, je suis sûr qu'il acceptera de rester une heure ou deux de plus pour me faire ce petit boulot.

Elle garda le sourire et fit reculer son siège à roulettes. Elle croisa les jambes. Le regard de Maxime était aimanté par ses cuisses. Longues et dorées, avec un léger creux dans la partie externe. Et des genoux ronds...

– Mon collègue est déjà parti, désolée.

– Ça veut dire que nous sommes tous les deux seuls ici, dans cette noble institution ?

– Eh oui ! Et si vous ne partez pas, vous serez bientôt tout seul, enfermé pour la nuit, cher monsieur. Parce que moi, je file !

Elle se leva. Elle était presque aussi grande que lui. Il soupira, la regarda tandis qu'elle lui tournait le dos et attrapait un spencer en cuir accroché à une patère.

– J'ai vraiment besoin de ces copies, mademoiselle... Mademoiselle comment ?

– Lescout. Madame Lescout...

– Ne me dites pas que vous êtes déjà mariée, c'est un drame !

Elle lui jeta un regard en coin. Maxime eut le frisson.

– Et pourquoi c'est un drame ?

– Parce que vous allez devoir divorcer quand j'irai demander votre main à monsieur votre père !

Elle rit de nouveau, attrapa un minuscule sac à main sous le comptoir.

– Cette fois, je ferme.

– Sérieusement, que dois-je faire pour mes copies ?

Elle le dévisagea, fit la moue.

– Si vous voulez, je donne tout ça à mon collègue demain 9 heures et je lui demande de mettre le turbo. Vous aurez vos copies à midi. Ça vous va ?

– Génial !... Est-ce que je peux encore vous demander quelque chose ?

Elle souleva l'abattant du comptoir et sortit de derrière le guichet. Elle avait une allure folle.

– Allez-y toujours.

– Est-ce qu'un jour, vous me demanderez aussi de « mettre le turbo » ?

– Ouste ! dehors !

Maxime retourna au pas de course dans la salle de lecture récupérer les deux dossiers de La Borio. Pendant les deux heures qu'il avait passées ici, il avait été seul. L'hôtel particulier qui abritait la société était une merveille et la bibliothèque l'une des plus riches en documents régionaux languedociens. Il rejoignit la sculpturale gardienne du sanctuaire. Elle lui ouvrit la porte. Maxime sortit sur le palier et attendit qu'elle ait verrouillé les lieux.

– Vous permettez que je vous offre un verre pour vous remercier de votre aide ?

– Non. Je rentre chez moi.

Elle s'engagea dans l'escalier monumental à double révolution, orné de bustes d'empereurs romains. Maxime resta à sa hauteur.

– Et vous ne pouvez pas faire les deux : boire un verre et rentrer après ?

– On m'attend.

– Votre mari ?

– Eh oui.

Ils sortirent dans la cour carrée de l'ancienne demeure patricienne entourée de colonnes ioniques couplées et montées sur socle.

– Je suis sûr qu'il ne vous a pas dit que vous étiez belle, ce matin ?

– Mon mari ?... Il dormait quand je suis partie, ce matin.

– Quel gâchis ! Moi, quand votre père aura donné son accord à notre mariage, je ne dormirai pas : je vous regarderai... C'est quoi votre prénom ?

– Eve.

– Je l'aurais juré !...

– Et pourquoi donc?

– Eve : la première femme. Et pour moi, la dernière. Après vous, plus personne n'existera... Vous avez quel âge, Eve?

– Vingt-neuf ans.

– Alors, il vous reste un an.

Il la devança pour ouvrir le lourd vantail sous le porche immense à voûte ogivale. Elle lui sourit en le dépassant, sortit sur le trottoir.

– Il me reste un an pour quoi faire?

– Pour tomber amoureuse de moi avant trente ans.

Il lui tendit la main :

– On se quitte là, je ne poursuis jamais les femmes dans la rue... Sauf si elles me demandent de les raccompagner.

Eve Lescout lui serra la main.

– Je vais me débrouiller toute seule. A demain?

Il s'inclina, effleura de ses lèvres les doigts de la documentaliste.

– A demain, divine Eve.

Il lâcha sa main. Elle tourna les talons et s'éloigna. Il attendit qu'elle ait fait trois pas avant de l'interpeller.

– Eve!

Elle s'arrêta, se tourna vers lui.

– Faites attention, dit Maxime.

– A quoi?

– A bien écouter si votre mari vous dit ce soir que vous êtes la plus belle femme du monde... A demain, Eve.

Elle fit une grimace, un geste de salut et reprit son chemin. Maxime la regarda tourner au coin de la rue et disparaître. Alors, il soupira et se frotta le visage, comme pour chasser l'image de cette femme extraordinaire. En d'autres circonstances, il n'aurait pas abandonné la partie si vite, mais ce qu'il avait lu dans les textes de Baluthan avait renforcé sa conviction. Il n'était plus loin de penser que Suzanna avait raison. Les livres et les brochures qu'il venait de consulter pouvaient servir de fondements à la constitution d'une secte pratiquant les sacrifices humains. La précision avec laquelle était décrite l'ablation de certains organes, pervertis par la maladie et donc abandonnés par leurs esprits protecteurs, l'avait frappé. Il ne comprenait toujours pas pourquoi on avait choisi de lui faire endosser les crimes, mais il était décidé à l'apprendre très vite. Baluthan, Grisola, La Borio... il finirait bien par mettre la main sur l'un des trois. Ensuite, il irait voir Camin Ferrat. Et cette fois, elle serait obligée de l'écouter, et de lui foutre la paix ! Très vite : son fils Thomas arrivait dans une semaine.

« Voulez-vous enregistrer les modifications apportées à DIABLE.doc ? » Suzanna resta indécise devant le message de son ordinateur, puis elle se décida à cliquer sur « annuler ». Elle enregistra son texte normalement, de façon qu'il reste à l'écran. Elle disposait d'assez de temps pour relire la fin de l'article qu'elle venait d'écrire. Elle savait qu'il était encore très incomplet, mais la visite de Camin Ferrat l'avait poussée à le rédiger malgré tout. Elle avait eu le sentiment que la patronne de la PJ pataugeait moins qu'elle ne le laissait paraître et pouvait, d'un jour à l'autre, donner une conférence de presse ou carrément arrêter le meurtrier. Si elle ne voulait pas se laisser doubler par ses confrères, mieux valait que Suzanna démontre aux rédactions susceptibles de lui acheter son travail que son enquête était déjà très avancée. Bien que truffé de conditionnels, le texte qu'elle avait pondu établissait des liens entre les quatre assassinats et esquissait des hypothèses.

À l'aide de la souris, elle fit défiler les onze feuillets de son article et s'arrêta sur le dernier paragraphe. Elle avait essayé de s'engager davantage dans cette partie, et surtout de donner envie à un rédacteur en chef de lui offrir de poursuivre ses investigations. Elle avait écrit : « Si le caractère étrange des mutilations subies par les victimes paraît indiquer qu'elles ont été sacrifiées pour que leurs cadavres deviennent les lieux de pratiques assimilables à un rituel sataniste, alors la solution du mystère qui entoure ces assassinats se trouve peut-être dans le passé de notre région. En effet, de bien des façons, le rituel rappelle les légendes qui se racontent sur le causse depuis des siècles : ensevelissement dans un gouffre, enfermement dans des cachots, meurtres, crémations... Enfin, si un groupe sataniste a besoin de victimes sacrificielles, il ne les choisit certainement pas au hasard. Le jour où l'on découvrira un point commun, matériel ou spirituel, à ces martyres, alors les enquêteurs seront très près d'arrêter celui ou ceux que la rumeur désigne déjà comme " le Diable du causse ". » Personne n'employait encore ce terme ; elle espérait lancer la formule. De son point de vue, c'était la meilleure idée de son papier. Le reste était faible, flou... Elle n'avait pas su comment introduire dans son récit l'histoire de Gabriel Vallat. Elle n'avait même pas trouvé un moyen d'évoquer Maxime. D'ailleurs, qu'aurait-elle dit, sinon qu'il pouvait sans doute, d'une façon quelconque, établir ce lien mystérieux entre les victimes. Mais elle n'avait aucune envie de lui nuire... Finalement, elle n'était plus vraiment sûre que l'idée d'écrire fût la bonne.

Suzanna recula son siège, appuya simultanément sur les touches « Alt » et « F4 » de son clavier. Son article disparut de l'écran. Elle le relirait cette nuit, en rentrant, avec un peu de recul, et elle jugerait. Elle éteignit son ordinateur et regarda sa montre. Il lui restait trois quarts d'heure avant son rendez-vous avec Longour. Elle avait pris la décision de jouer franc-jeu avec lui. Après tout, il avait toujours une oreille qui traînait au journal et ensemble ils pouvaient faire du bon boulot. Seule, elle n'irait plus très loin. Et elle préférait éviter Maxime durant quelques jours...

Elle prit une douche, mit une petite robe noire, courte et droite, qui lui allait à ravir. Elle se peigna, se maquilla, brancha son répondeur et quitta son appartement en emportant un fin gilet de laine blanc et un petit sac à main en matière synthétique noire fermé par deux petits boutons nacrés et dont la lanière était une tresse de cordelettes dorées. Elle dévala ses deux étages, traversa le hall. Il était 19 h 20 lorsqu'elle laissa se refermer la lourde porte en bois noir du 7 de la rue Embouque d'Or. Elle tourna immédiatement à gauche, descendit la rue Valedau jusqu'à la « Librairie des Cinq-Continents », tourna à gauche dans la rue Fabre et, quelques dizaines de mètres plus loin, bifurqua à droite, près de la petite fontaine couverte de mousse, dans la rue des Grands Augustins. Elle longea le centre Lacordaire et le temple de l'Oratoire et déboucha sur l'Esplanade. Elle alla s'installer comme prévu à la terrasse du café, sous un platane, près de la salle Rabelais. Elle tourna sa chaise de façon à voir les véhicules qui circulaient sur le boulevard Sarrail, commanda une bière blanche qu'elle paya dès qu'elle fut servie. Longour était rarement en retard, mais elle savait aussi que les modifications dans les éditions pouvaient le retenir plus longtemps qu'il ne l'avait imaginé. Suzanna s'en moquait, elle avait le temps. Après tout, ce dîner ne tombait pas si mal ; elle avait envie de se changer les idées. Et puis, très franchement, il ne lui déplaisait pas de passer, ce soir, quelques heures avec un autre homme que Maxime. D'être belle pour quelqu'un d'autre que Maxime... qui se payait des putes ! Un coup de klaxon la fit sursauter. Un véhicule venait de s'arrêter sur le boulevard Sarrail. A cet endroit, la chaussée est étroite, séparée par un petit terre-plein : il est impossible de doubler. Suzanna hésita à se lever au deuxième coup de klaxon. Le véhicule venait de la gauche et sortait donc du parking de la Comédie. Elle avait imaginé que Longour arriverait du Corum, à droite. Depuis qu'il s'était immobilisé, trois voitures étaient à leur tour sorties du parking et se trouvaient bloquées. Suzanna se leva... Elle avait encore un doute. Elle n'aurait jamais imaginé que Longour puisse se déplacer dans un engin pareil : une camionnette de baba cool, rose, rayée de vert, avec deux espèces de soleils stylisés sur la porte arrière... La vitre côté passager descendit. Elle vit une main qui s'agitait et, avant que ne commence le concert d'avertisseurs des voitures immobilisées, Suzanna entendit crier son nom. Elle attrapa son sac et son gilet, abandonna son verre à demi plein et courut vers la camionnette. La portière s'ouvrit quand elle l'atteignit. Elle sauta dans le véhicule. Il était 19 h 30 « pétantes ».

Il marchait, perdu dans ses pensées. Sous son bras, le manuscrit de La Borio. Il avançait à grands pas et réfléchissait à toute vitesse. Il était 20 heures.

En sortant des archives, il était de nouveau allé sonner chez le prof, sans succès. Il avait repris position dans le salon de thé, avait patienté plus de deux heures, bu trois cafés et autant de cognacs; il avait compulsé toutes les notes qu'il avait prises. Les éléments du puzzle se mettaient en place. Il comprenait... Il lui manquait des éléments mais, petit à petit, il montait son scénario. Grisola était au cœur de cette histoire. C'était lui qui tentait de l'impliquer dans les meurtres de ces femmes. Même s'il lui semblait improbable que le vieux voyant ait pu les commettre. En tout cas, il était acteur dans cette affaire. Lui et le dénommé Frédéric Baluthan. Ce type-là, il avait envie de le rencontrer! Un pleutre dans le genre de La Borio, à coup sûr. Un malade qui répandait des théories démentes et dangereuses. Qui s'en servait pour justifier ses crimes. Ou qui inspirait l'assassin... Il fallait retrouver Grisola et Baluthan pour coincer le tueur. Maxime en était persuadé. Il ne savait pas encore comment les faire sortir de leur trou, mais il finirait par y parvenir. Comme La Borio ne se montrait pas, il avait finalement quitté le salon de thé.

Maxime marchait de plus en plus vite, perdu dans ses pensées. Il rejoignait son camion. Il ne ralentit pas le pas mais il les flaira. Il n'y avait personne autour de lui ; il était seul sur le trottoir. L'Unimog était garé à deux cents mètres. C'était désert, mais il sentit qu'ils étaient là. Il n'y avait rien à faire. D'un seul coup, on comprend que c'est fini. Tous les truands en cavale qui ont eu les flics aux trousses disent ça : quand ils vont vous tomber dessus, on le sait. On cogite à cent à l'heure, on se demande si on lève les bras, si on court, si on sort son flingue, quand on a un flingue... Maxime n'était pas un truand. Il releva la tête et continua de marcher d'un bon pas.

Ils furent autour de lui sans qu'il comprenne d'où ils sortaient : deux devant, deux derrière. Un cinquième qui apparaît sur sa gauche, et puis une main qui se pose sur son avant-bras droit.

– Suivez-nous sans faire d'histoires, s'il vous plaît, monsieur Linski.

Il s'arrêta, tourna la tête. Ce n'était plus un cercle autour de lui, mais une grappe. Impossible de faire un mouvement. On lui prit son cahier des mains, ses dossiers, on l'entraîna sur la chaussée. Une voiture noire freina à la hauteur du groupe. Maxime sentit une main qui pesait sur sa tête pour l'aider à s'asseoir dans la voiture sans se cogner la tête. Il sentit le fer des menottes sur ses poignets. Il se retrouva coincé entre deux jeunes types de trente ans, en blouson de toile, mâchant des chewing-gums à la chlorophylle. Maxime dévisagea celui de droite, puis celui de gauche. Ils se ressemblaient ; le même regard. Celui qu'on pose sur une bête nuisible avant de lui tirer en pleine tête les deux cartouches de son fusil de chasse.

Il ne vit les photos qu'après s'être assis. Il était 20 h 30. Quand on l'avait fait entrer, il leur tournait le dos. On lui avait ôté ses menottes. On avait déposé une chaise devant lui et commandé de s'asseoir. Alors, Maxime avait découvert les quatre panneaux numérotés. Un par victime. Pas de nom, mais un portrait de chacune d'elles, vivante, un tirage de grand format. Et puis les photos de ce qu'elles étaient devenues, après... Maxime sentit son estomac se soulever en reconnaissant Cathy Mathas, Laure Roussayrolles... et Julia Lezavalats. Elle aussi avait croisé sa route. Maxime comprit, à cet instant précis, qu'il avait coupé les fils de la réalité depuis quarante-huit heures. Ça le dépassait. De beaucoup, ça le dépassait. L'acharnement avec lequel quelqu'un accumulait des preuves contre lui n'était qu'un détail. Même son arrestation était insignifiante et sa mise en examen ou son incarcération seraient anecdotiques, comparées au martyre de ces femmes...

Victoire entra dans la salle de conférences, suivie de Sarral qui portait un grand carton à chaussures dans lequel étaient déposés les effets personnels de Maxime. Victoire se dirigea droit sur lui et lança sur une table l'enveloppe qui contenait les documents remis par Suzanna.

– Comment vous êtes-vous procuré cela, monsieur Linski ?

– L'argent, répondit-il en continuant de fixer les panneaux. Les fonctionnaires sont mal payés alors ils sont corruptibles.

– Vous mesurez que cet aveu suffira à vous envoyer en cellule ?

– Je ne pense pas que vous ayez l'intention de vous en tenir là.

Victoire fit en sorte de ne pas s'interposer entre les photos des victimes et Maxime. Elle s'assit sur le bord d'une table.

– Que vouliez-vous faire de ces comptes rendus d'analyse ?

– Essayer de comprendre.

– Comprendre quoi ?

– Qui est le salopard qui me fout ses atrocités sur le dos. C'est ce que j'ai tenté de vous dire, hier soir, mais ça n'a pas eu l'air de vous intéresser.

– Qui essaierait de vous nuire, monsieur Linski ?

Maxime haussa les épaules.

– Je ne sais ni qui ni pourquoi... Je connais trois de ces femmes et vous êtes en train de m'accuser de les avoir tuées. Ça suffit pour piger qu'il y a quelqu'un qui me veut du mal, non ?

– Quelles sont les trois femmes que vous connaissez ?

Il se tourna vers Victoire, la dévisagea avec mépris.

– Vous le savez, vous m'avez flanqué la photo de Cathy Mathas sous le nez !

Victoire ne tint compte ni de sa réplique ni de son attitude provocante.

– Désignez-les, s'il vous plaît, insista-t-elle.

Maxime soupira et obéit. Il leva la main, désigna les panneaux 1, 2 et 4. Ceux de Cathy Mathas, Julia Lezavalats et Laure Roussayrolles. Victoire parvint à dissimuler sa surprise, mais pas ses hommes. Elle observait Linski, il ne semblait pas bluffer. Pourquoi n'avait-il pas désigné Angélique Candolle ?

– Comment les avez-vous connues ? demanda-t-elle.

– J'ai dragué Cathy sur la place de la Comédie, il y a plus de deux ans. C'était une camée, elle tapinait. Julia, je l'ai rencontrée dans le vol du vendredi soir pour Paris, quand je montais voir mon fils. Nous avons voyagé ensemble à plusieurs reprises au début de l'année. Elle allait dans un hosto spécialisé pour soigner son foie, si je me souviens bien. Elle était étrange, elle fredonnait toujours des airs d'opéra. Elle m'a dit qu'elle aurait voulu être chanteuse. Je l'ai raccompagnée une ou deux fois chez elle. La troisième femme, je ne connais même pas son nom. Je me souviens d'elle parce qu'on avait bavardé dans la boutique du photographe.

– Elle s'appelle Laure Roussayrolles. Elle aussi vous a parlé de ses maladies ?

– Quoi ?

– Elle souffrait aussi de petits maux récurrents, elle vous en a parlé ?

– Non.

– De quoi avez-vous parlé avec elle, monsieur Linski ?

– De conneries ! Je lui ai dit qu'elle était trop jolie pour passer sa vie derrière un comptoir, qu'elle devrait faire du cinéma, qu'elle deviendrait une grande prêtresse du septième art ou une autre ânerie dans ce genre.

– Avez-vous couché avec Julia Lezavalats ?

– Non !

– Et Laure Roussayrolles ?

– Non !

Victoire se leva, s'approcha des panneaux, décrocha le portrait d'Angélique, et revint vers Maxime en le brandissant sous son nez.

265

– Et elle, Linski, vous l'avez oubliée ?

– Jamais vue !

– Vous voulez que je vous rafraîchisse la mémoire : l'étang derrière les Cabanes-de-Pérols, au mois de mai, une fille superbe qui fait de la planche à voile... Ça vous dit quelque chose ?

– Rien.

Victoire tendit la photo à un de ses hommes pour qu'il la punaise de nouveau sur le panneau. Puis elle sortit de la poche de son pantalon une feuille de papier qu'elle déplia devant Maxime : la photocopie de l'acte de vente de la moto de Thomas.

– Pourtant, c'est vous qui avez acheté une Kawasaki 125 cm^3 à Corentin Maliver le 18 mai ! C'est vous qui avez signé cet acte de vente ! C'est la moto qui se trouve aujourd'hui dans votre garage ! Ça aussi, ça vous est sorti de la tête ?

Maxime eut l'impression qu'on venait de lui serrer la poitrine entre les mâchoires d'un étau. Il ouvrit grande la bouche pour respirer.

– Elle s'appelait Angélique Candolle, reprit Victoire d'une voix sourde. Elle avait trente et un ans. Elle était belle comme un cœur... Elle a eu le crâne éclaté et on lui a arraché les organes génitaux avant de la brûler ! Est-ce que la mémoire vous revient, Linski ?

La mémoire lui revenait. Celle d'une silhouette parfaite sur une planche, en contre-jour. Il avait dit au vendeur qu'il se ferait volontiers ce petit elfe... Un spectacle si ravissant qu'il avait oublié la moto pendant quelques minutes...

– C'est pas possible... bredouilla-t-il.

Victoire tira une chaise et s'assit en face de lui. Elle se pencha en avant. Son visage à trente centimètres de celui de Maxime.

– Qu'est-ce que je fais de vous, Linski ? Quatre femmes assassinées et mutilées par le même homme en moins de trois mois. Un point commun entre ces quatre femmes : elles vous ont rencontré. Nous avons retrouvé les empreintes des roues de votre véhicule à Fendeille et à la tour de Vias. C'est plus qu'il n'en faut pour convaincre un juge d'instruction et peut-être des jurés d'assises... Avez-vous tué ces femmes, Linski ?

Il secoua la tête. Avec peine, il maîtrisait son malaise.

– Je n'ai tué personne... Vérifiez mon emploi du temps. Le jour de la mort de Cathy Mathas et de celle de Julia Lezavalats, j'étais à Paris.

– Nous sommes en train de le faire... Si vous oubliez les noms et les visages, vous avez une sacrée mémoire des dates. Mathas a été tuée le 14 avril et Lezavalats le 8 mai. Leurs morts n'ont donné lieu qu'à des entrefilets dans le journal, mais vous, vous savez précisément ce que vous faisiez à ce moment-là.

– J'ai vérifié moi-même hier dans mon agenda. Le 14 avril et le 8 mai, j'étais à Paris avec Thomas... mon fils.

Victoire se redressa sur sa chaise.

– Etrange idée que de vérifier soi-même si on était ou non sur les lieux de crimes que l'on est sûr de ne pas avoir commis... Mais vous n'étiez peut-être pas si sûr que ça de ne pas avoir été sur les lieux, Linski ?

Il ne répondit pas, ne la regarda pas.

– Peut-être, parfois, ignorez-vous qui vous êtes et ce que vous faites ? Est-ce qu'il vous arrive encore d'avoir des visions, des hallucinations ? Vous vous sentez encore emporté dans des mondes imaginaires peuplés de personnages monstrueux ? Comment appelle-t-on cela, déjà, Linski ?... Ah oui : état confuso-onirique.

Maxime serra les dents, garda la tête baissée.

– Ce n'est pas moi, vous vous gourez complètement.

– Alors expliquez-moi pourquoi les femmes que vous connaissez meurent les unes après les autres !

Il resta muet. Victoire se releva, repoussa sa chaise et alla se poster derrière Linski.

– OK, dit-elle avec une pointe de lassitude feinte dans la voix, on continue.

Elle fit un signe à l'un de ses hommes. Il sortit de sa poche un sac en plastique transparent contenant le pistolet trouvé près du corps de Laure Roussayrolles.

– C'est à vous ? demanda Victoire.

– J'en sais rien.

– Vous possédez bien un Beretta, 9 mm ?

– Il est dans ma cave, au fond d'une caisse. Vous n'avez qu'à aller voir.

– C'est ce que l'on fait... Qu'est-ce que vous êtes allé faire à la tour de Vias, ce midi ?

– Je cherche à comprendre qui m'a fourré dans ce traquenard.

– Vous imaginiez que le nom de votre persécuteur serait gravé sur le mur ?

Maxime sursauta. Il avait été tellement troublé par les visages des victimes qu'il avait oublié sa découverte.

– Presque... répondit-il en désignant la boîte en carton dans laquelle se trouvaient ses effets personnels. Là-dedans, il doit y avoir le morceau de bois que j'avais dans ma poche.

D'un geste, Victoire désigna le carton à Sarral. Il fouilla son contenu, exhiba l'éclat de sureau.

– Ça ?

– Oui, dit Maxime. Il était dans un angle de la tour. Et si vous voulez en être sûre, reportez-vous aux photos de l'identité judiciaire, on le voit parfaitement... C'est l'éclat d'un gourdin en sureau. Si vous voulez mon avis, il s'est brisé dans la tour. L'assassin a ramassé les morceaux, mais il a oublié celui-là... Faites-le analyser, vous trouverez, comme c'est écrit dans le rapport, les mêmes matières que dans les cheveux de la fille : verveine, buis... Et puis les traces organiques que vous avez du mal à identifier. Mais pour ça, je peux vous donner un coup de main : il y a du lézard, du loup, de l'hirondelle et du chien.

Il y eut un silence. Victoire ne voulait pas lui laisser croire qu'il était en train de marquer un point.

— Qu'est-ce que vous essayez de nous dire ? demanda-t-elle.

— C'est un débris de bâton de voyageur. Ça se fabriquait en Lozère. Autrefois, personne ne prenait la route sans un bâton, pour éloigner le mauvais sort. Il était taillé dans une grosse branche de sureau évidée. On scellait l'extrémité qui touchait le sol avec un morceau de fer. De l'autre côté, on fourrait deux yeux d'un jeune loup, la langue et le cœur d'un chien, sept feuilles de verveine cueillies la veille de la Saint-Jean, trois lézards verts, trois cœurs d'hirondelle, la pierre qu'on trouve dans le nid de la huppe. On bouchait le tout avec un bon morceau de buis taillé en forme de pomme. Après, on partait tranquille...

Il marqua une courte pause, avala sa salive avant d'ajouter :

— La seule fois de ma vie où j'ai vu un gourdin de ce genre, c'était chez André Grisola. C'est lui qui m'a expliqué ce que c'était... André Grisola, ça vous rappelle quelque chose ? Le voyant, sur le Thaurac, il y a trois ans, celui qui a trouvé l'endroit où reposait le corps de Valentine... J'ignore ce qu'il me veut, ce vieux salopard, mais je suis sûr qu'il est dans le coup ! Je suis allé chez lui cet après-midi, il n'y était pas. Il a tout abandonné sur place... Sauf son bâton de voyageur. Plutôt que de vous acharner sur moi, c'est cette ordure que vous devriez...

Maxime ne put finir sa phrase. Un policier venait de passer la tête à la porte pour dire à Camin Ferrat qu'on la demandait au téléphone. Urgent et important.

– C'est Lavolpière, ajouta le flic.

– D'accord, passez-le-moi ici.

Il s'écoula moins d'une minute avant que le téléphone ne sonne. Victoire décrocha. La conversation fut brève. Maxime ne put voir le visage de la commissaire ; elle lui tournait le dos.

– Bon boulot, dit-elle. Surtout ne touchez à rien, on vous envoie une équipe.

Elle raccrocha et se tourna vers Maxime. Il eut un frisson, parce que personne ne l'avait jamais regardé de cette façon. Avec autant de dégoût. Camin Ferrat était livide.

– Il va falloir que vous trouviez mieux qu'une histoire de bâton pour éloigner le mauvais sort, Linski. On a fouillé votre cave : pas de Beretta... Mais on vient d'y découvrir les vêtements des victimes, soigneusement rangés sur une étagère.

Eve Lescout avait regagné son domicile, dans le quartier des Beaux-Arts, quelques minutes après 18 heures. Hervé Lescout, son mari, regardait la télé, buvait une bière. Elle s'était approchée, l'avait embrassé, sur le front. Il avait marmonné : « Salut. » Il avait repris sa bière. Il ne s'était pas levé. Eve l'avait observé pendant une longue minute. Il avait grossi, il ne soignait plus ses cheveux ; des pellicules salissaient ses épaules. Elle détestait ça. Il portait toujours les mêmes chemises à carreaux, les mêmes pantalons sans pli, avachis. Il oubliait toujours dans ses poches les gros mouchoirs en coton de sa mère, dans lesquels il se mouchait à longueur de temps. Hervé souffrait de sinusite chronique. C'était Eve qui vidait les poches de ses pantalons. Elle ne supportait pas les mouchoirs en boule.

– Tu n'as rien à me dire ?

– Qu'est-ce que tu veux que je te dise ? Je bossais pas aujourd'hui.

Il n'avait pas détaché son regard de la télé.

– C'est pas de ton travail que je voulais que tu me parles.

– Quoi alors ?

Eve s'était assise sur le canapé, à côté de lui, elle avait juste ôté son spencer et ses chaussures.

– Je sais pas, moi... Que tu m'aimes, par exemple.

Hervé avait tourné la tête vers elle, avait avalé une gorgée de bière.

– Qu'est-ce qui t'arrive, Eve ?

– Rien. Il faut qu'il me soit arrivé quelque chose pour que j'aie envie de t'entendre dire que tu m'aimes ?

Il avait haussé les épaules, s'était détourné. Il devait trouver ça idiot. Bien sûr qu'il l'aimait. Ils étaient mariés depuis quatre ans, il ne la voyait plus, mais il l'aimait. Il aimait la bière, la télé, et Eve, et le foot, et les frites... Eve s'était levée. Elle était allée dans la cuisine, préparer le repas, en bougonnant... A 20 heures, ils avaient dîné. À 20 h 30, Hervé était retourné s'asseoir devant la télé. Elle avait fait la vaisselle, puis elle l'avait rejoint dans le salon.

– Tu sais que tu grossis ?

– Hum...

– Tu t'en fous ?

– Hum...

– Bon ! Je vais prendre un bain.

Elle s'était déshabillée, là, dans le salon, sous le nez d'Hervé. Elle avait balancé sur le canapé son pull, sa jupe, sa culotte. Elle était restée nue, superbe, les seins dressés, les reins cambrés, au milieu de la pièce. Elle était parfaite, comblée par la nature. Un rêve... Il ne l'avait pas regardée mais s'était retenu de lui demander une autre bière. Eve était allée faire couler son bain. Assise sur le bord de la baignoire, en regardant se former une montagne de mousse, elle s'était souvenue du type de la bibliothèque. Il avait dit « du gâchis ». Elle aurait dû accepter de boire un verre. Au moins, il était drôle, lui disait qu'elle était belle, regardait ses hanches et sa poitrine avec dans les yeux un vrai désir. C'était gênant, mais aussi troublant, excitant. Elle n'aurait pas été obligée de céder ; elle se serait amusée... A 20 h 40, elle avait noué ses cheveux et s'était glissée dans son bain.

272

Trois minutes plus tard, on sonna à la porte. Hervé leva les yeux au ciel et se leva. Il traversa le salon, en chaussettes, s'engagea dans le couloir.

– Qui c'est? cria Eve.

– Attends que j'ouvre!

Hervé s'arrêta devant la porte, la main sur la poignée, regarda par l'œilleton. Un homme en costume étriqué se tenait sur le palier, la pointe des chaussures au ras du paillasson.

– Qui c'est? cria Eve.

– Merde! Tu me laisses le temps d'ouvrir!

Il tourna la poignée; la porte le frappa en pleine poitrine. Hervé Lescout recula de deux pas. Il avait le souffle coupé. Il porta les mains à sa gorge... L'homme entra comme la foudre et le frappa au visage. Dans son poing, il serrait un tube en cuivre lesté de plomb. Hervé tomba lourdement sur le dos. L'homme se jeta sur lui, cogna en plein front, deux fois. Hervé s'évanouit. L'homme posa le tube, sortit son couteau et trancha les deux carotides. Le sang gicla sur la moquette. Il ramassa le tube, se releva, fonça dans le salon.

– Mais dis-moi qui...

Il était déjà dans la salle de bains. Elle ne l'avait jamais vu, ne savait pas qui il était. Elle prit appui sur le bord de la baignoire, voulut se redresser, ouvrit la bouche pour hurler. Il fut sur elle avant qu'elle n'ait sorti les épaules. Il lui enfonça la tête sous l'eau. Elle avala de la mousse, se mit à tousser et cracher, battit des bras, des jambes. Il saisit à deux mains la masse des cheveux blonds, souleva Eve, fit basculer son corps à plat ventre sur le carrelage, tomba à genoux sur elle, l'attrapa sous le menton, tira un coup sec et lui brisa la nuque. Il se releva, quitta la salle de bains, se rendit dans la chambre. Il arracha le dessus-de-lit en coton épais, retourna près du cadavre d'Eve, l'enveloppa dans le dessus-de-lit et la chargea sans peine sur son épaule. Dans l'entrée, il prit garde à ne pas marcher dans le sang qui s'écoulait encore de la blessure d'Hervé Lescout. Il quitta l'appartement en claquant la porte derrière lui.

L'asphyxie lui fit reprendre conscience. Suzanna voulut ouvrir la bouche, mais c'était impossible. Ses fosses nasales étaient obstruées. Instinctivement, elle se moucha, parvint ensuite à inspirer. Un tout petit peu d'air mais qui chassa l'angoisse. Elle avait cru mourir. Elle expira, inspira de nouveau, très lentement, afin d'insuffler le plus d'oxygène possible dans ses poumons. Elle ouvrit les yeux, ne vit rien. Elle était dans l'obscurité. Elle ne pouvait pas bouger, ses poignets et ses chevilles étaient entravés... Suzanna glissa la langue entre ses lèvres et sentit le bâillon. Elle se repéra dans l'espace : couchée sur le ventre, les mains dans le dos, elle portait toujours sa robe noire. Elle essaya de tourner la tête et la douleur à la tempe lui arracha un gémissement étouffé par le bâillon... Elle commença à se souvenir. Sa course sur l'esplanade, la portière de la camionnette qui s'ouvre. Elle monte, s'assied, claque la portière, tourne la tête. Elle n'a pas le temps de reconnaître le conducteur. Il a quelque chose dans la main, comme un tube. Il frappe, immédiatement, et c'est le trou noir... Elle a été kidnappée, en plein centre-ville, au milieu de la foule.

Un grincement. Suzanna frémit, se figea. Un bruit de porte et brusquement de la lumière. Ce qu'elle voyait, c'était une rue, la nuit, un réverbère... Elle comprit qu'elle était à l'arrière de la camionnette. Le sol était couvert de plusieurs épaisseurs de tapis et les parois tendues de rideaux noirs. La portière arrière venait de s'ouvrir en grand. Elle vit une silhouette se pencher et laisser tomber quelque chose à l'intérieur de la camionnette. Quelque chose d'encombrant et de lourd. Puis la portière se referma. De nouveau, l'obscurité... Quelques instants plus tard, la camionnette démarra.

Suzanna se mit à compter. Ce fut sa façon de résister. A chaque cahot, la douleur se réveillait, lui arrachait des larmes, mais elle n'arrêta pas de compter. Le trajet dura entre trente et quarante minutes. Les derniers kilomètres sur une route sinueuse. La camionnette s'immobilisa ; on coupa le moteur.

Suzanna entendit de nouveau un bruit de portière, des pas sur du gravier, le grincement et nota la lumière de la lune qui pénétrait dans la camionnette. La silhouette réapparut, monta dans le véhicule. Elle ne le vit plus, mais sentit qu'il la saisissait par les chevilles. Elle se cabra mais ce fut sans effet. Il la tira, de façon que le bas de son corps soit à l'extérieur alors que son torse restait contre le plancher. Suzanna eut juste le temps d'apercevoir, près de son visage, ce qu'il avait déposé avant de prendre la route. Elle vit une masse de cheveux blonds dépassant d'un tissu roulé. Il chargea Suzanna sur son épaule et l'emporta. Elle vit qu'ils étaient dans la montagne. Il commença à parler en gravissant une pente abrupte.

– Il m'a dit comment il te voulait... Tout à l'heure, je te préparerai...

Ce fut sa voix qu'elle reconnut.

– Tu seras exactement comme il m'a dit qu'il voulait que tu sois... Il me l'a dit souvent... Il parle de toi sans arrêt...

Il s'arrêta. Suzanna sentit qu'il la faisait basculer, qu'il la posait sur le sol.

– Encore un peu de patience... Je vais revenir pour toi... Ça ne sera pas très long...

Il lui passa la main sur le pubis. Elle hurla sous son bâillon.

– Je t'enlèverai ton ventre mort.

Il l'abandonna dans un creux de roche et redescendit au pas de course.

Amélie Brun s'étira et posa les pieds sur le caisson à roulettes. Elle avait les jambes lourdes. A trente-trois ans, elle regardait ses mollets enfler avec amertume. Sa mère lui avait dit de ne pas faire infirmière à cause de cela, mais à vingt ans on n'écoute pas sa mère. Amélie Brun aurait bien fait autre chose comme métier, mais quoi ? Avec deux gamins à l'école et un mari au chômage, on évite les reconversions hasardeuses. Et puis, bientôt, s'il n'y avait pas de pépin, elle passerait infirmière-chef. Elle ne savait plus très bien si elle en avait envie...

L'infirmière de garde du service de pneumologie de l'hôpital Henri-Labeyre posa les mains sur ses cuisses et ferma les yeux. Elle sursauta en entendant une machine se mettre en marche dans le secrétariat voisin.

Amélie rouvrit les yeux et fit basculer ses jambes. Elle resta immobile, assise, le buste droit, à l'affût. Le bruit du fax... A 22 h 30 passées, il y avait encore quelqu'un pour émettre un fax ! Amélie se dressa d'un seul mouvement. Elle enfila ses chaussures, alluma la lumière et sortit de la salle de repos. Elle traversa la salle des infirmières, sortit dans le couloir... En face, la porte du secrétariat était ouverte et la pièce plongée dans l'obscurité.

Amélie hésita, puis elle franchit le couloir, entra sans ralentir dans le bureau, alluma la lumière. Vide... Mais le télécopieur fonctionnait encore. La feuille que l'on avait introduite dans le bac d'émission ressortait lentement de l'autre côté de la machine. Amélie regarda autour d'elle, se pencha pour jeter un coup d'œil sous le bureau des secrétaires. Personne. Elle ressortit dans le couloir, regarda à droite et à gauche... Pas une ombre, pas un bruit. Peut-être n'aurait-elle pas dû allumer la lumière dans la salle de repos ; elle avait donné le temps à l'expéditeur de s'éclipser du secrétariat. Amélie revint dans le bureau. Le fax avait été envoyé et la machine délivrait un compte rendu de transmission positif. Amélie attrapa le document qui avait été faxé, le retourna pour lire le message. Elle eut un frisson, oublia ses jambes lourdes et lâcha la feuille. Au feutre noir, épais, on avait écrit, d'une écriture tremblante :

« Eloignez-vous de Maxime Linski... Sinon il va vous tuer ! »

Dès qu'Amélie eut surmonté sa surprise, elle décrocha le téléphone. Elle décida de prévenir plus tard l'administration hospitalière. Elle savait d'expérience qu'il est toujours préférable de mettre sa hiérarchie devant le fait accompli. Amélie Brun ramassa le fax et composa le numéro de la police.

*Elle était nue, couchée sur le dos, les bras paral-
lèles étirés au-dessus de sa tête dans le prolongement
du corps et les jambes largement écartées. Il lui avait
rasé la tête, les sourcils et le pubis. Elle avait les
yeux ouverts, les lèvres entrouvertes. Il n'avait rien
ôté de ce corps, il ne savait pas, il n'avait pas eu le
temps. Il tournait autour d'elle, tenant dans sa main
un pot en terre; il préparait son œuvre. Il avait déjà
enduit le sol de l'onguent avant d'y déposer le
cadavre d'Eve Lescout. Il s'accroupit près d'elle,
plongea la main dans la mixture contenue dans le
pot en terre, une huile qui coulait entre ses doigts. Il
caressa le corps d'Eve. Il commença par les pieds,
massa méticuleusement, termina par le crâne. Il se
leva, contempla le corps. Il marmonnait : « Il est
mâle s'il est femme, femelle s'il est homme...
L'enfant est un arbre... Il a des racines, car c'est par
elles que le fœtus s'enracine dans le corps mater-
nel... Dans sa tige passe la sève... »*
Il devait prendre son temps.

Dans le couloir, juste derrière la porte donnant accès à la salle de conférences, Sarral résumait à la commissaire le contenu de l'étrange conversation téléphonique qu'il venait d'avoir avec une infirmière d'Henri-Labeyre. Il avait noté le texte du fax qu'elle avait intercepté; il le lut à Victoire.

– A qui était-il adressé? demanda-t-elle.

– Suzanna Nolde. J'ai vérifié le numéro avant de vous prévenir.

– Est-ce que l'infirmière a un soupçon concernant l'expéditeur?

– Selon elle, ça peut être n'importe qui. Elle dit qu'une douzaine de patients du service sont en état de se déplacer, sans compter les sept ou huit membres du personnel soignant des services voisins.

– Elle vous a donné les noms des malades?

– Elle n'y est pas autorisée. Il faut que nous demandions officiellement les noms des patients ou que nous allions sur place pour consulter la liste discrètement... Vous pensez à Grisola?

– Qui sait... Allez-y, Sarral. Et trouvez Suzanna Nolde. Je préférerais qu'elle ne déambule pas toute seule dans les rues cette nuit.

Surpris, Sarral marqua un temps d'arrêt.

– Mais... Elle ne craint plus rien, madame.

– Qu'est-ce que vous en savez ?

– Eh bien, Linski ne peut pas lui faire de mal, puisqu'il est ici.

– Qui vous dit que le message désigne Linski ?

Elle laissa son lieutenant à ses réflexions et regagna la salle de conférences. Elle referma doucement la porte et observa l'homme qu'elle interrogeait depuis près de trois heures. Maxime était livide. Il sentait la haine autour de lui, le dégoût. Mais ce n'était pas cela qui le terrifiait. Les vêtements des victimes, dans sa maison... Il avait cru flancher. Il avait senti que son esprit pouvait vaciller. Un instant, il s'était vu, à Montcalmès, déposant dans sa cave les habits arrachés à ces femmes. Et puis, très vite, il s'était ressaisi. Le tueur était entré chez lui, il avait touché ce qui lui appartenait, il l'avait observé, guetté. Il avait été là, à quelques mètres de lui... Il leva les yeux vers Victoire.

– Je peux vous parler en privé ?

Elle continua de le dévisager. Elle savait que tous les regards étaient braqués sur elle et que ses adjoints attendaient qu'elle refuse.

– Suivez-moi dans mon bureau, dit-elle en lui tournant le dos.

Maxime se leva, parut hésiter, comme s'il doutait que les lieutenants de Camin Ferrat le laissent se déplacer librement, mais aucun d'eux ne bougea. Il se secoua, emboîta le pas de la commissaire. Elle le précéda dans le couloir, ouvrit son bureau et lui tint la porte. Maxime alla s'asseoir sur le fauteuil qu'il avait occupé lors de sa précédente visite. Victoire contourna sa table et s'assit à son tour.

– Je vous accorde dix minutes.

– Vous savez que je n'ai pas tué ces femmes, n'est-ce pas ?

– Si c'était le cas, vous seriez libre.

– Ne me racontez pas d'histoires ! Tout me désigne comme coupable et si vous ne m'aviez pas arrêté, on vous serait tombé sur le poil... Mais vous êtes intelligente.

– Si vous avez quelque chose à me dire, ne gâchez pas votre temps.

– Pourquoi ne voulez-vous pas interroger André Grisola ?

– Rien ne vous permet de dire que je ne veux pas le faire.

Maxime essayait de deviner si elle évacuait ses questions ou si elle s'efforçait simplement de lui en dire le moins possible.

– Il est introuvable, c'est ça ?

– Personne au monde n'est introuvable. C'est toujours une question de temps. Le vôtre s'écoule très vite.

Il n'obtiendrait rien d'elle. S'il ne parlait pas franchement, il n'avait aucune chance de sortir de la PJ avant la fin de sa garde à vue.

– D'accord... Vous m'avez pris des documents que j'ai confisqués au professeur La Borio del Biau. Je vous conseille le manuscrit. Il est signé de Frédéric Baluthan.

– Je regarderai.

– Je vais vous le résumer, si vous le permettez. C'est l'histoire d'un dénommé David Krieger, jésuite en mission en Chine au milieu du XVIIe siècle. Pour l'empereur Kang-Hi, le père Krieger traduit Aristote, des livres de mathématiques, enseigne la graduation du sextant, la géométrie eucli- dienne. En retour, il obtient d'être initié à la médecine chinoise et aux pratiques magiques en se procurant la *Triple concordance dans le livre des mutations des Tcheou*, le plus vieux précis d'alchimie au monde. Il côtoie les adeptes du tantrisme de la main gauche, participe au rite de changement de corps des disciples du Tchö et se passionne pour l'ancienne religion Tsug du Tibet, dont les figures centrales sont des êtres qui descendent du ciel et y retournent chaque nuit.

Sur terre, ils sont supposés vivre en investissant le corps des hommes... J'ai pris des notes. Si vous me rendez le cahier que vos sbires m'ont pris, je vous ferai la lecture.

Victoire se pencha sur son bureau, enfonça la touche de l'Interphone.

– Apportez-moi les objets personnels de Linski, s'il vous plaît.

– Ça commence à vous intéresser.

– Je vous ai donné dix minutes, je tiens parole.

Un policier vint déposer une boîte en carton sur le bureau de la commissaire et disparut aussitôt. Victoire fouilla dans la boîte, sortit le cahier et le tendit à Maxime. Il le prit et le feuilleta.

– Ecoutez ça : Baluthan cite Krieger. « Je suis devenu un messager céleste irrité, j'ai arraché la peau du corps, résidu de l'égoïsme. Je l'ai étendue afin de recouvrir l'univers et, sur elle, j'ai amoncelé tous les os et la chair. Alors, quand les esprits malins se sont manifestés, j'ai pris la peau, je l'ai roulée, je l'ai liée avec des serpents et des intestins, je l'ai fait tourner autour de ma tête et je l'ai précipitée par terre avec force, la réduisant ainsi que tout son contenu en une masse pulpeuse de chair et d'os, que des hordes de bêtes sauvages mentales ont dévorée. Elles n'en ont pas laissé le plus petit morceau. » Qu'est-ce que vous dites de cela ?

– Rien, je vous écoute.

– J'ai pourtant l'impression que ça décrit un rite sauvage assez semblable à celui qu'on a pratiqué sur ces quatre femmes.

– Peut-être.

Camin Ferrat jouait à un jeu qu'il détestait : le chat et la souris. Il jeta le cahier sur le bureau.

– Le jésuite se décrit aussi traînant au milieu de cadavres, reprit-il en s'efforçant de conserver son calme. Il erre dans un charnier, invoque une entité diabolique armée d'un sabre, se laisse découper en morceaux par ce démon et dévorer ensuite par des fauves assoiffés de sang... Il y en a des pages et des pages comme ça. Il est toujours question de la même chose : pour parvenir à la connaissance universelle, il faut devenir l'instrument d'un esprit, d'un démon, d'un maître, accomplir un passage d'un corps à un autre, mourir pour renaître, brûler pour se purifier ou détruire quelqu'un d'autre pour qu'il se purifie. Toutes les religions se mêlent, se nourrissent les unes des autres, comme pour en recréer une nouvelle, un culte des grands anciens qui auraient fondé l'univers, créé les hommes pour une œuvre obscure que quelques initiés seulement peuvent deviner et comprendre quand ils ont assimilé tous ces rites. Il y a tout et n'importe quoi...

Il marqua une pause avant de reprendre.

– Parce que Krieger ne s'est pas contenté de son séjour en Chine. Après une quinzaine d'années auprès de l'empereur, il embarque sur un navire pour le Brésil où il va résider très longtemps. Là-bas, il côtoie des Espagnols, des Portugais, des Guaranis, des esclaves noirs africains, des aventuriers hollandais de Pernambouc, des protestants, des juifs, des chrétiens d'Orient : nestoriens, jacobites, Abyssins, maronites, Arméniens... Et il continue à s'instruire : tatouages et scarifications, transes africaines, initiations Bambara, immersion des magiciennes du Cameroun, mimétisme des mages anatoliens, visions des chamanes. Il invoque les « esprits gardiens » et goûte à l'« herbe du diable », devient expert en scapulomancie, s'intéresse aux rituels de purification, recense les techniques de crémation. Ensuite, avant que les jésuites ne soient tous expulsés du Brésil, il rentre en Europe, à bord de la *Santa Isabella*, un navire marchand espagnol. Cette même année, il est reçu à la cour de France par la Pompadour qui est folle d'alchimie... Elle s'entretient avec Krieger des peuples antérieurs à Adam, des ancêtres obscurs, des anciens disposant d'une toute-puissance psychique et physique, des êtres antagonistes qui vont par paires, l'un étant le bien, l'autre le mal. Après cet entretien à la Cour, on perd la trace de Krieger. Ou presque. Le dernier témoignage sur la vie du jésuite se trouve dans un texte d'un moine relatant la visite du père Krieger à Saint-Guilhem-le-Désert ! Le moine le décrit comme un grand initié, un magicien ayant réalisé la synthèse de toutes les religions des hommes, un être de lumière destiné à conduire ses adeptes sur le chemin de leur devoir : accueillir les grands anciens lors de leur retour sur terre. Il dit que Krieger a la marque de l'initié dans sa peau et qu'il reconnaîtra son esclave spirituel par la marque correspondante. Il décrit des miracles qu'il aurait accomplis dans les montagnes autour de l'abbaye, en faisant se lever les morts, en faisant apparaître des créatures démoniaques enfermées dans les grottes et en les soumettant à sa volonté... C'est plus clair, cette fois ?

— Je connais les théories fumeuses de Baluthan, monsieur Linski... Il vous reste deux minutes.

Maxime se redressa et se frappa les cuisses.

— Elle est bonne celle-là ! Vous savez que Baluthan existe, mais c'est moi que vous arrêtez ? Il y a un type qui décrit les rites de mutilation et de crémation les plus dégueulasses que les hommes aient jamais imaginés, mais c'est Maxime Linski qu'on fout au placard ?

— Je vous rappelle que vous n'êtes qu'en garde à vue.

— Je suis sûr qu'il n'y a jamais eu de père Krieger... Le bouquin est truffé d'anachronismes. Si on lit ce texte avec un minimum d'attention, on constate que son jésuite commence sa carrière de missionnaire en 1665, mais il est reçu à la cour par la Pompadour, en 1752 : il devrait avoir cent sept ans ! Ça ne tient pas debout.

Victoire regarda sa montre et se leva.

— Vos dix minutes sont écoulées... Mais je vais vous faire une confidence, pour que vous ne vous ridiculisiez pas en accusant plus longtemps l'auteur de ces délires : j'ai été intriguée par les textes de Baluthan avant vous et je me suis renseignée sur lui.

Elle ouvrit un tiroir, sortit *Les Immortels* et le posa sur le bureau, devant Maxime.

– Pour être franche, j'ai obtenu mes informations peu de temps avant qu'on vous arrête, reprit-elle. Fausse piste : Baluthan n'a jamais existé, monsieur Linski. C'est un pseudonyme. Et le véritable auteur est mort fou le 13 septembre 1977. Je reste persuadée que le meurtrier s'inspire des textes de Baluthan, mais ça ne vous disculpe en rien. Vous venez même de me démontrer que vous êtes la personne la mieux informée des pratiques rituelles qu'il décrit et...

– Attendez, coupa Maxime. Vous êtes sûre qu'il est mort en 1977 ?

– Il n'y a pas le moindre doute. Il avait fait l'objet d'une surveillance de la police, il y a une trentaine d'années, après la rédaction des *Immortels*, quand il tenait dans le sud de la France des conférences où se rendaient les membres de tous les groupes satanistes.

– Alors expliquez-moi pourquoi le manuscrit sur Krieger est daté de 1996.

– Quelqu'un en aura fait une copie.

– Impossible. Parmi les miracles que Krieger aurait accomplis sur le causse, il est fait mention de la résurrection d'un soldat romain dans l'aven Roger...

Victoire eut un léger mouvement de recul qui trahit son étonnement. Elle connaissait le lieu et son histoire. La presse en avait parlé, la télé avait filmé la grotte et son découvreur.

– Vous avez compris, n'est-ce pas ? reprit Maxime. C'est un anachronisme de plus dans ce texte de dingue. François Roger est le spéléologue qui a découvert la grotte qui contenait effectivement des vestiges datant de l'époque romaine... Il l'a découverte en 1985, huit ans après le décès de Baluthan, ou de je ne sais pas qui.

Victoire hésita, puis elle retourna s'asseoir sur son fauteuil. Maxime comprit qu'il avait enfin marqué un point.

– Ecoutez-moi, commissaire. Dans quelques heures, vous aurez vérifié mon emploi du temps, vous aurez la preuve que je n'ai pas pu tuer Cathy Mathas et Julia Lezavalats. Je me souviens à peine d'Angélique Candolle... Pour vous, ça ne changera rien, vous êtes déjà persuadée que je n'ai pas assassiné ces femmes moi-même. Mais vous pensez que je peux manipuler le meurtrier, parce que j'ai pété les plombs. Vous imaginez que je tue par procuration. Eh bien, vous vous trompez. Si quelqu'un est manipulé, c'est moi. Depuis le début, quelqu'un choisit ses victimes parmi les filles que j'ai connues ou rencontrées pour me faire porter le chapeau. Grisola et La Borio sont dans le coup, j'en suis sûr, même si j'ignore quel rôle ils jouent, parce qu'ils sont l'un et l'autre incapables d'avoir massacré ces filles... Le jour où on saura qui a écrit le texte sur Krieger en le signant Baluthan, on ne sera pas loin de toucher au but.

Il ramassa le livre, regarda la couverture jaunie et demanda :

– Comment s'appelait le premier auteur, celui qui est mort en 1977 ?

– Un physicien de renommée internationale, Bernard Chautilef... Il ne s'est pas fatigué pour trouver son pseudonyme : Frédéric Baluthan est un anagramme.

Il avait posé un sac dans un angle de la pièce. C'était une petite salle à l'abandon, dans un immeuble de l'îlot Saint-Esprit, au pied du Corum. Les fenêtres et les portes avaient été murées, mais les routards s'étaient aménagé de nouveaux passages et avaient percé des trous dans les briquettes qui fermaient les fenêtres. Du sac, il sortit un petit chalumeau à gaz et un briquet Zippo. Il continuait à réciter ce qu'il n'avait pas le droit d'oublier : « Ensuite, l'enfant est un fruit qui se détache de l'arbre qui lui a donné naissance... Le placenta femelle appartient au monde terrestre, le cordon mâle fait partie du monde céleste... Le placenta doit être mis dans une marmite et enterré, le cordon est introduit avec une touffe de cheveux dans un fragment de tige de mil et placé dans la toiture du grenier... »

Il retourna près du cadavre d'Eve Lescout dont la peau enduite de beurre et de miel luisait sous la lune. Accroupi de nouveau, il oscilla, puis se balança d'avant en arrière, le chalumeau dans la main gauche, le briquet dans la main droite. Les mots, les phrases, à présent, il les psalmodiait : « Les vrais vivants sont les ancêtres... La vraie vie, c'est mourir à soi et renaître... Les urnes des enfants morts ont une ouverture au sommet pour qu'ils renaissent... L'âme s'échappe, revient... On se purifie en se lavant le visage avec de l'eau d'orchidée ... Et le corps avec de l'eau parfumée à l'iris... Avec les habits de la divinité, la divinité vient... Il y a de l'or potable dans l'élixir d'immortalité... De l'or et du mercure... Il faut conserver dans les organes les entités qui les gouvernent pour faire venir les êtres surnaturels... Il faut qu'un enfant meure et renaisse pour que les entités viennent... »

Il ne s'interrompit qu'une seconde, le temps de tourner la molette qui libérait le gaz du chalumeau. « Le moine-oracle fait venir en lui les entités... Elles laissent des messages... Il faut obéir aux messages... Il faut protéger le moine-oracle de la Lune noire, puisque c'est lui qui a la marque... Il faut prendre garde aux saintes qui pourchassent les moines-oracles... Les saintes empêchent que renaissent les enfants morts sortis de l'enfer. Elles ferment les urnes... »

Il fit basculer le capuchon du Zippo, et d'un coup de pouce il actionna la molette du briquet. Le fer frotta sur la pierre. Il y eut une étincelle, une flamme. Il approcha le briquet de la gueule du chalumeau et tout explosa. Il s'envola, se retourna en l'air et s'écrasa contre une porte vermoulue qui se fracassa. Un éclat de bois long comme un poignard de chasse déchira son pantalon et lui entailla la fesse et la hanche sur vingt centimètres. Il retomba à plat ventre, inconscient. Le souffle pulvérisa les briquettes qui fermaient la fenêtre, le plafond s'ouvrit comme sous la poussée d'un énorme piston, avant de retomber dans la pièce, en miettes. Le corps d'Eve fut soulevé, jeté contre un mur. Il retomba tête la première, s'affaissa sur le sol.

Pendant quelques secondes encore, il y eut des bruits de chutes, de gravats qui roulaient les uns sur les autres, de bois pourris qui craquaient. Puis ce fut le silence.

A 23 h 35, dans le bureau de Victoire, mais cette fois en présence d'un de ses lieutenants, Maxime acheva le récit de la visite rendue à Honoré Quéau le matin même. La commissaire ne fit aucun commentaire et ordonna que Maxime soit conduit en cellule.

A 23 h 40, elle demanda qu'Honoré Quéau et Roland La Borio del Biau soient entendus au plus vite et lança un avis de recherche concernant Gabriel Vallat, trente et un ans, environ un mètre soixante-dix, cheveux blonds, yeux clairs.

Cinq minutes plus tard, elle se présenta à la porte de la cellule de Maxime et ordonna qu'elle soit rouverte. Il était assis sur la banquette, dos au mur, ses bras entourant ses genoux. Elle entra, s'écarta de la porte et invita Maxime à sortir. Il se déplia lentement.

– Vous avez changé d'avis, ou vous me présentez au juge ?

– Ni l'un ni l'autre... Les pompiers viennent de découvrir le cadavre d'une femme, dans un ancien squat de l'îlot Saint-Esprit. Cette fois, il n'a pas brûlé le corps.

Maxime était debout. Le garde lui tendit ses lacets et sa ceinture. Il les prit sans le regarder. Il dévisageait Victoire.

– Vous savez qui est cette femme ? demanda-t-il la gorge serrée.

– Non... Il y a de fortes chances pour que ce soit vous qui me l'appreniez, monsieur Linski.

QUATRIÈME JOUR

Le projecteur était braqué sur le corps, tassé au pied du mur. Il était gris de poussière. Il leur tournait le dos et dans cette position, parce que les cervicales brisées ne maintenaient plus la tête dans l'axe, Maxime crut d'abord qu'elle était décapitée.

– Nous l'avons découvert comme ça, dit le pompier. On a pensé qu'il s'agissait d'une squatter, et puis on a trouvé ça...

Il désigna l'angle de la pièce où avait roulé le pot d'onguent.

– Et puis ça...

Il se tourna pour désigner le sac à dos et les touffes de cheveux blonds éparses.

– Alors, on a appelé et on a touché à rien.

Victoire leva les yeux vers le plafond à demi effondré.

– Combien de temps après l'explosion êtes-vous arrivés sur les lieux ?

– Cinq minutes.

– Qu'est-ce qui s'est passé, selon vous ?

– Difficile à dire avec précision, mais une chose est sûre : il y a eu accumulation d'un gaz explosif et quelqu'un a déclenché la réaction.

– Pourquoi ça n'a pas pris feu ?

– Le souffle a tout éteint en même temps qu'il pulvérisait les briquettes des fenêtres, les portes et les cloisons les moins solides. C'est généralement ce que l'on constate lors des explosions dues au gaz.

Victoire remercia le pompier et s'approcha de Maxime.

– Vous êtes prêt ?

Il hocha la tête.

– Alors, allons-y... Je ne veux pas qu'on la bouge avant que les gars de l'identité n'aient pris des photos. Il va falloir que vous vous approchiez.

Maxime ôta les mains de ses poches et marcha vers le cadavre. On lui tendit une lampe torche et il s'accroupit. En prenant appui de la main gauche contre le mur et en tenant la lampe à la hauteur de sa hanche, il distingua le visage badigeonné. Il se redressa, recula et lâcha la torche qui roula à ses pieds.

– Elle s'appelle Eve Lescout, mariée, vingt-neuf ans... Je ne l'ai vue qu'une fois, cet après-midi.

Il se mit à trembler, croisa les bras, comme s'il avait froid, et reprit :

– Elle travaillait aux Archives régionales de la Société du patrimoine languedocien... Elle était sublime, elle riait sans arrêt... La plus belle femme que j'aie jamais vue...

Il pleurait et il ne s'en rendait pas compte. Doucement, il se voûtait, comme s'il essayait de se replier, de rentrer en lui-même ou de disparaître. Il répétait qu'elle était belle, qu'elle souriait, qu'elle vivait... Victoire s'approcha de lui et lui prit le bras.

– Venez, Linski.

Elle essaya de l'entraîner, mais il résista. Il ne pouvait détacher son regard du cadavre d'Eve Lescout. Il n'entendait même pas Camin Ferrat. Elle agrippa fermement sa manche et le tira.

– Venez, Linski !

Elle le fit sortir, en le guidant dans l'escalier branlant où les pompiers balayaient les gravats.

Elle le conduisit au milieu de l'ancienne cour, entourée de palissades de chantier. Elle le planta là et attendit qu'il se ressaisisse. Pendant quelques secondes, il vacilla, le visage caché dans ses mains. Puis, il essuya ses larmes d'un revers de manche et se tourna enfin vers la commissaire.

– OK, c'est bon... Qu'est-ce qu'on fout ici ?

– On réfléchit.

– A quoi ?

– Vous connaissez l'assassin.

Maxime détourna la tête et inspira profondément.

– Je vous ai dit que non, bordel ! Pourquoi est-ce que...

– Ce n'était pas une question, Linski, coupa-t-elle. Il vous a suivi cet après-midi, il vous a vu discuter avec cette femme et il l'a tuée... Est-ce que vous comprenez ? Il l'a tuée, elle, parce qu'il l'a vue avec vous. Il choisit ses victimes à travers vous. C'est obligatoirement quelqu'un que vous connaissez !

– Je comprends surtout que je ne suis plus en garde à vue.

– Si, vous l'êtes toujours.

– Parce que personne ne comprendrait que vous laissiez filer votre seul suspect, c'est ça ?

– Exact.

– Mais vous ne pensez plus que je manipule ce monstre.

– Non.

– Vous êtes dégueulasse.

– Je suis juste un flic, Linski... On parlera de ça un autre jour.

Ils franchirent la palissade et sortirent dans la rue.

– Il a voulu brûler le corps et tout a sauté, reprit Victoire. Il a été sonné et blessé, sans doute légèrement. Il lui a fallu du temps pour retrouver ses esprits et les pompiers sont arrivés cinq minutes après l'explosion. Il s'est sauvé en abandonnant sur place son sac, le chalumeau, le briquet, le pot à onguent. Pourtant, il sait que l'on va trouver ses empreintes sur ces objets.

– Et alors ?

– Il a paniqué, pour la première fois... Vous auriez fait quoi à sa place ?

– Je ne suis pas à sa place !

– Vous auriez mis le plus de distance possible entre cet immeuble et vous, poursuivit Victoire sans tenir compte de sa réplique. Par où auriez-vous filé ?

Maxime regarda autour de lui. Il avait sur sa droite l'enfilade des immeubles désaffectés.

– Par là, dit-il en désignant les bâtiments à l'abandon.

– A pied, donc.

– Bien sûr, les camions de pompiers sont arrivés de la gauche. Il ne pouvait quitter l'îlot qu'en traversant les ruines.

Victoire tourna la tête dans la direction opposée.

– Mais il a fallu qu'il transporte le corps de sa victime jusqu'ici. Montpellier, ce n'est pas la garrigue de Fendeille. Il n'a pas pu la porter sur son dos... Il n'est pas venu à pied avec le corps d'Eve Lescout. Il avait une voiture et il l'a laissée quelque part, tout près.

Victoire commença de longer la palissade. Maxime lui emboîta le pas. Ils s'arrêtèrent à l'angle de la première rue. Une vingtaine de voitures y étaient stationnées.

– S'il est derrière vous depuis des mois, dit-elle, vous l'avez vu... Et son véhicule aussi, c'est certain. Nous avons trouvé les empreintes des mêmes pneus autour des lieux du crime et sur les pistes de Montcalmès. Regardez bien... Hier après-midi, alors que nous vous cherchions en vain, lui, il vous a trouvé. Sa voiture était derrière vous... C'est certainement une camionnette. Regardez...

Maxime se décala, descendit du trottoir et se posta au milieu de la rue. Parmi les vingt véhicules, quatre étaient des camionnettes... Sur la gauche, à trente mètres : combi Volkswagen, d'un modèle ancien, rose, rayé de vert, avec un soleil jaune peint sur le capot... Maxime le reconnut. Il l'avait vu, près de la rue Fournarié, il l'avait évité de justesse.

Il regarda Victoire, tendit le bras en direction du combi. Elle acquiesça, sortit son arme de son étui et une petite torche électrique de sa poche.

– Restez derrière moi, s'il vous plaît. Il peut s'être caché là en attendant que les rues soient rouvertes.

Le bras levé, pour que le canon du revolver soit dirigé vers le ciel, elle s'approcha très vite du combi, jeta un coup d'œil à l'intérieur, à travers la vitre du conducteur, puis contourna la camionnette. Elle s'arrêta devant les portières arrière et fit signe à Maxime d'approcher. Elle désigna la plaque d'immatriculation.

– C'est celui de Grisola... Vous allez ouvrir. Attrapez la poignée. Quand je vous le dis, vous ouvrez et vous vous écartez. Surtout, ne restez pas entre lui et moi, OK ?

Il hocha la tête, fit ce qu'elle demandait. Victoire recula autant qu'elle put. Dans sa main gauche, elle tenait la torche allumée, dans la droite, son revolver.

– Allez-y !

Maxime ouvrit la portière, se jeta sur le côté... Le faisceau de la torche balaya l'intérieur du Volkswagen. Victoire rangea son arme.

– Vide.

Elle entra la première. Les tapis, les coffres, les tentures et les phrases, les mots blancs sur le carton noir... Victoire frissonna, éclaira les petits panneaux les uns après les autres : « Les élixirs purifient le corps », « La divinité quitte un organe

malade, sans qu'on puisse jamais la faire revenir »,
« Le soleil noir est l'absolu maléfique dévorant de
la mort », « Le feu s'engendre par magie dans
l'organe génital des sorcières », « La matrice a été
fabriquée par les dieux avant qu'ils ne déposent au
ciel le soleil et la lune »...

– Taré ! gronda Maxime.

– Peut-être... Mais maintenant, nous sommes
dans sa tête... Dans son esprit. Ce qui donne son
sens à sa vie est sur ces cartons. Il ne peut plus
penser sans nous...

Elle s'accroupit, ouvrit un coffre, écarta une pile
de chemises impeccablement repassées, découvrit
des affaires de toilette, une pharmacie de secours.

– Il vit ici, c'est sa maison...

– Comment vous savez que c'est la bagnole de
Grisola ?

– Nous la cherchons depuis ce matin, à cause
des empreintes de pneus.

– Alors, vous saviez qu'il était dans le coup ?

Elle lui braqua sa torche en pleine figure.

– Vous commencez sérieusement à me taper sur
les nerfs, Linski ! Je suis un flic, bon sang ! Vous
savez ce que c'est qu'un flic ? Moi, je ne me fais
pas de cinéma. Je cherche un tueur. Je cherche des
indices, des preuves ! Je veux des faits. (Elle frappa
du poing contre le coffre.) Ça, c'est un fait : cette
camionnette appartient à Grisola et elle s'est trouvée sur les lieux des crimes. Un point, c'est tout !

– Mais enfin, ça se voit que c'est un truc de
dingue, ce camion !

– Je vous fais remarquer que le vôtre aussi a été
vu sur les lieux des crimes, et que c'est dans votre
cave qu'on a trouvé les vêtements des victimes, et
que c'est votre flingue qui a été jeté dans les poubelles du labo photo. OK ?... Vous savez ce qui
nous sépare, Linski ? Vous, vous voulez découvrir
qui tue ces femmes. Moi, je veux l'attraper !...
Alors, aidez-moi, ou descendez de cette camionnette !

– D'accord ! Mais arrêtez de me foutre votre lumière en pleine tronche !

Victoire leva sa torche. Maxime se baissa, ouvrit le second coffre. Il contenait du matériel d'escalade, des outils, des ustensiles de cuisine, plusieurs appareils photo et deux caméras vidéo. Mais aussi des perruques dans un sac en plastique transparent. Tout au fond, dans un angle, il aperçut un vieux cartable. Maxime écarta les cordes et les baudriers pour s'en emparer. Il le tendit à Victoire. Elle l'ouvrit, renversa son contenu sur les tapis et l'éclaira : des cartes d'identité, des passeports, des documents militaires, sociaux, des cartes de paiement, d'accès à des parkings, d'entreprises privées... Une centaine.

– Pas si dingue que ça, murmura Victoire. Avec ça, il peut changer d'identité six fois par jour.

Tandis que Maxime continuait de fouiller dans le coffre, elle éparpilla les documents, à l'aide d'un stylo qu'elle avait sorti de sa poche, lut les noms qui étaient inscrits sur les documents avant de les écarter. Elle isola deux cartes d'identité. L'une, ancienne, périmée, et sans doute authentique, était libellée au nom de Gabriel Vallat. La seconde, récente et fausse sans doute, portait le nom de David Krieger.

– Vous n'êtes plus en garde à vue, Linski...

Elle attendit une repartie et, comme elle ne venait pas, elle regarda Maxime. Figé, il tenait dans ses mains un petit objet dont Victoire ne parvenait pas à déterminer la nature. Elle orienta le faisceau lumineux de sa torche sur les mains de Maxime. C'était un sac à main. Un tout petit sac à main en matière synthétique noire, qui se fermait par deux petits boutons nacrés, dont la lanière était une tresse de cordelettes dorées.

Ils attendaient le serrurier. Une voiture de la PJ était allée le chercher; il serait là dans quelques minutes. A l'écart, les mains dans le dos, tête baissée, Victoire frottait le bord de sa semelle contre l'arête d'un pavé, un policier téléphonait, un autre contournait le bâtiment pour voir s'il n'y avait pas un autre accès. Maxime recula lentement, prit son élan, traversa la rue au pas de course et shoota de toutes ses forces dans la porte d'entrée du numéro 7 de la rue Embouque d'Or. Le vantail alla cogner contre le mur et la serrure arrachée vola dans le hall. Il entra. Victoire se lança à sa poursuite et lui prit le bras, en bas de l'escalier.

– Vous êtes malade! Calmez-vous!

Il se dégagea brutalement.

– Vous commencez à me les briser avec vos méthodes de flic à la con!

Il se lança dans l'escalier, franchissant les marches trois par trois, atteignit le deuxième étage. Ni Victoire ni ses deux lieutenants ne purent l'arrêter avant qu'il n'ouvre la porte de l'appartement de Suzanna comme celle de l'immeuble. Il se précipita dans le bureau, alluma la lumière, tourna sur lui-même... Les policiers entrèrent sur ses talons.

– Ça suffit maintenant! hurla Victoire. Vous ne

bougez plus, vous ne touchez plus à rien ou je vous coffre jusqu'à demain matin. OK ?

Il ne répondit pas, continua de regarder autour de lui sans savoir quoi chercher. Quand il avait compris que le tueur s'en était pris à Suzanna, Maxime avait eu l'impression qu'on lui enfonçait des millions d'aiguilles à travers la peau.

Dans l'appartement, les policiers se mirent immédiatement au travail. En quelques secondes, ils trouvèrent les télécopies, l'impression du texte de Clarke sur « la nuit noire de l'âme », le Post-it où elle avait inscrit le nom du journaliste de *L'Echo de Haute-Loire*, Jean Musetier, et le calendrier sur lequel elle avait noté son rendez-vous avec Daniel Longour.

Victoire examina d'abord les fax et secoua la tête en signe de dépit.

– Idiote... Pourquoi ne m'a-t-elle rien dit ?...

Elle fit signe à Maxime pour qu'il s'approche.

– Vous connaissiez l'existence de ces messages ?

Il secoua la tête.

– L'écriture des quatre premiers, si l'on se fie aux dates, est semblable à celle des espèces de proverbes que l'on a trouvés dans le combi Volkswagen... Il a joué avec elle. Il lui a tendu un piège.

Elle s'interrompit avant d'ajouter :

– Le cinquième et le sixième fax, ceux qui ont été envoyés de l'hôpital, sont d'une autre main. Elle n'a pas trouvé le dernier... Ça veut dire qu'elle a disparu entre 13 heures et 22 h 35... Je veux savoir qui sont ces deux types : Longour et Musetier. Magnez-vous.

L'un de ses lieutenants quitta aussitôt l'appartement pour rejoindre les voitures. Maxime enfonça la touche de lecture du répondeur.

– Vous m'emmerdez vraiment, marmonna Victoire.

Il n'y avait qu'un message, envoyé à 20 h 45. « Bonsoir, madame Nolde. C'est monsieur Quéau à l'appareil. J'ai retrouvé le nom du gars qui est venu chercher les affaires de Bernard Chautilef. Il s'appelait Grisola. André Grisola. Voilà... Maintenant, j'aimerais autant que vous ne me dérangiez plus avec cette histoire d'incendie. Je ne veux plus penser à Gabriel Vallat. »

Maxime se laissa tomber dans un fauteuil. Il avait des frissons et une vague nausée permanente. Il n'arrivait pas à imaginer que Suzanna puisse être entre les mains du tueur. Frappées, mutilées, déchirées, brûlées... Pas Suzanna ! Maxime voulait continuer de croire qu'elle était vivante... Dans la camionnette, Camin Ferrat lui avait dit que le tueur choisissait ses victimes à travers lui. Qu'est-ce que ça voulait dire ? Une vengeance ? Maxime ne connaissait personne qui lui en veuille assez pour se venger de cette façon. Personne qui soit assez fou... Il entendait Victoire et son lieutenant fouiller les autres pièces de l'appartement. Pourquoi s'en prenait-il à lui ? Maxime entendit sonner le portable de Camin Ferrat. Quelques secondes plus tard, elle fit irruption dans le bureau.

– Nous tenons Grisola, dit-elle. Il est à l'hôpital Henri-Labeyre... C'est lui qui a envoyé les deux derniers fax.

Suzanna vit qu'il boitait, entendit qu'il respirait difficilement. Quand il l'eut rejointe, il se mit à genoux près d'elle et sortit son couteau. Elle eut la sensation que son cœur s'arrêtait de battre. Il coupa le fil de pêche qui entravait les chevilles de la journaliste.

– Il va falloir que tu marches. Tu m'entends ?

Elle acquiesça, vit le sang qui tachait le pantalon. Il la saisit par les cheveux et lui posa la lame sur la gorge.

– Je vais t'enlever l'adhésif. Si tu cries, je te tue.

Elle ne bougea pas. Il arracha d'un coup sec le bâillon. Suzanna grimaça.

– Maintenant, tu vas descendre jusqu'au chemin. N'essaie pas de filer.

Il se releva péniblement, saisit Suzanna par l'aisselle et l'aida à se mettre debout. Elle se rendit compte qu'elle était pieds nus. Il la poussa ; elle résista.

– Attendez, le sang ne circule plus dans mes jambes... Ça va revenir.

Il attendit. Elle n'osait pas le regarder. Elle l'entendait respirer ; chaque expiration ressemblait à une plainte.

– Vous êtes blessé ?

Il ne répondit pas, la poussa en avant.

– Descends !

Suzanna obéit. Elle ne savait pas où elle était. Vingt fois, il la rattrapa, lui évitant la chute. Dans l'obscurité, il semblait y voir comme en plein jour... Dans le creux du vallon, seulement, elle aperçut la voiture. Ce n'était plus la camionnette bariolée, mais une vieille Méhari verte, bâchée. Quand ils l'eurent rejointe, il obligea Suzanna à s'asseoir, dos à une souche. C'est en levant les yeux qu'elle comprit où elle était. Dans le ciel étoilé se dessinait l'ombre du château du Géant qui surplombe le village de Saint-Guilhem-le-Désert. Suzanna frémit. A l'ouest, droit devant elle, sur l'autre rive de l'Hérault, elle distinguait le causse des Brousses, l'antenne-relais. Au-delà, il y avait Montcalmès. Si Maxime avait été chez lui, elle aurait pu voir les lumières de son mas...

– Pourquoi ? murmura-t-elle. Pourquoi moi ?

Il ne répondit pas. Il fouillait dans les poches de sa veste.

– Dites-moi ? insista-t-elle.

Il sortit trois mètres de fil de pêche et s'accroupit devant elle. Suzanna comprit qu'il voulait l'attacher de nouveau.

– Non ! je vous en prie ! Je n'essaierai pas de fuir. Je vous promets de...

Elle se tut en voyant apparaître le couteau dans sa main. Il lui lia de nouveau les chevilles, renforça le nœud avec un morceau d'adhésif. Il se redressa, recula, puis lui tourna le dos. Elle avait envie de pleurer, de hurler. Il ne fallait pas, surtout pas... Si seulement elle parvenait à obtenir qu'il lui parle, alors, peut-être... Peut-être aurait-elle une chance.

– Qu'est-ce que vous voulez faire de moi ? Vous m'avez dit qu'il vous avait demandé de me conduire ici... Qui vous a demandé ça ?... Qui est-il ?

– Il va venir bientôt.

Elle passa sa langue sur ses lèvres. Elle avait soif.

– Je suis la substance des gouffres ranimée par le sang de la vierge... Je suis celui qui entend les dieux de l'univers venus sur terre... De ma propre chaleur, je me consume et, mort sur un bûcher, je renais... Phénix ! Je suis la monture des immortels. Le cheng imite mon chant. Félicité pour les époux au paradis des immortels !

Il s'arrêta brusquement et se tourna vers elle. Il lui prit le bras et la força à se lever.

– Monte dans la voiture.

Elle avança en sautillant. Le fil lui sciait les chevilles. Il souleva la bâche et fit tourner Suzanna sur place de façon qu'elle puisse s'asseoir sur le bord du plateau. Elle comprit qu'il allait la faire basculer à l'intérieur, qu'elle ne pourrait plus lui parler.

– Attendez !

– Rentre dans la voiture !

– Je ferai tout ce que vous voudrez. Juste une chose... Comment savez-vous que mon ventre est mort ?

Elle crut le voir sourire.

– Je vous en prie, répondez-moi...

Le bras tendu vers l'ouest, il désigna le plateau des Brousses. Il désigna le mas de Montcalmès.

– C'est toi qui nous l'as dit, quand tu dormais. Tu nous l'as dit, une nuit... Là-bas.

Suzanna se mordit les lèvres pour étouffer le cri qui montait dans sa poitrine. Il se pencha, lui prit les jambes, les souleva et la fit pivoter. Elle ne put résister et tomba en arrière. Il repoussa les jambes de Suzanna à l'intérieur du véhicule et laissa retomber la bâche. Elle reposait à même la carrosserie en plastique. Elle essaya de ramper sur le flanc, pour trouver une position moins douloureuse. Son épaule heurta quelque chose qui aussitôt se déroba. Suzanna s'immobilisa. Son cœur se mit à battre très vite. Elle murmura :

– Qui est là ?... Il y a quelqu'un ?

Il y eut un frôlement, puis une courte expiration. L'obscurité était totale sous la bâche.

– Qui êtes-vous ? insista Suzanna. Qui est là ? Je ne vois rien...

Une voix lui répondit.

– Moi non plus, je ne vois rien... Il m'a bandé les yeux. Qui êtes-vous ? Est-ce que vous savez où on est ?... Est-ce que vous savez ce qu'il va faire de nous ?... Oh, mon Dieu !

C'était une voix jeune, une voix de femme. Et chaque mot qu'elle prononçait était un bloc de peur.

Le médecin en blouse blanche boutonnée jusqu'au col, et chaussé de nu-pieds, marchait à petits pas pressés. Pour avancer à la même vitesse, Victoire effectuait deux fois moins de foulées. Maxime suivait en retrait, entre deux lieutenants de la PJ. Derrière eux marchait Sarral.

– Il a été admis en urgence, il y a trois semaines, disait le médecin. Il était déjà très gravement atteint. Depuis, nous nous efforçons surtout de calmer la douleur... Je me demande comment il l'a supportée sans morphine. Ça a dû être un calvaire pour lui.

– Il en a pour longtemps ? demanda Victoire.

– Vous savez, c'est toujours difficile à dire, mais c'est une question de semaines... Son cœur ne tiendra pas.

Les poumons en miettes, métastases au foie : André Grisola était condamné.

– Il est pourtant encore en état de se déplacer, dit Victoire.

– Tout à fait. Ça ne signifie pas qu'il soit moins malade, madame. Son cancer évolue irrémédiablement, mais très lentement...

Le médecin s'arrêta devant une porte bleu pastel portant le numéro 311.

– C'est ici. Il est seul... C'est grave, ce qu'il a fait ?

– Possible, oui... Il avait des visites ?

– Un homme jeune venait le voir.

– Dans les trente ans ? Blond, environ un mètre soixante-dix ?

– Oui. Son neveu, je crois.

Victoire se souvenait parfaitement du dossier de Grisola : ni frère ni sœur, jamais marié. Pas de neveu non plus.

– Il est venu souvent ?

– Cinq ou six fois, d'après ce que m'a dit l'infirmière, intervint Sarral.

– Des communications téléphoniques ?

– Je le pense. Il a une ligne directe.

Victoire posa la main sur la poignée.

– Merci, docteur...

Elle se tourna vers ses hommes et ajouta :

– Vous attendez ici. Linski, vous venez avec moi, mais au moindre signe de mauvaise humeur je vous fais sortir de cette chambre par la peau du cou... Grisola peut me donner un indice primordial et je ne veux pas que vous fichiez tout par terre, compris ?

Maxime se contenta d'un vague hochement de tête. Victoire ouvrit la porte sans frapper. La chambre était dans la pénombre, seulement éclairée par le petit néon du cabinet de toilette. On distinguait l'extrémité d'un lit.

– Il ne supporte plus les lumières vives, dit le médecin. Ne vous étonnez pas si par moments son discours manque de clarté, les doses de morphine que nous lui donnons sont très fortes.

Victoire entra la première, marcha jusqu'au centre de la chambre et s'arrêta. On avait posé un drap et une couverture légère sur le malade. Il semblait qu'ils dissimulaient une momie. Un membre décharné sortait de sous le drap, un bras sec comme une branche d'orme dans lequel était plantée l'aiguille de la transfusion. Sur l'oreiller reposait la tête du voyant. Des cheveux blancs et rares, un teint cireux, des joues creuses, des cernes sombres, des lèvres gercées, un cou d'une maigreur de vautour. Seuls les yeux semblaient encore vivants... André Grisola observa Victoire en silence. Elle avait du mal à imaginer qu'il ait pu quitter son lit, se rendre jusqu'aux bureaux à l'extrémité du long couloir, tenter de faxer un message et surtout déguerpir sans se faire voir quand le bruit de la machine avait attiré l'infirmière. Maxime entra à son tour et attendit d'être près de la commissaire pour tourner la tête vers le lit... La douleur irradiait le vieillard. Méconnaissable. Il avait soixante-treize ans mais en paraissait au moins dix de plus.

Victoire sortit de sa poche les copies des deux derniers fax et s'approcha de lui.

– Je suis la commissaire Camin Ferrat, dit-elle en s'arrêtant à son chevet. Est-ce que vous me comprenez ?

– Mon cerveau est la seule chose qui fonctionne encore, madame la commissaire.

Etrangement, la voix était faible mais elle était claire. Victoire désigna Maxime.

– Vous reconnaissez monsieur Linski ?

Il hocha la tête. Victoire exhiba les fax.

– C'est vous qui avez envoyé cela, n'est-ce pas ?

Nouveau hochement de tête.

– Alors vous savez ce que je suis venue vous demander.

Grisola ferma les yeux. Maxime eut l'impression que la tête du voyant s'enfonçait doucement dans l'oreiller.

– Il s'appelle Gabriel Vallat, il a trente et un ans. Il ressemble à un ange, mais c'est un démon...

– Où est-ce qu'il habite ?

– Il n'a pas de domicile, pas de chéquier, pas d'existence officielle. Il vit dans une camionnette... Ma camionnette, une Volkswagen. Vous trouverez le numéro d'immatriculation dans mon portefeuille, sur...

— Nous l'avons trouvé, coupa Victoire. Où est Vallat ?

Grisola fronça les sourcils mais ne rouvrit pas les yeux.

— Je n'en ai aucune idée... Il n'a besoin de rien, il peut vivre comme un animal sur le causse ou se terrer dans des caves d'immeuble. Il se fait des amis en un clin d'œil. Il change d'identité sans arrêt, vole des papiers, change les photos... Il peut être n'importe où. Il tue et il disparaît.

Maxime s'approcha à son tour, se posta derrière Victoire, comme s'il préférait qu'il y ait un obstacle entre lui et Grisola.

— Comment savez-vous qu'il tue ? demanda-t-elle.

Le voyant rouvrit les yeux et fixa la commissaire.

— Bon Dieu ! Je l'ai vu à l'œuvre... Un jour, il est arrivé chez moi avec un cadavre dans les bras. Un corps brûlé auquel il manquait un pied et la partie basse du visage. Il l'a déposé sur le carrelage et il m'a demandé ce qu'il devait en faire... Il m'a demandé ça avec un grand sourire.

— Quand cela s'est-il produit ?

— Il y a huit mois, presque jour pour jour...

Victoire eut un frisson. Si Grisola ne se trompait pas de date, ça ne pouvait être ni Cathy Mathas ni Julia Lezavalats. Il avait tué non pas cinq fois mais six. Au moins...

— C'était une femme ?

— Je le crois, mais dans un tel état.

— Pourquoi n'avez-vous pas prévenu la police ?

Grisola dévisagea Maxime puis la commissaire avant de répondre.

— J'avais peur.

— Il vous menaçait ?

— Oui.

Victoire plia les fax.

— Vous mentez, Grisola, dit-elle doucement. Il est venu vous voir, ici, à plusieurs reprises. Si vous

vous étiez vraiment senti menacé, vous auriez fait en sorte qu'on le piège.

De nouveau, Grisola ferma les yeux. Puis il grimaça.

– Vous êtes moins stupide que je ne l'ai cru il y a trois ans, commissaire... C'est vrai, il venait ici. Il n'y avait que lui qui venait ici. Sinon, personne !... Personne d'autre que lui. Nous avons vécu ensemble pendant un an et trois mois. Seulement un an et trois mois. La plus belle année de ma vie... J'ai cru que j'avais un fils. Plus qu'un fils.

– Est-ce que vous saviez qu'il continuait de tuer ?

– Bien sûr. Il me racontait tout.

– Il te rendait des comptes, enfoiré ! gronda Maxime.

Le vieil homme ricana et rouvrit les yeux.

– Vous, vous êtes toujours aussi con.

Victoire saisit le bras de Maxime avant même qu'il ne bouge.

– Rappelez-vous ce que je vous ai dit, Linski. Si vous ne la fermez pas, vous êtes dehors dans la minute qui suit.

Maxime serra les poings mais ne bougea pas.

– Dans ce cas, reprit-elle, pourquoi ces fax à Suzanna Nolde ?

Grisola se renfrogna.

– Elle, je ne voulais pas qu'il la touche... Il n'y a qu'elle qui m'ait défendu quand on m'a accusé d'avoir jeté le corps de la gosse du haut de la falaise. Gabriel m'a dit qu'il allait le faire avec elle aussi... Je lui ai dit non... La première fois que je lui disais non. Il m'a regardé... Si vous saviez comment il m'a regardé. Comme si on était passé d'un coup du jour à la nuit noire...

Il s'interrompit pour avaler sa salive et reprit :

– C'était jeudi, je crois. Il est parti sans un mot... Et la nuit dernière, il est revenu.

– Ils vous a rendu visite pendant la nuit ?

– Visite ?... Oui, une drôle de visite. Je crois bien qu'il voulait que ce soit la dernière. Il a ouvert la porte et il s'est avancé tout doucement. Quand je l'ai vu, j'ai compris qu'il allait me tuer. Dans la chambre voisine, le malade a fait une crise cardiaque. Ça s'est mis à courir dans tous les sens, des médecins, des infirmières... Gabriel s'est éclipsé... Il m'a souri et il a disparu.

– Je ne comprends pas, coupa Victoire. Vous pensez qu'il a voulu vous tuer et, malgré cela, vous ne l'avez pas dénoncé.

– Je vous ai dit que vous ne comprendriez pas. Il y a des choses dans la vie qu'on ne fait pas, qu'on ne peut pas faire... Il m'a rendu heureux, madame. Un monstre, mais le seul être au monde qui m'ait aimé, pendant un an et trois mois.

Les sourcils froncés, il hocha plusieurs fois la tête, comme s'il essayait de chasser un engourdissement de la nuque, ou des souvenirs pénibles.

– Il m'avait aussi expliqué qu'il envoyait des fax à mademoiselle Nolde... J'ai voulu l'avertir. J'ai fait comme lui... J'ai essayé. Je suis bourré de drogues, parfois je perds les pédales... Je ne pouvais pas rester sans rien faire...

– Vous savez que vous avez couvert un assassin, que vous êtes son complice ?

– Je vais mourir, madame... Et puis, de quel assassin parlez-vous ? Gabriel ne se considère plus comme un être humain et le meurtre d'une femme n'a pas pour lui plus de gravité que l'abattage d'un animal. Il se peut que ça ne lui plaise pas, mais je crois sincèrement qu'il y est indifférent. Ce n'est plus un humain, c'est... Je ne sais pas ce que c'est.

– Qu'a-t-il fait du cadavre qu'il a apporté chez vous ?

– Je l'ignore. Il a dû le déposer quelque part. J'ai filé et je ne suis jamais retourné dans la maison des Gaugnes que m'avait prêtée un ami. Je me suis caché dans mon appartement de Carnon, mais il m'a retrouvé... Il est très doué pour ça : trouver les gens.

– Et moi, Grisola, intervint Maxime, qu'est-ce que je fous dans cette histoire ?

Le vieillard soupira et regarda Maxime.

– Vous n'avez vraiment rien compris ! Gabriel ne vous veut aucun mal, Linski. Il vous aime, comme personne ne vous aimera jamais. Il vous aime, vous, comme j'aurais voulu qu'il m'aime, moi ! Un amour absolu... Il vous vénère... Il a tué ces femmes pour vous les offrir.

– C'est du délire !

Grisola sortit sa main droite parcheminée de sous le drap, la leva vers son visage gris, essuya de l'index un peu de l'écume blanche qui poissait aux coins de ses lèvres et acquiesça :

– C'est son délire, en effet. Mais vous en êtes l'acteur principal... Vous savez au moins qui il est ?

– Je n'ai jamais vu cette pourriture, nom de Dieu ! s'écria Maxime.

– Mais si, vous le connaissez. Souvenez-vous : il y a trois ans, sur le Thaurac, lorsque vous êtes descendu chercher le corps de Valentine... Un jeune homme mince, avec des cheveux longs, blonds, de grands yeux clairs épouvantés...

Maxime eut un mouvement de recul.

– José ? Le gamin qui m'a remonté ?

– Oui, José Chavaud, c'est Gabriel Vallat... Mais il n'a vraiment rien d'un « gamin », comme vous dites... Il s'est aussi fait appeler Daniel Lallemand, ou Patrick Joyaux, Michel Deschamps, David Krieger, que sais-je encore... Il a usurpé des dizaines d'identités.

Maxime se passa la main sur le visage. Il se remémora le moment où il avait vu son sauveur, où il avait découvert son visage. Il se souvint de cette force déployée, extraordinaire, quand il l'avait saisi par une sangle du baudrier afin de soulager la corde qui menaçait de rompre...

– Qu'est-ce qui lui est arrivé ? bredouilla-t-il. Comment a-t-il...

– Attendez ! coupa Victoire. Ce n'est pas ce qui importe pour l'instant. Je veux que vous me donniez le plus d'éléments possible pour l'arrêter.

Grisola voulut répondre, mais il fut pris d'une quinte de toux, attrapa un mouchoir sous son oreiller, se racla la gorge et cracha en se dissimulant le bas du visage. Il lui fallut quelques secondes pour reprendre son souffle.

– La première fois que j'ai vu Gabriel, c'était chez un ami, dans les Cévennes.

– Chez Bernard Chautilef, à Saint-Roman-de-Liouzière, coupa Maxime.

– Vous avez tout de même découvert ça. C'était chez Chautilef, en effet. Gabriel devait avoir sept ans. Ses parents et son frère étaient encore vivants. Chautilef était fou de ce gamin à la gueule d'ange. Moi aussi, j'ai été impressionné par Gabriel. A cette époque, Chautilef était déjà gravement perturbé et, quand il était en crise, il voyait en cet enfant un messager de ses dieux, une réincarnation des initiés capable de voir et d'accueillir les grands anciens... Chautilef a commencé à éduquer Gabriel, à sa façon, bien sûr. Mais pas son frère, Olivier. Celui-là, Chautilef le détestait. Il disait qu'il se servait de Gabriel pour faire toutes les saletés qu'il n'osait pas faire lui-même. Ce qui agaçait encore plus le vieux, c'est qu'Olivier conservait une certaine influence sur Gabriel. Chautilef passait des journées entières avec le gosse et il lui fourrait dans le crâne ses histoires de réincarnation, de purification, de morts qui renaissent... L'enfant buvait ses paroles. J'ai assisté à ça une fois, ça m'a bouleversé... Si seulement vous aviez pu entendre Chautilef, vous comprendriez. Son esprit était confus, mais il s'exprimait avec une conviction que je n'ai jamais retrouvée, même chez les meilleurs orateurs... Il faisait naître des images, il parvenait à incarner des concepts abstraits, des états, comme l'éternité ou le bonheur. Un don, c'était un vrai don... Il a totalement envoûté Gabriel.

Le voyant s'interrompit et son regard se perdit. Emporté par ses souvenirs, il parut oublier Linski et la commissaire.

– Comment avez-vous connu Chautilef? demanda-t-elle.

– Le plus simplement du monde : j'étais directeur d'une petite collection de livres ésotériques dans une maison d'édition de Nîmes. Il m'a envoyé le manuscrit des *Immortels*. Je l'ai lu dans la nuit et je l'ai appelé.

– Les éditions du Tchö, c'était vous?

– Non, je n'étais qu'un collaborateur, mais c'est moi qui ai édité Chautilef... C'était fin 1967, j'ai trouvé son texte génial, novateur, iconoclaste. J'étais persuadé qu'il ferait un tabac. Mais ma maison d'édition n'a pas voulu mettre un sou dans l'affaire, alors c'est moi qui ai tout financé. Mes économies y sont passées. J'ai demandé à Roland La Borio del Biau d'écrire une préface. Roland et moi, nous nous étions connus à Toulouse, à la fin des années 50. Je prédisais l'avenir, dans une chambre de bonne! Mon Dieu, c'est si loin... La mère de Roland était l'une de mes consultantes. Elle m'a envoyé son fils, passionné d'ethnologie, d'occultisme et d'archéologie. Roland finissait ses études d'histoire, nous avons sympathisé et nous sommes restés amis. Quand je lui ai envoyé le texte de Chautilef, Roland a été enthousiasmé par l'érudition de l'auteur. Il a écrit la préface et m'a prêté pas mal d'argent pour promouvoir l'ouvrage... Comme Chautilef avait encore bonne réputation dans les milieux scientifiques et que j'étais sûr que ses écrits lui attireraient des critiques, je lui ai conseillé de prendre un pseudonyme...

– Frédéric Baluthan.

– Un anagramme. Toujours efficace. Mon seul but était alors de le protéger. Quand le livre est sorti, il n'a pas rencontré le succès escompté, alors j'ai demandé à Chautilef de tenir des conférences pour pousser les ventes... C'est là que tout a commencé.

On frappa à la porte et avant que quiconque n'ait dit d'entrer, une infirmière fit irruption dans la chambre. Elle demanda à Maxime et Victoire de la laisser seule un instant avec son patient. Ils s'exécutèrent et retournèrent auprès de Grisola après qu'on lui eut administré sa dose de drogue. Il semblait apaisé. Cette fois, Maxime et Victoire prirent place sur des fauteuils de veille.

– C'était juste avant les événements de mai 68, reprit Grisola. Roland et moi avons organisé des réunions, d'abord dans les milieux universitaires. Une, puis deux, puis trois... Le bouche à oreille a fonctionné, mais pas du tout dans l'univers que nous visions. Nous nous sommes retrouvés devant des salles combles où se rassemblaient tous les dégénérés, satanistes, mages de bazar et psychopathes en puissance... Baluthan a commencé à devenir leur idole. Il aurait pu être leur gourou. Nous vendions des centaines de livres par semaine. Nous aurions créé sans peine une secte et nous aurions gagné des millions, mais j'ai eu peur. Les Renseignements généraux nous surveillaient et je craignais qu'un dingue ne brûle quelqu'un pour voir si le mort allait renaître meilleur, comme l'écrivait Baluthan... Du jour au lendemain, j'ai stoppé le cycle des conférences, annulé celles qui étaient prévues, et j'ai fait retirer le livre de la vente. Chautilef n'a rien dit ; il avait déjà de gros problèmes avec la communauté scientifique. Roland, lui, m'en a voulu.

De nouveau, Grisola parut s'enfoncer dans sa mémoire. La morphine agissait.

– Ensuite ? lança Maxime. Que s'est-il passé ?

Le malade sursauta et reprit son explication, mais avec un débit plus lent.

– Chautilef a été mis au ban de la communauté scientifique et il s'est retiré dans cette maison de Saint-Roman. J'étais le seul à lui rendre visite. Petit à petit, il a perdu tout sens de la réalité ; le peu de lucidité qu'il conservait, c'était pour Gabriel. Quand l'enfant a été récupéré par la Ddass, Chautilef a sombré. Je suis allé le voir à l'hôpital, quelques semaines avant sa mort. Il n'était plus vraiment de ce monde, il voyait des choses, des êtres. Il vivait dans ses fantasmes. Quand il est mort, son notaire m'a appris qu'il me léguait sa bibliothèque et tout ce qu'il avait rapporté de ses voyages.

– Dans ce legs, coupa Maxime, il y avait un bâton de voyageur.

– C'est exact. Gabriel m'a pris le bâton, ainsi qu'un grand couteau cévenol, le jour où il a déposé le cadavre. Ils avaient appartenu à Chautilef et Gabriel les a reconnus...

Maxime se leva et s'approcha du lit. Victoire le laissa faire, mais demeura sur ses gardes, prête à intervenir. Petit à petit, Maxime s'habituait à l'aspect inquiétant du cancéreux et parvenait à le regarder. Il n'avait jamais aimé Grisola. Il s'était rapproché de lui à l'époque où la rumeur les mettait dans le même sac. Ensuite, Maxime s'était empressé de le rayer de sa vie.

– Vous aviez revu Gabriel avant que nous nous retrouvions sur le Thaurac ? demanda-t-il.

– Jamais... Je l'ai reconnu après qu'il vous eut remontés, vous et Valentine. A cause de son regard... Vous savez, Linski, il vous regardait comme il regardait Chautilef autrefois. Dans les jours qui ont suivi, je me suis débrouillé pour le retrouver. J'avais envie de savoir ce qu'il était devenu... Après les Cévennes, il n'a connu que des foyers, des familles d'accueil, jusqu'à sa majorité. C'est un petit voyou. Les seules choses qu'il ait apprises, c'est l'escalade et le vol à la tire. Il a cambriolé des maisons, des entrepôts.

– Ça, nous le savons, coupa Victoire.

Grisola eut encore cet étrange rire qui ressemblait à un hoquet.

– La police l'a arrêté et il a fait deux mois de prison. Comme ça, il a pu achever son apprentissage : il a appris à trafiquer des chèques et des papiers, à manier le couteau. Il s'est juré de ne plus jamais se faire prendre. Et on ne l'a plus jamais repris... C'est une petite frappe, d'accord, mais c'est d'abord un pauvre type... Il a été bouleversé par ce qui s'est passé sur la falaise. Il n'arrêtait pas de me parler de vous, Linski... De vous, avec Valentine dans vos bras, sortant du gouffre... Il était en état de choc... Ma seule erreur a été d'en parler à Roland...

Cette fois, Grisola détourna la tête. Maxime eut l'impression qu'il allait s'endormir. Il se pencha, posa la main sur l'épaule osseuse.

– Qu'est-ce que je viens faire dans cette histoire, Grisola ? Je veux savoir. De quoi avez-vous parlé à La Borio ?

Grisola ouvrit grands les yeux.

– Donnez-moi de l'eau. J'ai soif...

Il y avait une carafe et un verre sur la table de nuit. Victoire le servit. Grisola but en respirant bruyamment entre chaque gorgée.

– Merci... Je ne parviens presque plus à manger, mais l'eau me fait du bien...

– Je m'en fous, Grisola ! cria Maxime.

Il lui arracha le verre des mains, le reposa sur la table de nuit.

– Qu'est-ce que vous avez manigancé avec La Borio ?

– Roland et moi, nous dînions ensemble le premier vendredi de chaque mois. Au cours d'un de ces repas, je lui ai dit que j'avais retrouvé le fils spirituel de Chautilef. Il a voulu le rencontrer... J'ai organisé un rendez-vous et Roland a testé Gabriel. Il lui a tenu le même genre de propos que Chautilef lui tenait quand il était enfant... Mon Dieu ! Le visage de Gabriel ! On aurait dit qu'il était touché par la grâce... Il tremblait en écoutant Roland lui parler des rites des Dogons ou des chamanes yakoutes... Il était en extase... Et puis, tout à coup, il s'est mis à parler comme Chautilef, avec ses mots, ses intonations, ses tournures de phrase. Il n'avait pas le charisme du vieux, mais c'était tout de même fascinant...

De nouveau, Grisola essuya de l'index l'écume blanche qui adhérait à ses lèvres.

– Après ce dîner, Roland était surexcité. Il m'a emmené chez lui et il m'a dit que l'on pouvait réussir ce qu'on avait raté il y a trente ans, qu'il y avait autant de pauvres types qu'en 68 et même plus, tous prêts à suivre le premier gourou venu, et que l'on pourrait manipuler Gabriel comme on voulait, si on lui faisait bien la leçon. On pouvait faire de lui un nouveau prophète, la réincarnation d'un initié. Il suffisait de rafraîchir le texte des *Immortels* et de refaire des conférences. Il était certain de réussir à faire fortune en quelques années. Sa revanche. Il disait qu'il tenait sa revanche !... Nous avons tout raté, Roland et moi. Je n'ai jamais réussi à me servir de mon don de façon rentable et lui a toujours été considéré comme un guignol par ses confrères... Il voulait une nouvelle chance et moi... moi...

– Vous avez marché dans la combine ! intervint Maxime. Vous avez inventé et écrit l'histoire du jésuite Krieger et vous avez bourré le crâne de Gabriel.

– Non. C'est Roland qui a rédigé le manuscrit... Mais c'est moi qui en ai fait la lecture à Gabriel à mesure que Roland écrivait... Nous voulions qu'il finisse par croire que c'était la vérité, qu'il était vraiment la réincarnation de ce jésuite... Au début, ça a marché...

Une nouvelle quinte de toux secoua le vieillard. Maxime gardait les yeux fixés sur le vieil homme, attendant qu'il reprenne son récit.

– Gabriel vivait avec moi aux Gaugnes, reprit Grisola. Plus exactement, dans ma camionnette, qu'il garait dans le jardin... Un jour, il a refusé que je lui lise le chapitre que Roland venait d'écrire. Il m'a dit qu'il était prêt et qu'il n'avait plus de temps à perdre, que son maître avait besoin de lui... Ça m'a inquiété, parce que, dans le texte de Chautilef, le sens du mot maître est très particulier, comme vous avez pu le lire... Le maître est toujours celui qui commande les sacrifices, les initiations, les rites de passage d'un état à un autre, de la vie à la mort ou de la mort à la résurrection. Il est celui que le démon ou les esprits servent...

Grisola ferma les yeux et laissa sa tête peser sur l'oreiller.

– Et son maître, Linski, c'était vous... Mais, à ce moment-là, je n'avais aucun moyen de le savoir. C'est Roland qui l'a compris quand vous êtes allé chez lui pour l'interroger. Il m'a appelé ici, à l'hôpital, pour me le dire... L'obsession de Gabriel tourne autour de vous et vous n'y pouvez rien. Personne n'y peut plus rien.

Maxime posa la main sur le lit, près de l'épaule de Grisola et se baissa pour approcher son visage de celui du malade.

– C'est pas possible ! Tu m'entends ? Ce fêlé ne m'a vu qu'une fois ! Une seule fois !

– Mais dans quelles circonstances ? Vous rendez-vous compte du spectacle pour un esprit aussi fragile que le sien ? Vous étiez là, pendu au bout d'une corde, avec le cadavre d'une enfant serré contre vous. Au-dessus de votre tête, l'orage, et en dessous, le gouffre, l'abîme... Vous êtes sorti des ténèbres avec la mort dans vos bras, Linski. Vous savez ce que cela signifie dans la cosmologie délirante de Chautilef, n'est-ce pas ?... La Lune noire, préfiguration du déchaînement des forces destructrices, des catastrophes, de la souffrance et de la mort. C'est l'image inversée du soleil à son zénith. La Lune noire de l'autre monde, qui extrait les âmes errantes des abîmes, fait renaître les morts de leurs cendres et les conduit vers l'immortalité. Pour Gabriel, vous êtes la Lune noire. Et lui est votre monture, votre serviteur...

Il tendit la main en direction du visage de Maxime. Une main qui ne tremblait pas.

— Il a vu le signe, là, près de votre œil, cette petite cicatrice sombre en forme de croissant... Chautilef lui avait dit qu'il reconnaîtrait les maîtres à leurs marques : les tridents, les demi-lunes, les fourches, les lettres de l'alphabet secret des grands anciens...

Instinctivement, Maxime se recula, porta la main à sa tempe...

— Ça n'a pas de sens, bredouilla-t-il.

— Oh si ! Pour Gabriel, tout peut avoir un sens. Gabriel est possédé. On discutera encore longtemps pour savoir si le diable et les esprits existent et possèdent des malheureux ou bien si des déséquilibrés finissent par se croire investis... Chautilef parvenait à donner à l'accumulation hétéroclite des croyances qu'il avait collectées une cohérence quasiment scientifique, parce que son cerveau était fait pour manier des concepts et effectuer des synthèses. Gabriel, lui, souffre d'un grand désordre mental. Son esprit est devenu un labyrinthe mouvant, de légendes, de symboles, de croyances que le vieux lui a mis dans la tête. Il faudrait suivre le cheminement de sa lucidité perverse dans le dédale de sa mémoire et de son intelligence pour comprendre exactement ce qu'il fait. Mais je vous assure qu'il n'y a pas la moindre improvisation. Il est comme un prêtre effectuant les uns après les autres des gestes plus anciens que l'humanité elle-même. Tout a un sens.

Il marqua une pause, inspira en posant la main sur sa poitrine, par-dessus le drap.

– Votre cicatrice vous désigne, Linski. Mais si elle n'existait pas, quelque chose d'autre en vous vous désignerait. Une tache, une ride, qui aussitôt prendrait un sens... Gabriel accomplit une œuvre sacrée ; il pense que vous lui désignez vos élues. Il les brûle, parce que le feu rapproche les âmes errantes de l'esprit divin. Il arrache des corps ce qui est mauvais et pourrait les empêcher d'accéder à l'immortalité.

Au fond de lui, Maxime savait que Grisola disait la vérité. Le vieillard était le seul à avoir vu la folie en mouvement et à être encore vivant pour la décrire.

– Attendez, intervint Victoire qui ne perdait pas un mot de la conversation, espérant attraper au vol un indice qui la mettrait sur la trace de Vallat. Qu'est-ce que vous voulez dire quand vous préten-dez qu'il tue ces femmes pour Linski ? Il ne choisit que celles que Linski connaît, c'est ça ?

Grisola continua de s'adresser à Maxime, comme s'il avait posé lui-même la question.

– Seulement celles qui vous excitent, Linski. Celles que vous convoitez parce que vous avez envie de les posséder... C'est votre désir qui les lui désigne.

– Comment peut-il imaginer que je lui désigne ses victimes en les désirant ? répliqua Maxime.

– Désirer, détruire... Vous faites la différence. Lui non. Il ne voit que les âmes ou la chair et certainement, pour lui, c'est la même chose. Ce besoin de fouiller les chairs de nos semblables dans l'espoir de trouver une réponse à la misé-rable humanité, cela hante Gabriel, comme ça han-tait les neandertaliens dans la grotte de l'Hortus lorsqu'ils se livraient à l'anthropophagie... La chose qui agitait ces hommes il y a des milliers d'années agite Gabriel aujourd'hui. Quelque chose venu du fond des âges. Quelque chose qui lui parle, l'obsède et le mène. Vers quoi ? Il n'en sait rien lui-même...

Grisola réprima une nouvelle quinte de toux avant d'ajouter :

– Alors il cherche, Linski. Comme les quêteurs du Graal, comme Chautilef, comme tous les possédés, il cherche. Mais pas avec des symboles, comme les chevaliers d'Arthur, les génies ou les illuminés. Il cherche avec des corps... qu'il torture, brûle et déchire, avec un ordre, une méthode et dans un but qui nous échapperont toujours...

Brusquement, Maxime effectua un tour complet sur lui-même, les poings fermés.

– Et c'est toi qui as déclenché sa folie, espèce de vieux salopard ! C'est toi le monstre ! Toi et ce faux cul de La Borio !

Cette fois, Victoire se leva. Maxime était à bout de nerfs et elle craignait qu'il n'empoigne le vieillard.

– C'est vrai, nous avons voulu faire de lui notre créature, et la créature nous a échappé, répondit Grisola. Mais réfléchissez : quand bien même vous vous défendriez jusqu'au Jugement dernier, vous êtes aussi coupable que nous. Qu'est-ce que ça change pour ces femmes qui sont mortes que vous ayez ou non su que vous les livriez à un tueur en les convoitant ?

– Va te faire foutre, vieux débris !

Victoire s'interposa entre Maxime et Grisola. Le malade ne réagit pas à l'insulte. Il resta immobile, les paupières closes, et sa main s'ouvrit pour libérer son mouchoir réduit en une boule visqueuse. Il parla d'une voix calme, comme si faire du mal une dernière fois lui faisait du bien.

– Avez-vous fait le compte des femmes que vous avez eu envie de baiser au cours de ces trois dernières années, Linski ? Non, bien sûr... Mais lui l'a fait, ce compte. Il était derrière vous, à côté de vous, il vous a observé pendant que vous reluquiez les corps de ces femmes. Il n'en a oublié aucune. Qui sait combien exactement il en a tué ? Et toutes celles qui vivent encore sont susceptibles de devenir ses victimes. Mais je devrais peut-être dire « vos » victimes. Votre désir est assassin.

Maxime resta pétrifié. Victoire lui prit la manche et l'entraîna hors de la chambre. Dans le couloir, il s'adossa à la cloison et fit un violent effort pour se ressaisir. Victoire le laissa seul quelques minutes, le temps de donner des ordres à ses hommes. Grisola lui avait donné des explications. Et rien qui lui permettait d'arrêter Vallat avant qu'il ne tue à nouveau.

Elle revint près de Maxime quand elle eut l'impression qu'il avait encaissé le choc.

— Je vais vous faire reconduire chez vous, Linski, dit-elle doucement.

— Et Suzanna ? demanda-t-il d'une voix sourde.

— On s'en occupe. J'ai demandé des barrages partout. Personne ne dormira cette nuit. Les gendarmes vont investir les lieux que Vallat a fréquentés : Saint-Roman, les Gaugnes, l'appartement de Grisola à Carnon...

Il la regarda. Il avait les yeux d'un animal aux abois.

— Et vous croyez que ça suffira ?

Elle ne répondit pas et le devança dans le couloir. Elle entendait le pas de Maxime derrière elle. Brusquement, elle s'arrêta et lui fit face. Elle n'était pas obligée de lui dire ça, mais elle le lui devait. Elle avait compris quand Grisola avait révélé que José et Gabriel ne faisaient qu'un. Et depuis qu'elle avait compris, elle s'en voulait. Elle savait qu'elle ne s'accorderait jamais de pardon si Suzanna Nolde mourait, à cause de ça.

— Vous savez, Linski, je l'ai vu, hier après-midi... J'ai vu Vallat. Je l'ai croisé, au bas de l'immeuble de votre amie. Il sortait de chez elle. Il s'est coupé les cheveux, il semble plus fort, plus trapu, mais c'était lui... Il est passé à moins d'un mètre de moi. J'aurais... J'aurais pu...

Elle ne termina pas sa phrase.

Elles l'entendaient parler à la lune, et c'était comme la voix d'un fantôme qui les enveloppait. Elle leur parvenait, étouffée par la bâche, lointaine et très proche, selon le vent qui soufflait par intermittence. Comme si la nuit respirait. Elles captaient les phrases entières ou les bribes d'une pensée malade, des mots isolés d'un esprit incandescent...

Suzanna aurait voulu se libérer de ses liens rien que pour se boucher les oreilles ! Elles étaient là, dans la voiture, sous la bâche, depuis des heures. Et depuis des heures, il parlait à la lune. Avec celle qui près d'elle attendait que Vallat décide de leur sort, Suzanna avait parlé, à voix basse, durant un quart d'heure. Ensuite elles s'étaient tues, d'un commun accord ; en parlant, elles nourrissaient leur peur, c'était insupportable. Mieux valait se taire. Soudain, le silence. Dehors, il s'était tu, à son tour.

Elles entendirent son pas, le crissement du gravier sous ses semelles. Mais Suzanna seule vit se soulever la bâche et se dessiner la silhouette de Vallat. L'autre, le sentit et l'entendit chuchoter.

– La Lune noire s'est levée. La Lune noire est la voie dangereuse... Elle conduit au centre lumineux... Le soleil des ténèbres dévore ses enfants...

Il posa un pied sur le bord du plateau, se hissa. La Méhari tangua et il se glissa sous la bâche qui se referma derrière lui.

A 3 heures du matin, l'hélicoptère déclencha une tempête de poussières et de brindilles quand il se posa dans le pré aux sangliers, cent mètres à l'est de Montcalmès. Victoire sauta de l'appareil et courut vers le mas en se protégeant le visage. Maxime l'accueillit dans le hall et la précéda dans le grand salon du rez-de-chaussée.

— On a retrouvé le cadavre de La Borio, près des Gaugnes, dit-elle en se laissant tomber dans un fauteuil. Il a été égorgé, comme le grimpeur du Thaurac... Vallat est en pleine démence. Il a aussi enlevé Luce Winfield.

Maxime se voûta, ferma les yeux. Elle crut l'entendre gronder.

— Pour s'emparer d'elle, reprit Victoire, il est passé par les égouts et les caves, ensuite il a escaladé la façade et cassé une fenêtre. Il l'a fait descendre par la même voie, avec une corde sans doute. L'homme qui gardait l'étage n'a rien entendu. Nous pensons qu'il a pris la voiture de Winfield, une vieille Méhari verte. Nous la recherchons.

Elle s'interrompit, prit une inspiration avant d'ajouter :

— Pour Suzanna Nolde, nous ne savons rien. Daniel Longour travaille au *Languedoc républi-*

cain. Il avait effectivement rendez-vous avec elle. Il l'a attendue pendant une heure.

Maxime s'assit à son tour, sur un canapé, les bras tendus entre ses genoux. Une image l'obsédait ; il ne parvenait pas à la chasser. Il voyait des mains effleurer le corps nu de Suzanna. Il ne voyait pas son visage. Une voix dans sa tête répétait : « Elle ne bouge pas, mais elle est vivante... Elle est vivante... Elle n'est pas morte, elle ne bouge pas, c'est tout... »

– Et l'autre type dont elle avait noté le nom ? demanda-t-il.

– Jean Musetier... Il est à présent rédacteur en chef dans une revue, à Clermont-Ferrand. Je l'ai eu au téléphone. Suzanna l'a appelé en début de soirée pour savoir pourquoi il avait écrit des articles sur l'incendie de Saint-Roman. Musetier m'a répété ce qu'il lui a dit. Avant de s'installer dans les Cévennes, les Vallat vivaient dans un village, près du Puy-en-Velay... Gabriel a essayé de tuer sa maîtresse d'école. Un jour, pendant la récréation, son frère Olivier s'est battu avec un autre élève. L'institutrice s'est interposée, l'a réprimandé mais ne l'a pas puni. Olivier n'a rien dit. Mais Gabriel est allé chercher son compas dans son cartable, il a traversé la cour et a planté le stylet dans le visage de l'instit. Il l'a frappée trois fois. Elle a perdu un œil. Gabriel n'avait que six ans... Ensuite, les Vallat sont partis à Saint-Roman. Musetier connaissait bien l'histoire de cette agression ; je crois que l'instit blessée était sa tante ou sa cousine, je ne sais plus exactement. Quand il a entendu parler de l'incendie de Saint-Roman, il a voulu alerter les gens sur le comportement du gosse, mais ses articles ont été atténués...

Maxime laissa échapper un rire nerveux.

– Tout le monde savait, en fait... Personne n'a rien fait... Il a blessé des gens, il a volé, il est allé en taule... Et maintenant, c'est un monstre, il a Suzanna !

– On va la retrouver, coupa-t-elle. Nous avons mis en place des barrages sur toutes les routes. Trois hélicos sont prêts à décoller dès que la voiture de Winfield aura été repérée...

– Tu parles ! Il doit connaître la moindre piste du causse ! Avec une Méhari, il va vous filer entre les doigts sans problème !

Maxime soupira, se passa la main dans ses cheveux dénoués. Il ressemblait à un Christ vieillissant. Victoire hésita, puis elle reprit, plus doucement :

– Vous l'aimez, n'est-cc pas ?

Il hocha la tête.

– Elle le sait ?

– Non... Je l'ignorais. Je ne voulais plus de ça, jamais... L'amour, toutes ces conneries !

– Je suis désolée.

Maxime se redressa, dévisagea Victoire.

– Pourquoi ? Parce que j'aime cette fille ?

– J'essayais juste de me mettre à votre place.

Il y eut alors un bruit de course dans le hall et un gendarme fit irruption dans le salon. Il leur annonça qu'un feu venait d'être signalé, sur l'autre rive du fleuve, au sommet de l'éperon rocheux où se dresse le château du Géant.

– Mettez vos casques ! hurla le pilote.

Ce furent les dernières paroles que Maxime entendit. Près de lui, Victoire lui montra comment fixer son harnais, et l'hélicoptère décolla. Il s'éleva rapidement et piqua sur la montagne de Saint-Guilhem. Maxime aperçut la lueur de l'incendie avant qu'il n'ait survolé le fleuve. Comme dans un film, il eut l'impression que le brasier fonçait sur eux. Le pilote fit lever le nez de l'appareil et, durant quelques secondes, Maxime ne vit plus rien, sinon le ciel, les étoiles.

L'hélicoptère se stabilisa et commença à descendre, à trente mètres seulement des ruines qui dominaient l'éperon rocheux. Lentement, très lentement, il descendit...

Malgré ses efforts pour conserver son sang-froid, Maxime sentit l'angoisse naître et croître en lui. Il allait peut-être devoir contempler ce qu'il ne pourrait supporter. Ce qu'il refusait, absolument. La voix dans sa tête répétait : « Pas elle, pas elle, pas elle... »

L'hélicoptère descendit encore, tourna sur lui-même pour se présenter à 45° degrés du brasier. Maxime détourna la tête, croisa le regard de Victoire. Il le fallait... Il bloqua sa respiration et regarda.

Un corps brûlait. Les bras en croix, il brûlait comme un fagot de bois sec arrosé d'essence. Le cadavre était lié à un mur en ruine. Une silhouette de feu. Luce ou Suzanna ?... Maxime ne pouvait plus détacher son regard du corps enflammé. Il avait l'impression que le vide se faisait dans sa poitrine, qu'il était comme aspiré de l'intérieur. Il avait agrippé la sangle ventrale de son harnais et il la serrait. De toutes ses forces, il la serrait. Et subitement, l'image de Valentine se superposa à celle du corps martyrisé sur le château du Géant. Maxime fit un bond sur son siège et se mit à hurler.

Victoire le regarda s'agiter sans comprendre ce qui lui arrivait. Il frappait ses écouteurs du plat de la main, faisait de grands gestes. Elle se demanda s'il n'était pas en train de devenir fou. Et subitement elle comprit. Elle se pencha en avant, tapa sur l'épaule du pilote et, d'un geste, lui ordonna de brancher le système de communication. Dès qu'il eut obéi, le hurlement de Maxime lui vrilla les tympans.

– Branchez cette saleté, nom de Dieu !

– Arrêtez de brailler ! Qu'est-ce qui vous arrive ?

Surpris d'entendre enfin une voix, Maxime sursauta et se tourna vers la commissaire.

– Je sais où il est ! Vous m'entendez ? Je sais où se terre cette ordure !... Le Thaurac ! Il est sur le Thaurac !

A 3 h 30, l'hélicoptère emportant Maxime Linski et Victoire Camin Ferrat prit la direction du Thaurac. Tandis qu'il volait au-dessus de l'Hérault, la commissaire donna l'ordre à toutes les forces de police et de gendarmerie de converger vers le plateau. Très vite, elle sut que Linski avait vu juste : la Méhari de Luce Winfield avait été signalée une première fois, roulant à très vive allure, sur une piste, à la hauteur du col de la Cardonille, où il fut impossible de l'intercepter. On découvrit plus tard la voiture abandonnée près du village de Laroque, à quelques mètres d'un sentier très abrupt conduisant au plateau.

L'hélicoptère déposa Linski et Camin Ferrat au sommet de la face ouest, à 3 h 45. Maxime portait sur l'épaule le filin de secours de l'appareil qui reprit aussitôt de l'altitude pour braquer son projecteur sur la falaise. Maxime arrima la corde exactement à l'endroit où, trois ans auparavant, on avait fixé celle qui lui avait permis de retrouver le corps de Valentine Mouchez. Il avait prévenu Victoire qu'il descendrait à nouveau, à cet endroit ; elle essaya néanmoins, une dernière fois, de l'en dissuader.

– Attendez les renforts.

– Pas question.

– Nous l'avons pris de vitesse, Linski.

– Raison de plus. S'il y a quelqu'un là-dessous, je veux arriver avant lui.

Luce, Suzanna... Il n'avait plus le courage de prononcer leurs prénoms. L'une était morte, l'autre vivante.

Victoire sortit son arme et la lui tendit.

– Prenez ça.

Il refusa.

– Je ne sais pas m'en servir. Donnez-moi plutôt votre lampe torche.

Maxime commença sa descente, sans assurance, dans le faisceau du projecteur de l'hélicoptère. Il descendait très vite, sans réfléchir, et sans appréhension. Il lui fallut moins d'une minute pour atteindre l'étroite terrasse aux genévriers où s'était écrasé le corps de Valentine. Il se retourna, plaqua son dos contre la paroi, alluma la torche et, très lentement, progressa vers la droite. Il fit six pas, sentit un courant d'air froid sur sa jambe. Il s'accroupit, orienta le faisceau de la lampe en se fiant à ce courant d'air. L'entrée de la grotte était juste devant lui... Le gouffre qui hantait ses rêves depuis trois ans, un abîme qu'il pensait conçu par la terreur, qu'il avait considéré comme l'œuvre de ses fantasmes, comme une hantise. Il était là. Un vrai trou, et non l'image de l'enfer... De sa main droite, il chercha une prise sur la paroi, la trouva et s'assit. Il ne lui restait plus qu'à progresser sur ses fesses pour entrer dans ce boyau obscur, assez large pour laisser passer deux hommes à la fois. Les pieds d'abord, puis les jambes, les cuisses... Il parvint à s'y introduire jusqu'aux hanches et lâcha sa prise de main pour se laisser glisser dans le boyau.

Cinq mètres plus bas, il se retrouva dans une galerie horizontale, très basse de plafond. Il parcourut une vingtaine de mètres. La galerie faisait un coude, presque à angle droit. Maxime ralentit et colla son dos à la paroi. Au-delà, il y avait en contrebas une salle, un puits, avec en son centre un autel rongé par les eaux d'infiltration. Maxime descendit et distingua, sur sa gauche, au-delà de l'autel, une forme prostrée sur un banc de pierre taillé dans la paroi. Il bloqua sa respiration et braqua sa torche sur la forme... Des cheveux roux, un front barré de trois rides horizontales, un nez au bout arrondi, une cicatrice sur la pommette gauche, des yeux très clairs, une couleur noisette délavée. Il lui avait ôté le bandeau, sans doute pour l'entraîner sur le plateau, mais il l'avait bâillonnée... Maxime sentit fléchir ses genoux. Il fit deux pas en avant pour se retenir de la main gauche au bord de l'autel. Le faisceau lumineux de sa torche se mit à danser sur la paroi calcaire, autour de Luce Winfield, nue, ligotée sur le banc de pierre. Maxime sentit qu'il allait tomber. Il eut la sensation que quelque chose se mettait à remuer dans sa poitrine, quelque chose de dur, de tranchant, qui roulait, basculait et le déchirait. Il ouvrit la bouche, murmura « Suzy... ». Il ne tenait plus debout qu'en raidissant son bras gauche. Toute sa volonté dans cette crispation. Sinon, il serait tombé.

Luce Winfield tremblait si fort qu'on eût dit que quelqu'un la secouait. Ce fut cela qui permit à Maxime de rester sur ses pieds, de surmonter la douleur : l'épouvante de Luce. Il maîtrisa son tremblement pour éclairer la jeune femme. Quand il parla, il ne reconnut pas sa voix. Comme si un nœud coulant lui serrait la gorge.

– C'est moi, Linski... Je vais vous sortir de là. N'ayez pas peur...

Avant d'avoir fini sa phrase, il comprit que ce n'était pas lui qu'elle regardait avec cette terreur dans les yeux. Elle regardait fixement, par-dessus l'épaule de Maxime, cette chose dont lui-même sentit soudain la présence. Maxime lâcha le bord de l'autel, tourna les talons et braqua sa torche à hauteur de poitrine. Il était là, Gabriel Vallat, à trois mètres, pieds nus, en costume étriqué, chemise et cravate, couvert de sang. Jambes serrées, les bras le long du corps, comme au garde-à-vous. Visage lisse, pâle, sans expression. Impossible de reconnaître en lui José Chavaud, le jeune type descendu le sauver sur la paroi, trois ans auparavant. Dans son poing, il serrait le manche du couteau avec lequel il avait déchiré le ventre d'Angélique et de Julia, le visage de Laure, les bras de Cathy. Et Suzanna...

– Lâche ça, dit Maxime. Lâche ton putain de couteau !

Vallat ne bougea pas. Maxime aurait été incapable de dire où se posait son regard dément. Il se souvint alors de ce que Grisola avait dit de son regard : « Comme si on était passé d'un coup du jour à la nuit noire. » Son regard traversait les corps, la roche et plongeait dans les ténèbres, où hurlaient ses démons, ses maîtres, ses terreurs, où personne à part lui n'irait jamais... Et puis, tout alla très vite. Vallat plia les genoux, mordit dans la lame de son couteau et se propulsa à la verticale en levant les bras au-dessus de sa tête. Surpris, Maxime eut un instant d'hésitation. Quand il voulut se jeter sur lui, Vallat s'était déjà introduit jusqu'au bassin dans un boyau, comme une cheminée par laquelle sans doute il était descendu. Il s'éleva si vite et avec tant d'aisance qu'on eût dit qu'il était aspiré vers le haut. Maxime se précipita vers lui, tendit le bras, attrapa le talon du tueur qui se dégagea aussitôt et progressa encore d'un mètre. Il était hors d'atteinte. Maxime recula. Malgré l'adrénaline, la peur, la fureur, la douleur, il sut qu'il n'oublierait jamais ce contact...

Il abaissa son bras, recula jusqu'à l'autel, puis il s'accroupit. La tête qui tournait, des étoiles qui explosaient devant ses yeux. Il crut qu'il allait s'évanouir. En une fraction de seconde, il fut couvert de sueur. Ne pas penser, surtout... Ne pas penser à Suzanna... Ne pas donner au corps immolé sur la ruine le visage de Suzanna...

Il lui fallut une minute pour trouver la force de se relever et d'aller aider Luce. Il défit ses liens, ôta sa chemise pour couvrir la jeune femme. Elle se jeta contre lui, le serra. Elle tremblait encore. Tout son corps tremblait.

– Il l'a tuée à côté de moi, bredouilla-t-elle. A côté de moi... Je ne voyais pas... Mais je l'ai entendu...

– Taisez-vous, c'est fini.

Il l'aida à se lever, il l'aida à marcher. Elle tremblait tant qu'elle trébuchait à chaque pas.

– Il l'a frappée. Elle a crié, une seule fois... Je sais pas avec quoi il l'a frappée... Ça a fait un bruit... Un bruit ! Pourquoi elle ?... Pourquoi pas moi ?...

– Taisez-vous. Je vous en supplie, taisez-vous. Si vous ne vous taisez pas, je n'y arriverai pas.

Elle se tut.

A 3 h 45, Luce Winfield et Maxime Linski furent hissés au sommet de la face ouest du Thaurac. La jeune femme, choquée, fut évacuée vers un hôpital. Un gendarme donna sa veste de treillis à Maxime. Il refusa de quitter les lieux et rejoignit la commissaire. Elle lui apprit que Vallat avait été repéré sur le plateau, mais qu'il avait réussi à leur échapper une nouvelle fois en se jetant dans un trou. Il avait été impossible de le suivre.

Le jour se levait. A bout de forces, Maxime s'assit sur une lèvre de calcaire entre deux buissons de buis.

– Pourquoi ne l'avez-vous pas abattu ? demanda-t-il.

– Aucune raison.

– Il vous faut combien de morts pour avoir une raison ?

– Il était sans arme et il ne menaçait plus personne.

– Ah oui ! Et maintenant, il est où ?

Victoire se campa devant lui, les poings sur les hanches.

– Vous faites chier, Linski ! Vous êtes coura-geux, mais vous faites chier !

Dans le silence, le face-à-face dura quelques secondes. Le premier, Maxime baissa les yeux. Victoire soupira et s'assit à son tour. Elle était au-delà de la fatigue, n'arrivait même plus à soutenir sa colère.

– Comment avez-vous compris qu'il était là ? demanda-t-elle.

– Ce que je prenais pour un cauchemar depuis trois ans n'en était pas un... C'est un peu compli-qué. Je croyais avoir rêvé d'un gouffre sur la paroi quand je tenais le cadavre de Valentine dans mes bras. Je croyais que c'était la peur de mourir, ce gouffre... D'un seul coup, j'ai réalisé que ce n'était pas un rêve, que ce gouffre existait vraiment... Tout a commencé là, Vallat aussi l'a vu, ce gouffre... Pour lui, la gosse et moi, nous sommes sortis de là... C'est le cœur de sa folie, cet endroit. Lui-même est né ici dans sa nouvelle peau... de démon, ou de je ne sais pas quoi.

Il se passa la main sur le front :

– Qu'est-ce que vous allez faire de... du corps de Suzy ?

– Il ira à l'Institut. Il faut qu'il soit... examiné.

– Je voudrais la voir avant.

– Ce n'est pas une bonne idée.

– Je sais, mais j'irai quand même... Elle est morte à cause de moi.

– Vous n'allez pas vous mettre à croire aux conneries de Grisola ?

– Je l'ai désirée, plus que n'importe quelle autre femme... Elle a payé de sa vie le goût que j'avais de son corps.

– Vous avez fait plus que la désirer, Linski, vous l'avez aimée et je suis sûre qu'elle le savait. Vallat est complètement fou. Vous n'êtes pas respon-sable.

Il haussa les épaules.

– C'est pareil : elle est morte. N'essayez pas de me réconforter. J'ai pas besoin de réconfort...

Autour d'eux, des renforts de gendarmerie, déposés par un hélicoptère, se déployaient. Un officier hurlait des ordres. Victoire attendit que l'appareil ait décollé et qu'il se soit éloigné.

– Linski ?

– Oui.

– Vous ne m'aimez pas, n'est-ce pas ?

Il fixait le sol, entre ses pieds.

– Je vous respecte.

– Dites-moi franchement, vous n'avez jamais eu envie de coucher avec moi ?

Lentement, il releva la tête et regarda Victoire.

– Vous perdez la têtc ou quoi ? Vous croyez que c'est le moment ?

– Ça n'a rien de trivial, répliqua-t-elle, vexée. C'est une question sérieuse que je vous pose. Répondez-moi, s'il vous plaît : est-ce que vous avez éprouvé, ne serait-ce qu'une fois, du désir pour moi ?

– Jamais. Vous m'êtes indifférente.

Elle rentra la tête dans les épaules et lui adressa un sourire triste.

– Vous savez, vendredi après-midi, quand je suis montée ici, sur le plateau, après l'assassinat de Luc Lobry, un homme m'a suivie. J'ai senti sa présence et les gars qui tournaient au-dessus en hélicoptère l'ont vu. Je suis sûre que c'était Vallat. J'étais seule et il m'a suivie. Il aurait pu me tuer mais il ne m'a pas touchée. Je crois que... votre indifférence m'a sauvé la vie, Linski.

Les recherches durèrent jusqu'au vendredi 26 juin. Pendant six jours, les brigades spécialisées de la gendarmerie, guidées par les meilleurs spéléologues de l'Hérault, s'enfoncèrent au cœur du plateau du Thaurac, pénétrèrent dans des avens qui n'étaient plus visités depuis des décennies, sondèrent des gouffres, sans trouver la moindre trace de Gabriel Vallat.

Les quatre entrées de la grotte de la face ouest furent fermées par des grilles afin d'éviter les visites des curieux et de permettre une étude archéologique ultérieure. Selon les historiens, la cavité, particulièrement difficile d'accès, aurait servi de lieu de culte secret aux Camisards durant les guerres de Religion. Et sans doute, des milliers d'années auparavant, de four crématoire.

Le corps de Suzanna Nolde s'envola pour les Etats-Unis le 29 juin, pour être enterré dans un cimetière d'une petite ville de la côte Ouest où vivaient encore une vieille tante. Le même jour, Luce Winfield regagna Lausanne. Elle avait refusé de revoir Maxime Linski, mais le lendemain du départ de l'archéologue il reçut un paquet et une lettre. Dans le paquet, il y avait la chemise dont il avait couvert la jeune femme, dans le puits. Sur le carton qui l'accompagnait, elle avait écrit : « C'était bien le diable, n'est-ce pas ?... Merci. Adieu. »

Le 2 juillet, Victoire Camin Ferrat alla chercher Jean Diaz à la sortie de la clinique et le raccompagna chez lui, dans sa maison de Saint-Clément. Il allait mieux ; il se montra insupportable pendant tout le trajet.

Thomas Linski rejoignit son père dix jours après la date prévue initialement, pour lui laisser le temps de satisfaire aux besoins de l'enquête. Et aussi de dormir, beaucoup.

Les jours passaient et l'équipe de France de football s'apprêtait à disputer la finale du Mondial. Gabriel Vallat semblait s'être perdu dans les abîmes calcaires du Thaurac...

VENDREDI 30 JUILLET, 10 H 30...

– Lâche l'embrayage ! Maintenant !
Les mains en porte-voix pour surmonter le bruit
d'insecte du moteur, Maxime dirigeait la manœuvre.
Thomas obéit. La roue avant de la Kawasaki quitta
le sol, la moto se cabra...
– Lève-toi ! Garde les gaz !
Debout sur les cale-pieds, Thomas effectua un
wheeling parfait : vingt mètres sur la roue
arrière. Il coupa les gaz, laissa retomber la roue
avant, écrasa la pédale de frein et donna de
l'angle à la 125 pour qu'elle dérape. Demi-tour,
dans un nuage de poussière. Maxime applaudit.
Thomas jeta son casque.
– Elle est géniale, Max ! C'est une bécane
d'enfer.
Maxime sauta du muret et courut vers son fils.
– C'est un pur-sang, mon gars. J'ai passé des
nuits dessus, mais ça vaut le coup.
Fier... Maxime regarda Thomas : un mètre
quatre-vingts, soixante-huit kilos, à quinze ans.
Des cheveux longs, bouclés comme ceux d'un
archange de la Renaissance. Les joues creuses, le
nez busqué, les lèvres pulpeuses, des yeux noirs.
« C'est moi, à son âge, pensait Maxime. Mais lui,
il réfléchit et c'est du bon pain, alors que moi,

j'étais déjà une sale teigne et rien dans le crâne... » Il posa la main sur l'épaule de son fils.

– Tu n'as plus qu'à passer ton permis.

Thomas ouvrit des yeux ronds.

– Tu rigoles ?

– Non.

– Arrête, Max ! Tu m'as pas acheté cette bécane pour que je fasse des ronds sur la piste, ici, à Montcalmès, pendant un an ?

Maxime se mordit la lèvre, puis éclata de rire.

– Mais non, je plaisante... Tu fais ce que tu veux, mais tu ne te fais pas piquer. Je n'ai pas de très bonnes relations avec les flics et si on te contrôle sans permis, ça va nous coûter cher.

Thomas n'avait pas écouté la dernière phrase. Il tendait l'oreille.

– Qu'est-ce qu'il y a, fils ?

– T'entends pas un moteur ? On dirait...

Deux voitures noires approchaient à grande vitesse. Elles s'immobilisèrent derrière l'Unimog de Maxime. Victoire Camin Ferrat descendit de la première.

– Qu'est-ce qui se passe, papa ? demanda Thomas, inquiet.

Maxime lui adressa un clin d'œil, sourit pour le rassurer et plaisanta.

– Les flics... Ils ont dû te repérer. C'est des malins. Rentre la moto, s'il te plaît.

Thomas s'éloigna en poussant sa machine. Victoire rejoignit Maxime en gardant les yeux fixés sur l'adolescent.

– Il vous ressemble, Linski...

– Je m'en étais rendu compte tout seul, merci. Qu'est-ce que c'est que ce cinéma ?

– Je suis désolée, répondit-elle, mais je vous évacue.

– Quoi ?

Victoire plongea la main dans la poche de son coupe-vent, en sortit une page de journal pliée en quatre.

– Lisez. C'est l'édition de ce matin... L'entrefilet que j'ai entouré en rouge.

Maxime s'exécuta, à contrecœur. L'article comptait douze lignes : « Lozère : un loup massacré. Hier, les gardes du parc animalier de Valderiès ont découvert, dans son enclos, le cadavre d'un loup égorgé dans la nuit, sans doute à l'arme blanche. Selon des témoins, les yeux de l'animal auraient été arrachés. Cet incident relance la polémique entre les partisans et les opposants à la réintroduction du loup en France... » Maxime n'acheva pas sa lecture.

– C'est Vallat, dit Victoire.

– Il y a deux semaines, vous espériez encore retrouver son cadavre dans un gouffre du Thaurac.

– Mais nous n'avons rien trouvé du tout. Je ne sais pas comment il a fait pour s'en sortir, mais il est vivant et il a tué ce loup... Je ne peux pas assurer votre protection ici, à Montcalmès, surtout avec un gosse.

– J'en veux pas, de votre protection ! Et puis, vous savez bien que ce taré ne me veut pas de mal... Il m'adore !

– Il a malheureusement tendance à brûler ce qu'il a adoré, coupa-t-elle. Il vous a aimé aussi longtemps que vous avez été hors d'atteinte. Quand vous l'avez pourchassé, vous êtes devenu une chose hostile. Il doit vous haïr aussi fort qu'il vous a aimé... Linski, vous êtes en danger. Ça fait plus de quinze jours que nous étudions le passé de Gabriel Vallat et nous allons de surprise en surprise. Il est probable qu'il ait commis plus de crimes qu'on ne l'imagine. Nous avons rouvert tous les dossiers criminels non résolus de la région. Sur dix ans... Il semble que plusieurs victimes aient croisé la route de Vallat : des prostituées, des vagabonds, des camés, mais aussi des commerçants massacrés dans leur arrière-boutique. Nous n'en sommes qu'au début de l'enquête.

Elle s'interrompit. Maxime ne répliqua pas.

– Roland La Borio est mort sans doute parce qu'il s'est méfié de Vallat, et rien de plus. Il a voulu tuer André Grisola... Le plus effarant, Linski, c'est qu'il a peut-être assassiné Bernard Chautilef dans son asile.

– Il avait dix ans quand le vieux est mort !

– Exactement... Chautilef décède à Alès, le 13 septembre 1977. A cette époque, Gabriel fugue d'un foyer de la Ddass pour la première fois. Il part de Nîmes le 9 septembre et on le retrouve à Orange le 17. La veille de la mort de Chautilef, le personnel de l'asile donne la chasse à un enfant qui s'est introduit dans les locaux. Il ne le rattrape pas. Je suis prête à parier que c'était Gabriel Vallat. Qu'est-ce qu'il venait faire, d'après vous ? Lui porter des oranges ?

Elle marqua une nouvelle pause avant de poursuivre.

– Nous n'avons encore soulevé qu'un tout petit coin de voile sur la personnalité de Vallat. Si nos soupçons se confirment, nous avons affaire à un criminel multirécidiviste hors du commun... En tout cas, je ne veux prendre aucun risque. La chambre de Grisola est gardée nuit et jour, nos collègues suisses se chargent de mettre Luce Winfield en lieu sûr...

– Et vous vous occupez de moi, c'est ça ?

– De vous et de lui...

Thomas venait de ressortir de la grange. Il observait les hommes de Camin Ferrat qui s'étaient déployés autour du mas ; il hésitait à rejoindre son père. Maxime ne lui fit pas signe d'approcher ; il préférait qu'il se tienne encore un moment à l'écart. L'idée de se replier sur l'appartement qu'il avait loué à Montpellier déplaisait à Linski, mais il savait en même temps que son fils ne s'en plaindrait pas.

Les bars, les cinémas, les boîtes, les plages plus proches, les filles... Maxime baissa la tête, fourra les mains dans ses poches.

– Elle vous manque ? murmura Victoire.

– Oui... Encore plus que je ne l'imaginais.

– Vous vous en voulez encore ?

– Je m'en voudrai toute ma vie.

– Vous avez tort, Max.

– Je sais.

Il releva la tête et lui sourit. Il ne se souvenait pas qu'elle l'ait jamais appelé par son prénom. L'accent californien en moins, elle disait « Max » comme Suzanna.

– Comment pouvez-vous être sûre que c'est Vallat qui a tué ce loup ? demanda-t-il.

– J'aurais peut-être dû mentionner auparavant un autre incident, encore plus anodin en apparence, et qui n'a même pas fait une ligne dans le journal... Il y a trois jours, à une trentaine de kilomètres de ce parc animalier où le loup a été énucléé, un chien a été tué à coups de bâton. On lui a coupé la langue, on lui a ouvert la poitrine et on lui a arraché le cœur. Nous avons été mis au courant très vite parce qu'il s'agissait du chien de chasse d'un gendarme. Vous commencez à comprendre de quoi il s'agit ?

Maxime eut un mouvement de recul, quelque chose changea dans ses traits. Victoire avait déjà vu cette rage mêlée de tristesse se peindre sur son visage, quand ils avaient survolé le causse en direction du Thaurac. Quand il chassait Vallat et espérait encore sauver la femme qu'il aimait. Il avait compris.

– Il se prépare, dit-elle. C'est vous qui m'avez expliqué ça : deux yeux d'un jeune loup, la langue et le cœur d'un chien, sept feuilles de verveine cueillies la veille de la Saint-Jean, trois lézards verts, trois cœurs d'hirondelle, la pierre qu'on trouve dans le nid de la huppe, un bon morceau de buis taillé en forme de pomme...

– Il se fabrique un nouveau bâton.

– Oui. Et bientôt, il reprendra sa route. Où voulez-vous qu'il aille, Linski ?

COLLECTION « THRILLERS » CHEZ POCKET

Imprimé en France sur Presse Offset par

BRODARD & TAUPIN

GROUPE CPI

6973 – La Flèche (Sarthe), le 17-04-2001
Dépôt légal : mai 2001

POCKET – 12, avenue d'Italie - 75627 Paris cedex 13
Tél. : 01.44.16.05.00